이 책에 쏟아진 찬사

특권층의 삶을 생생하게 보여주며 권력 불균형이 초래하는 결과, 공인의 자격에 대해 고찰하게 만든다. -『가디언』

저자의 전작이자 넷플릭스 화제작 『아나토미 오브 스캔들』의 명성을 이을 작품으로 눈길을 사로잡는다. -『옵서버』

현대인의 삶을 좀먹는 소셜 미디어의 영향력에 대해 사려 깊고 날카로운 화두를 던지는 작품이다. -『퍼블리셔스 위클리』

혐오가 공인들과 그의 가족들에게 미치는 영향이 얼마나 가혹하고 큰지 보여주는 소설이다. -『선데이 타임스』

개성 넘치고 독창적이다. -『타임스』

상당히 현실적이고 지극히 인간적인 캐릭터들이 강렬한 인상을 남긴다. 이중 잣대와 혐오, 대중적 이미지의 본질을 복합적으로 밝혀낸다는 점에서 문학성이 가미된 법정 스릴러의 매력을 느낄 수 있다.

-『북리스트』

한 인간이 자신의 삶을 위해 처절하게 싸우는 동안 복수와 정치, 자기를 보호하고자 하는 욕구가 상충한다. 마지막 페이지를 덮은 후에도 그 긴장감은 오래도록 잊히지 않을 것이다.

- 리브 콘스탄틴(『마지막 패리시 부인』 저자)

불편할 정도로 사실적이고 시의성이 있는 이 작품은 흠잡을 곳 없이 경이롭다. "딱 한 페이지만 더!"를 외치게 만든다. 이틀 만에 다 읽었다.

- 엘러리 로이드(『더 클럽*(The Club)*』 저자)

새로운 시대정신을 가슴 뛰는 스릴러로 녹여냈다. 마지막까지 반전에 반전을 거듭해 숨 쉴 틈이 없다.

- 에린 켈리(『그녀의 몰락을 지켜보다*(Watch Her Fall)*』의 저자)

지금 이 시대의 이야기를 설득력 있고 영리하게 풀어냈다.

- B. A. 패리스(『테라피스트』 저자)

지금 이 시대의 독자에게 필요한 이야기. 사회 속에서, 개인의 삶 속에서 마주한 압박을 유려하게 파헤치는 한편 손톱을 물게 만드는 서스펜스까지! 올해 반드시 읽어야 하는 책이다.

- 길리 맥밀란(『롱 위캔드*(The Long Weekend)*』 저자)

긴장감 넘치는 법정 드라마와 노련하게 전개되는 스릴러, 사회를 향한 날카로운 통찰력이 솜씨 좋게 엮인 페이지터너가 탄생했다. 한 인간이 야망을 좇고 변화를 일으키고 가족을 지키기 위해 맞서야만 하는 불가능한 선택들을 대담하고 섬세하게 폭로한 작품이다. 이 책이 날개 돋친 듯 팔리는 모습을 하루 빨리 보고 싶다.

– 웬디 워커(『나를 찾지 마*(Don't Look for Me)*』 저자)

정말 읽고 싶었던 여성들의 이야기다. 야망 넘치는 정치인이자 엄마인 엠마도 그중 하나다. 이중 잣대와 세상의 이목 앞에서 여성이 느끼는 부당한 압박에 대해 믿을 수 없이 매력적으로 풀어낸 작품이다. 밀도 있게 설계된 이야기에 단 1분도 손에서 내려놓을 수 없다.

– 애슐리 오드레인(『푸시: 내 것이 아닌 아이』 저자)

대중 앞에 선 사람들이 어떠한 대우를 받는지에 관해 중요한 메시지를 전달한다. 천재적이고 경이롭다. 올해 최고의 히트작이며, 마땅히 그래야 한다.

– 사라 해리스(『비 라크햄 살인사건의 색깔

(The Color of Bee Larkham's Murder)』의 저자)

커튼 뒤에서 지켜보는 듯 생생하고 흥미진진하다. 우아하면서도 군더더기 없다. 무엇보다 좋았던 점은 여성으로서 우리 모두 느끼는 은밀한 두려움과 두려움을 촉발하는 여러 유형의 폭력을 다루었다는 것이다. 여성이 느끼는 공포와 억압이 뒤섞인 그물에서 처참한 결과가 파생되는 과정을 보여준다.

– 아라민타 홀(『완벽하지 않은 여성들(*Imperfect Women*)』 저자)

세간의 주목을 받는 자들과 이들이 경험하는 살해 협박, 모욕, 혐오를 주제로 한 반드시 읽어야 하는 소설. 반전을 거듭하는 법정 드라마로서의 매력과 완성도 높은 스토리텔링까지 갖춘 최고의 역작.

– 에바 체이스(『새장(*The Birdcage*)』 저자)

젊은 정치인의 세계와 그 이면에 자리한 위험들을 깊이 파고들어 너무나 매력적이고 흡인력이 있다.

– 제인 세밀트(『작은 친구들(*Little Friends*)』 저자)

흥미로운 법정 드라마이자 정치에 입문할지 말지 고민 중인 여성들에게 경고를 보내는 불편한 작품. 별 다섯 개.

– 루이즈 캔들리시(『다른 승객(*The Other Passenger*)』 저자)

놀랍도록 기발하며 눈을 떼지 못할 만큼 매력적이다.

– 루시 폴리(『파리 아파트(*The Paris Apartment*)』 저자)

세라 본이 또 한번 해냈다.

– 샤리 라피나(『그녀의 마지막(*The End of Her*)』 저자)

책을 덮고 전율했다. 세라 본은 한계를 모르는 재능과 인간에 대한 연민으로 가장 민감하고 중요한 주제를 잘 풀어냈다. 품격이 무엇인지 작품으로 보여주는 작가다.

– 크리스 위테이커(『우리는 끝에서 시작한다*(We Begin At the End)*』 저자)

훌륭한 글과 팽팽한 서사, 현재 필요한 목소리를 담은 좋은 책이다.

– 클레어 더글라스(『방해하지 마시오』 저자)

엠마는 명예를 지킬 수 있을까? 아니, 그보다 명예를 지킬 자격이 있을까? 삶은 오래된 지층처럼 종횡으로 이어진 하루하루의 연속이다. 밖으로 내보인 단면이 아무리 화려하더라도, 어느 갈피에서 나를 무너뜨릴 결정적인 증거가 쏟아질지 본인조차도 모르는 것이다. 마지막 장까지 반전을 거듭하는 이야기를 통해, 힘을 가지게 된 여성이 연령, 인종, 직업에 상관없이 직면하는 뿌리 깊은 적대감, 그리고 그 와중에 생기는 유대를 생생하게 그려낸 수작. – 강인(드라마 PD)

레퓨테이션: 명예

레퓨테이션 : 명예

2

세라 본 장편소설

신솔잎 옮김

REPUTATION

#freak #threat #anxious #stalker #dirty #Im watching you #bitch #acid #terrify #distress

창비
Media Changbi

엘라와 애나에게

*

아! 명예를 잃고 말았구나.

내가 죽고 난 후에도 영원할 그 명예를 잃고 말았고,

이제는 짐승 같은 것만 남았구나.

윌리엄 셰익스피어

『오셀로』, 2막 3장

*

나는 여전히 말피 공작부인이다.

존 웹스터

『말피의 공작부인』, 4막 2장

Reputation

차례

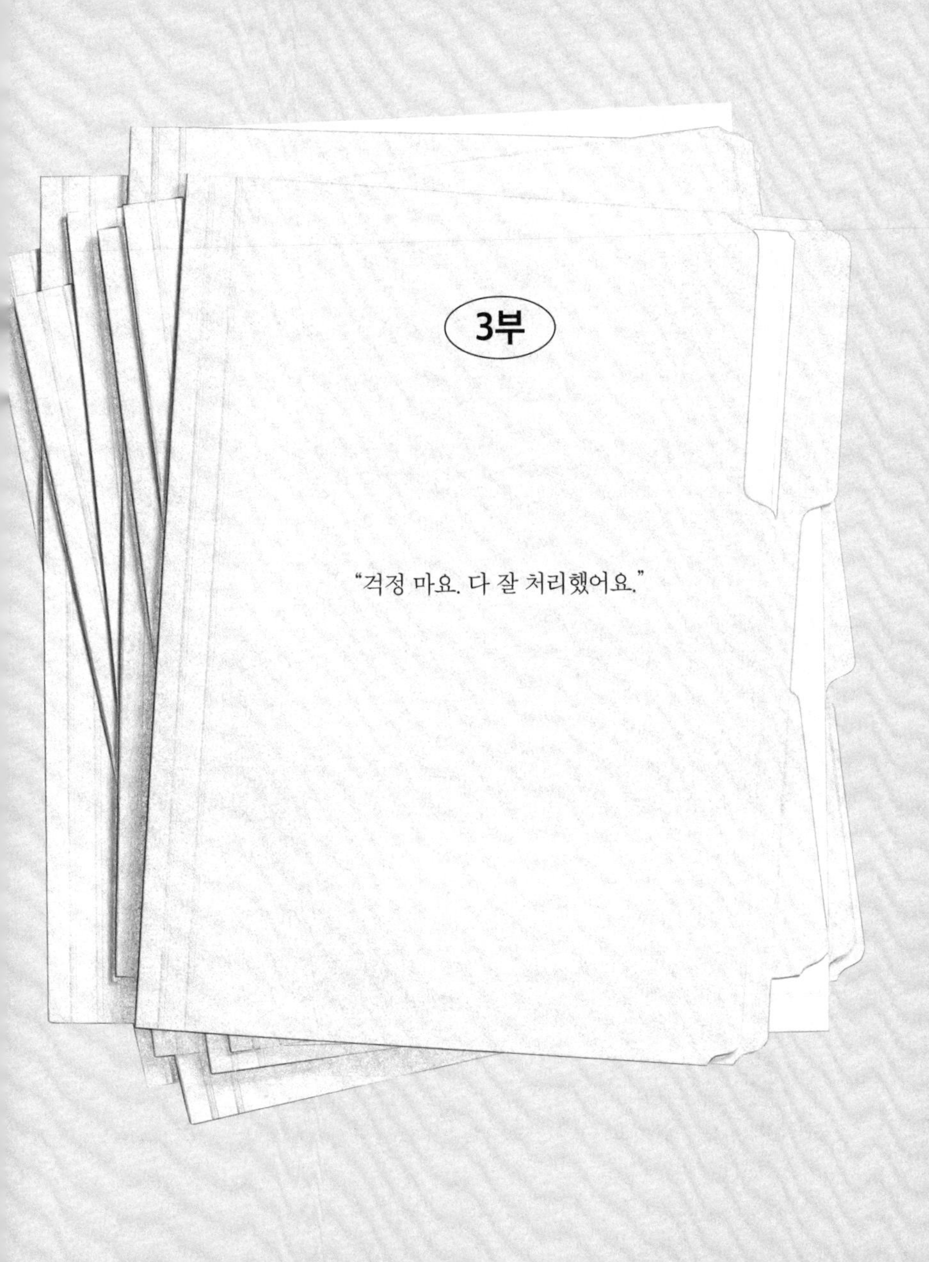

3부

“걱정 마요. 다 잘 처리했어요.”

일러두기

1. 원서에서 이탤릭체로 강조한 부분은 고딕체로 표기했다.
2. 외국어는 국립국어원의 외래어표기법에 준하여 표기하되 일부 굳어진 표현은 관용을 따랐다.
3. 책, 신문, 잡지 등의 제목은 『 』로, 영화, TV 쇼 등의 제목은 「 」로 묶었다.
4. 이 작품의 주 시점은 2021~2022년으로 소셜 미디어 트위터(현재 'X')의 상호는 원서를 따라 '트위터'로 표기했다.

32

2022년 6월 13일

엠마

내 변호를 맡은 톰 틸렛 왕립 자문 변호사(Queen's Counsel, 영국의 법정 변호사들 중 최정상급에게만 주어지는 임명직. 이후 약어인 QC로 표기—옮긴이)는, 왕립기소청(영국에서 기소 및 기소 유지를 담당하는 기관으로 우리의 검찰청에 해당한다—옮긴이) 측 모두진술이 특히 끔찍하게 느껴질 거라고 미리 경고했었다. 결국 소냐 잭슨 QC의 역할은, 내가 유죄라고 배심원단을 설득하는 것이었다. 우발적이 아니라 의도적으로 마이크 스톡스를 살해했다고, 내가 대단히 부적절한 행동을 한 잔인한 사람이라고 말이다.

미리 경고를 들었음에도, 이런 식의 나에 대한 설명을 직접 듣는 것은 충격이었다. 그녀가 엮어낸 스토리와 그것을 전달하는 신중한 방식 사이의 간극이 컸다. 과장법이나 미사여구는 필요하지 않았다. 스토리만으로도 충분히 극적이었고, 쉽게 이해되었다.

배심원단은 흠뻑 빠져들어 있었다. 허리를 세우고 앉아 호기심 어린 표정으로 집중한 모습이었다. 그들의 시선이 권위적이면서도 이해하기 쉬운 화법을 가진 소냐 잭슨 QC에게서, 오늘 아침 TV를 통해 명예가 실추되는 모습이 보도된 정치인인 내게로 바삐게 옮겨 갔다. 내가 가장 걱정하는 대상은 여성들이었다. 여성은 다른 여성을 더욱 가혹하게 평가하니까. 가장 나이가 많은 여성 배심원 두 명을 바라봤다. 하얗게 샌 머리를 뽀글뽀글하게 파마해 딱 할머니처럼 보이는 70대 중후반 여성, 그리고 윤기 도는 회색 단발머리를 한 60대 후반 여성이었다. 그들이 선서를 할 때 말한 이름을 기억하고 있었다. 리타와 마거릿. 파마머리 리타, 회색 단발머리 마거릿. 둘 다 토리당 지지자일까? 마거릿이 호기심을 감추지 않는 눈빛으로 나를 바라보고, 리타의 눈이 살짝 가늘어지자 본능적으로 그런 생각이 들었다. 저들이 나를 평가하듯, 나도 저들을 평가하고 있었다.

"12월 8일 수요일, 오후 4시 29분경……"

미스 잭슨이 배심원단에게 잠들기 전 동화를 읽어주듯 침착한 어조로 말을 이었다.

"줄리아 쿡이라는 여성이 귀가했다가 지하 주방에 한 남성이 쓰러져 있는 것을 발견했습니다. 남성은 의식이 없었고, 가파른 계단에서 추락한 것으로 보였습니다."

"머리에 치명상을 입은 이 남성은 저널리스트 마이크 스톡스로, 그의 옆에는 줄리아 쿡의 하우스메이트인 엠마 웹스터가 앉아 있었습니다. 그는 어쩌다가 그런 상태로 그곳에 있게 되었을까, 누군가 살해를 목적으로 그를 계단 아래로 민 것일까, 즉 그는 살해당한 것일까? 이것이 이번 재판의 핵심이 되는 질문입니다."

"오후 4시경, 마이크 스톡스는 클리버 광장에 있는 어느 집으로 향했습니다. 그는 미즈 웹스터와 아는 사이였습니다. 몇 건의 기사를 위해 서로 협력했고, 조금 후에 듣게 되시겠지만 성적인 관계도 가진 적이 있습니다."

이 이야기에 파마머리 리타와 히잡을 쓴 젊은 배심원 한 명이 놀란 표정을 지었다. 신문을 못 본 모양이었다.

"미즈 웹스터는 3주 전쯤 관계를 정리했지만, 그는 그녀가 자신을 집으로 초대했다고 생각했습니다. 사실 그는 다음과 같은 내용의 메시지를 받았습니다. '우리 집에서 만나요. 4시. 당신이 좋아할 만한 이야기가 있어요.'"

"그곳에 도착한 그는 청소 도우미 아그네스 몰나르가 문을 열어주어 집 안으로 들어갔습니다. 다른 일을 하러 가야 했던 청소 도우미는 그를 집에 두고 떠났습니다. 얼마 지나지 않아, 복도에 있는 램프의 필라멘트 문제로 집 안의 전기가 전부 나갔습니다. 타이머 설정을 해둔 그 램프가 켜지지 않았다는 것은 이견이 없는 사실입니다. 잠시 후인 4시 21분경, 엠마 웹스터가 집에 도착했습니다. 그로부터 약 8분 후 집에 온 미즈 쿡이 두 사람을 발견했습니다. 쿡은 앰뷸런스를 불렀습니다. 엠마 웹스터가 부르지 못했기 때문입니다. 마이크 스톡스는 잠시 의식을 회복했지만, 병원 이송 중에 다시 의식을 잃었습니다. 그로부터 이틀이 지나지 않아 그는 병원에서 사망했습니다."

소냐 잭슨은 그가 죽었다는 사실에 대해 잠시 생각해보라는 듯 말을 중단하고 자신의 손에 든 서류를 내려다보았다. 진부한 쇼의 일부였지만, 효과가 없는 건 아니었다.

나는 법정을 둘러봤다. 독약 같은 초록색 커버를 씌운 부드러운 소나무 벤치, 어두운 색 정장을 입은 경찰관들과 취재진, 가운을 입고 가발을 쓴 법정 변호사들을 거쳐 위를 올려다보자 방청석에서 나를 지켜보는 클레어와 무언가를 적고 있는 패트릭이 보였다. 정적이 번져갔고, 그와 함께 내 죄책감도 커져갔다. 법정 중앙에는 10대 남학생과 함께 앉은, 단정하게 차려입은 그의 엄마가 보였다. 셔츠와 타이 차림의 아이는 당장이라도 공황에 빠질 듯했다. 하지만 소냐가 제 아버지의 죽음을 언급하자 조시는 나를 똑바로 바라봤고, 마이크의 전처 캐스는 아들의 손을 꽉 잡았다.

"배심원단 여러분, 처음 이 사건은 아주 간단해 보였습니다."

소냐의 목소리가 더욱 낮아지며 전보다 침울해졌다.

"미스터 스톡스는 기자들이 모인 크리스마스 점심 자리에서 술을 마셨습니다. 미즈 웹스터는 집에 도착한 후 계단통 아래에서 그를 발견했다고 경찰에게 진술했고, 술에 취한 그는 계단에서 굴러떨어진 것처럼 보였습니다."

"하지만 피고인의 말은 뻔뻔한 거짓말이었습니다. 피고인은 살인을 저지른 날 저녁 경찰에게 한 초기 진술뿐 아니라 그로부터 사흘 후 구속 결정되어 취조를 받을 때까지 끈질기게 같은 내용을 주장했습니다. 하지만 진실은 다음과 같습니다. 그날 오후

클리버 광장에 있는 집에 들어선 피고인은 어두운 복도에 마이크 스톡스가 서 있는 것을 보고 놀랐습니다. 두 사람은 말다툼을 하기 시작했고, 몸싸움으로 번졌습니다. 엠마 웹스터가 이 사실을 뒤늦게 인정했습니다. 기소청은 어느 순간에 이르자 싸움이 격해져서, 피고인이 열세 단의 계단 아래로 그를 밀어버렸다고 보고 있습니다."

소냐 잭슨이 말을 이었다.

"이웃 주민의 증언을 듣게 되실 겁니다. 높아지는 언성, 쿵쿵거리는 소리를 들은 분입니다. 기소청은 이 쿵쿵대는 소리가, 마이크 스톡스와 엠마 웹스터가 복도에서 싸움을 벌이며 낸 발자국 소리라고 보고 있습니다. 또한 마이크 스톡스의 검시를 진행한 법의학자의 증언도 듣게 되실 겁니다. 그의 소견에 따르면, 누군가 미스터 스톡스의 고환을 무릎으로 가격했습니다. (잠시 이야기가 중단됐고, 남성 배심원 여럿이 불쾌한 표정을 지었다.) 또한 그는 왼쪽 뺨에 자상을 입고, 왼쪽 관자놀이는 강타당한 것으로 보입니다."

"혈흔 전문가에게서는 다음과 같은 이야기를 듣게 되실 겁니다. 계단통에서 혈흔이 발견됐는데 이는 그가 떨어지기 전 무언가로 맞았다는 뜻이며, 엠마 웹스터가 뜨거운 물과 데톨로 혈흔을 지우려 했다는 것을요."

금발 머리를 하나로 높이 올려 묶은 20대 여성 배심원이 잘 다듬어진 짙은 색 눈썹을 내 쪽으로 슬며시 치켜세웠다. 그녀 옆에 앉은 남성은 못마땅하다는 듯 턱을 아래로 당겼다.

소냐가 말을 이었다.

"경찰 조사에서는 무조건 DNA 테스트를 진행합니다. 두 사람 간에 싸움이 벌어졌다는 사실이 확인된 후, 형사들은 미즈 웹스터의 열쇠 꾸러미에서 미스터 스톡스의 혈흔을 발견했습니다. 엠마 웹스터가 열쇠들을 오른손 손가락들 사이에 끼워 마이크 스톡스의 얼굴을 때린 겁니다. 그런 뒤 피고인은 복도의 콘솔 테이블 위에 놓인 세라믹 그릇을 집어 그의 왼쪽 관자놀이를 내리쳤습니다. 동시에 그의 사타구니를 무릎으로 가격했습니다."

"이 싸움은 복도 안쪽이자 지하 주방으로 내려가는 계단 맞은편에서 벌어졌습니다. 배심원 설명 자료 첨부 1을 보시면, 복도 배치도에 싸움이 벌어진 장소가 점으로 표시되어 있습니다."

배심원단이 앞에 놓인 파란색 두툼한 링바인더 파일을 여느라 한 차례 소란이 일었다. 파일 안에는 사진들과 CGI(컴퓨터로 생성한 이미지—옮긴이) 신체 지도, 집 구조 배치도가 들어 있었다.

"어느 순간 미즈 웹스터는 그를 떼어내기 위해 밀어냈고, 이는 그가 계단을 굴러 지하 주방 콘크리트 바닥으로 떨어지도록 고의적으로 행한 일이라고 기소청은 판단하고 있습니다."

잠시 말을 중단한 소냐는, 길게 이어지는 침묵 속에서 배심원단 쪽 이곳저곳을 바라보았다.

"이 행위가 그의 죽음에 직접적인 영향을 끼쳤습니다. 피고인 측은, 침입자를 맞닥뜨린 여성의 정당방위 사례라고 주장할 것입니다. 상황을 고려해볼 때, 이 행위가 합당한 또는 적절한 반응이었는가가 쟁점입니다."

그녀의 너무나도 냉소적인 어조에, 자리에서 일어나 한마디하고 싶었다. 대신 나는 움찔할 때까지 왼손 손톱들로 오른손 바닥을 세게 눌렀다.

“기소청은 합당한 정당방위가 아니었다고 주장합니다. 살짝 민 것이 아니라, 가파른 계단 아래로 밀친 것이니까요. 게다가 그런 후, 그녀가 어떤 행동을 했나요? 그렇게 끔찍한 일이 벌어졌다면 앰뷸런스를 부르고, 또한 집에서 나와 도움을 청했어야 합니다. 하지만 미즈 웹스터는 둘 중 무엇도 하지 않았고, 앰뷸런스는 그녀가 집에 도착하고 8분이 지나서야 미즈 쿡에 의해 호출되었습니다.”

“두 사람의 다툼은 수십 초 정도였을 것으로 기소청은 보고 있습니다. 말다툼 소리를 들었다는 증언과 부상 정도를 봤을 때, 다툼은 채 1분을 넘기지 않았습니다. 미즈 쿡이 집에 도착하기 전, 미즈 웹스터는 세라믹 그릇 파편들을 주워서 재활용품 통에 넣었습니다. 또한 겨우살이를 옮겼습니다. 하우스메이트들이 출근할 때만 해도 복도 첫 번째 조명에 걸려 있던 겨우살이가, 계단 바로 맞은편인 두 번째 조명 아래 매달려 있는 것을 기소청은 확인했습니다. 그녀는 왜 이런 행동을 했을까요? 그가 달려들어 키스를 하려 해서, 그 성추행에 대한 보복으로 그를 밀었다고 주장하기 위해서일 것입니다.” (크리스마스에 겨우살이 아래서 키스를 하면 사랑이 이루어진다거나, 겨우살이 장식 아래서는 허락 없이 입을 맞춰도 된다는 전설이 있다—옮긴이).

“경찰이 도착하자 미즈 웹스터는 주방으로 이어지는 계단통 아래에서 그를 발견했다고 얘기했습니다. 거짓말이죠. 저희는 그녀가 그렇게 빨리 거짓말을 지어내고 또 바쁘게 청소를 한 모습은, 정당방위를 한 사람의 행동으로 보기 어렵다고 주장하는 바입니다."

또다시 찾아온 침묵에는 비난이 가득 담겨 있었고, 그 비난이 법정 구석구석으로 퍼져나가고 있었다. 자신의 추정을 사실로 제시해선 안 된다! 하지만 내 변호사는 소냐 잭슨이 그렇게 할 수 있다고 말했었다. 그녀가 주장을 펼치고 증인을 불러 입증하는 동안, 나는 듣고 있어야 한다고.

"기소청은 엠마 웹스터가 왜 이런 행동을 했는지, 그 동기까지 밝혀낼 필요는 없습니다. 저희는 당시 피고인이 아무리 큰 불안에 빠져 있었다 해도, 부적절하게 반응했다는 점만 입증하면 됩니다. 하지만 마이크 스톡스가 피고인과 피고인 가족에게 불리한 사건을 조사 중이었다는 점은 짚고 넘어가고 싶습니다. 그의 신문사 『크로니클』은 그리 호의적이지 않은 피고인의 사진을 게재하며 그들의 의도를 강력히 시사한 바 있습니다."

"미즈 웹스터는 그가 자신을 조사하고 있다는 사실을 알고 있었습니다. 다툼이 있기 9일 전, 두 사람이 언쟁을 벌이는 모습을 본 목격자의 증언을 며칠 후 듣게 되실 겁니다. 이 목격자는 피고인이 그를 향해, 감히 가족 이름을 기사에 싣는다면 '가만두지 않겠다'라고 경고하는 말을 들었습니다. 또한 신문에 사진이 실렸던 12월 4일, 미즈 웹스터가 그의 휴대폰에 남긴 '젠장, 날 좀 내버려둬'라는 음성 메시지도 공개될 예정입니다."

“미즈 웹스터는 공인입니다. 이 사건이 벌어지기 전만 해도 승승장구하며 세간의 높은 관심을 받던 하원의원이었습니다. 훌륭한 지역구 의원이자, TV 매체에서 사랑받는 열정적인 활동가였습니다.”

“미즈 웹스터는 마이크 스톡스를 잘 알고 있었습니다. 두 사람은 여러 건의 기사를 함께 만들었고, 술과 식사를 함께하던 사이였습니다. 두 사람 사이에 수백 건의 문자가 오갔다는 점도 추후 확인하게 될 것입니다. 사건이 있기 3주 전인 11월 17일, 두 사람이 저녁 식사를 함께했고 이후 호텔에 들어가 성관계를 가졌다는 사실도요. 하지만 그녀는 자신의 이야기를 쫓고 있는 그에게 화가 났습니다. 명예가 실추될까 우려했습니다. 저희는 자신의 명성을 유지할 수 없을까 봐 고민하던 그녀가 그를 민 것으로 판단하고 있습니다.”

나는 용기를 내어 배심원들을 바라보았다. 저들은 냉담하고 무자비한 버전의 나란 여자를, 정말 사실이라고 믿는 걸까? 그런 시선을 받은 지가 벌써 6개월이 되었다. 그 6개월간 나는 무소속 의원으로 지냈다. (노동당 원내총무는 내가 기소되자마자 나를 제명했고, 나는 웨스트민스터에서 환영받지 못하는 인물이 되었음을 분명하게 느꼈다.) 6개월간 경찰에게, 유치장에서(이틀간 수감되어 있다 보석 허가를 받았다), 사법부에게, 동료들에게, 친구들에게 심판을 받았다. 나는 법정에 설 준비가 되어 있다고 생각했었다. 싸움이 아무리 힘들어도 잘 대처할 수 있다고. 하지만 눈가가 뜨거워지고 있었다.

두려움과 분노에 빠지지 않으려고, 나를 변호하는 톰 틸렛 QC의 뒤통수를 뚫어져라 봤다. 그는 힘이 센, 거친 싸움꾼 같은 이미지였다. 180센티미터가 넘는 큰 키에 떡 벌어진 어깨, 살짝 나온 배, 그리고 머리를 민 그는 싸움이 벌어졌을 때 같은 편으로 삼고 싶은 사람이었다. 큰 체격에도 불구하고 우아함이 있었다. 몸을 가볍게 움직이고, 예의 발랐다. 여성을 위해 문을 잡아주는 남자였고, 그런 모습이 내게 이상할 정도로 위안이 되었다.

그의 주니어 변호사 앨리스 브래드비도 마음에 들었다. 30대 초반으로 현재 임신 중인데 상당히 효율적이고, 예리하고, 집요했다. 넉넉한 가운에 가려져 있지만 배가 불룩하고, 얼굴은 해쓱해져 있었다. 하지만 적절하다고 생각지 않아서인지, 아무도 그녀의 임신 사실을 아는 척하지 않았다. 전에 법원 화장실에서 함께 손을 씻을 때, 그녀가 피곤한 눈으로 거울 속 자신을 바라보는 모습에 내가 "괜찮아요?"라고 나지막이 물은 적이 있었다. 그녀는 씩씩하게 고개를 끄덕이고는, 더 이상 질문은 받지 않겠다는 듯 핸드 드라이어 쪽으로 가버렸다.

소냐는 한 시간 반째 모두진술 중이었고, 나는 더는 자세하게 들을 수가 없어 멍하니 마음이 부유하도록 내버려두었다. 내게 부과된 죄목이 무엇인지 잘 알고 있었지만 말이다. 사실 지난 몇 달간 거의 이 사건만 생각하고 있었다. 고개를 숙여 내 손을 바라보니, 손톱들이 하나같이 잘근잘근 물어뜯겨 있었다. 오른쪽 눈가가 씰룩거렸고, 법정 공기가 답답해 하품이 나오려 했다. 그걸 참아보려 턱을 움직이자 딱, 하는 소리가 났다. 지난 6개월간 잘 때 이를 간 영향 같았다. 앉은 자세를 바꾸며, 짙은 감색 바지가 허리에서 딱 맞게 시작되어 허벅지를 감싸고 떨어지는 감촉을 느꼈다. 그 망할 잡지 인터뷰 때 착용했던 것과 똑같은 정장 바지로 새로 사 입고 온 것이었다. 그때처럼 자신감 넘치게 보이고 싶어서. 나는 바지 원단의 씨실을 손으로 따라가다 문득 멈추었다. 제발, 지금은 집중해야 한다.

판사에 따르면, 미스 잭슨은 지금 결론에 이르고 있었다. 살인의 정의, 그리고 배심원들이 고민해야 할 문제들을 설명하면서.

"살해할 의도를 갖고 상대를 불법적으로 사망에 이르게 하거나, 상대에게 대단히 심각한 상해를 입힌 경우를 법은 살인죄로 규정하고 있습니다."

그녀는 한 명 한 명 분명히 이해했는지 확인하듯 배심원단을 살폈다.

"이는 기소청 측이 두 가지를 입증해야 한다는 뜻입니다. 첫째로, 피고인이 고인을 사망에 이르게 했는가. 둘째로, 그 시점에 피고인이 살해 의도를 갖고 있었는가, 또는 적어도 대단히 심각한 상해를 입혔는가."

"엠마 웹스터가 하룻밤을 함께 보낼 정도로 신뢰했던 마이크 스톡스는 무기를 갖고 있지 않았고, 그녀에게 실제적인 위협을 가하지도 않았지만, 그녀의 명예를 실추시킬 만한 무언가를 알고 있었다는 것이 기소청이 주장하는 바입니다. 우리는 이것을 명백한 살인 사건으로 보고 있습니다."

2022년 6월 13일

엠마

재판 절차에 대한 안내와 기소청 측 모두진술은 생각보다 오래 걸렸고, 점심시간이 지나서야 첫 번째 기소청 측 증인이 등장했다.

당연하게도, 줄리아였다. 지난 6개월간 교류가 뜸했었다. 아니, 내가 처음 구속됐을 때 주고받은 몇 건의 문자 외에는 사실상 전혀 교류가 없었다. 당시 줄리아는 사흘간 클리버 광장 집 출입이 금지된 것에 분노했었다. 이후 그녀가 기소청 측 증인으로 서게 된다는 것이 확실해졌고, 그녀와 대화를 하지 않는 것이 내 보석 조건이었다. 하지만 그녀가 원했다면 클레어를 통해 내게 응원을 보내줄 방법을 찾을 수 있었으리라.

그렇다. 줄리아가 내 편이 아닌 게 확실해졌다. 지난 4년 동안 우정을 이어주던 줄들이 긴장으로 팽팽해져 더욱 가늘어졌으니, 사실 그녀가 내 편이어야 할 이유는 없었다. 당연한 결과였다. 채식주의자인 그녀의 냉장고 칸에 내가 실수로 닭고기를 놓는 등 사소한 문제들이 곪아 있었고, 서로 이념적 차이를 제대로 해소한 적이 한 번도 없었다. 마이크가 죽기 몇 달 전, 여러 문제를 해결하는 데 중요한 역할을 했던 주 1회 식사 자리도 다들 요리할 시간이 없다거나 누구도 나서서 날짜를 정하려는 의지가 없는 바람에 중단되었다. 그녀는 내가 더 많은 관심을 받는 것이 분했던 걸까? 그림자 내각 교통부 장관으로서, 뉴스에 등장할 일이 거의 없는 따분한 분야에서 열심히 일하는 의원으로서 나를 지켜보는 것이 괴로웠을지도 모른다. 인터넷상 모욕 행위에 대한 내 반응 또한 보기 힘들었을 테고. 이미 자신은 20년의 커리어 동안 수많은 여성 혐오를 참고 견뎌왔으니까. 문제의 그날, 그녀는 마이크를 바라보고 있는 나를 발견했다. 그 순간 나에 대한 짜증이 폭발해서, 처음부터 나를 유죄로 판단했던 것 같다.

주방으로 내려가는 계단 꼭대기에 서 있던 그 순간부터 나를 유죄로 여겼으리라.

"저기요? 거기 누구 있어요?"

그녀의 목소리가 내가 있는 아래쪽으로 흘러들었다. 평소보다 높은, 두려움이 섞인 목소리였다. 나는 곧바로 대답할 수가 없었다. 목이 콱 막힌 상태였기에. 잠시 후 겨우 쥐어짜내듯 대답했다.

"저예요. 집에 불이 나갔어요."

그녀가 더듬거리며 계단 밑 벽장을 열고 두꺼비집을 올리는 소리가 들렸고, 이내 복도가 환해졌다. 그러나 내가 마이크 건너편에 쪼그리고 앉은 지하실 바닥은 여전히 어둠에 잠겨 있었다. 위쪽 복도에선 불빛이 환하게 비치고 있었고, 그 빛을 받은 줄리아는 복수의 천사처럼 빛났다. 고개를 기울여 계단 아래쪽을 내려다보던 그녀는 짜증 섞인 목소리로 물었다.

"거기서 도대체 뭐 하고 있는 거예요?"

그리고 이제, 그녀는 증인석에 서 있다. 치마폭이 넓지 않은 어두운 색 원피스를 입은 그녀는 트레이드마크인, 색색가지 감초 사탕을 뒤섞어놓은 듯한 레진 목걸이를 하고 두껍고 각진 안경을 쓰고 있었다. 나를 향해 시선 한번 두지 않았다. 누군가 거기 있다는 걸 인정하지 않으면, 찌르는 게 쉬울 것이다.

소냐 잭슨은 그녀에게, 집에 들어온 후 복도에서 아래에 있던 나를 내려다봤을 때의 상황을 물었다.

"저는 그녀에게 무슨 일이 있었냐고 물었습니다."

"뭐라고 답하던가요?"

"사고가 있었다고요. 어디 다친 곳은 없냐고 묻자 그녀는 없다고 답했고, 누군가 집에 침입했다고 했습니다. 저는 계단을 내려갔고, 엠마의 코트와 가방이라고 여겼던 바닥의 무언가는, 알고 보니 남자였습니다."

"그래서 어떻게 하셨죠?"

"걸음을 멈췄습니다. 끝까지 내려갈 수가 없었어요. 계단 아래를 그의 몸이 가로막고 있어서요. 엠마는 그 남자의 몸을 넘어간 것인지, 건너편에 쪼그리고 앉아 있었어요. 저는 그 남자가 아직 살아 있냐고 물었습니다."

"그랬더니 뭐라던가요?"

"자신도 모르겠다고요. 확인하지 않았다고요."

못마땅할 때면 선처럼 얇아지는 그녀의 윗입술이 이제는 완전히 사라져버린 듯했다.

그날, 그의 맥박을 확인하라며 소리치던 줄리아는 제정신이 아닌 듯했다. 내 손가락에 스친 그의 머리카락은 포마드 같은 것 때문인지 뻣뻣했으며, 피부는 마음이 놓일 정도로 따뜻했다. 아주 약하게 둥둥 울리는 맥박을 확인했을 때, 내 목으로 담즙이 역류했다. 나는 "맥박이 뛰어요. 살아 있어요. 세상에, 살아 있어요!"라고 말했고, 잠깐 동안 이제 모든 게 다 괜찮아질 거라고 생각했다. 당연히 그가 죽지 않기를, 이겨내기를 바랐다.

"잠시 후, 엠마가 맥박이 뛴다고 했습니다."

줄리아가 말을 이었다.

"저는 계단 아래로 최대한 가까이 다가가 몸을 기울여 전등 스위치를 켰어요. 스위치가 계단통 제일 아래에 있거든요. 그런 뒤 999에 신고하겠다면서 위층으로 뛰어 올라갔습니다."

"999를 부르자고 한 사람이 미즈 쿡이었습니까?"

미스 잭슨이 다시 한번 확인했다.

"네."

"엠마 웹스터는 신고하자는 말을 하지 않았고요?"

"네."

"엠마 웹스터가 이미 신고를 했다는 말도 안 했습니까?"

"네."

줄리아는 자신의 목걸이를 토닥거렸다.

"전화가 더 잘 터지는 위층으로 올라가면서, 그녀에게 그 남자를 '회복 자세'로 눕히라고 했습니다."

"그랬더니 그녀가 당신의 말을 따랐나요?"

"아니요. 전화를 마치고 돌아오니, 남자는 전과 같은 자세로 누워 있었습니다."

그녀가 묘사하는 비인간적인 내 모습에 정신이 멍해진 나는 손깍지를 꼈다. 나는 그의 몸을 만지기가 두려워 어쩔 줄 몰라 하고 있었다. 그녀가 상담원과 통화를 하는 와중에도 지하를 향해 계속 지시를 해대는 통에 정신이 없기도 했다.

"여기서 잠시, 미즈 쿡이 응급 구조대와 통화한 내용이 담긴 녹취록을 들어보겠습니다."

소냐 잭슨이 말했다. 그리하여 다음 3, 4분간 우리는 다시 그 순간으로 내던져졌다. 평소보다 한층 나긋해진 줄리아의 목소리가 들렸다. 상담원에게 "살아 있는 것 같아요"라고 말하는 그녀의 목소리가 떨렸다. 이와 반대로, 녹취록 속 나는 고요했다. 그녀로부터 4미터쯤 떨어진 곳에 앉아 있던 나는 그의 위로 몸을 숙인 채, 그가 의식이 없음에도 불구하고 모든 게 다 괜찮아질 거라고 말해줬다. 하지만 사실 내가 거짓말을 하고 있음을 알고 있었다. 상담원이 "누가 환자 곁에 있나요?"라고 묻자 "네, 제 하우스메이트가 있어요"라고 줄리아가 대답했다. 나는 대화 내용에 깊이 몰입한 듯한 배심원들을 바라보았다. 내가 그의 곁에 있었다는 이야기가 나와 너무도 감사할 따름이었다.

녹취록이 끝났고, 소냐 잭슨은 배심원들에게 줄리아가 주소를 알려준 때로부터 앰뷸런스가 도착하기까지 7분이 걸렸다고 말했다. 그녀는 줄리아를 바라보며, 전화를 끊고 무엇을 했느냐고 물었다.

"도와주러 내려갔어요."

줄리아는 턱을 꼿꼿하게 들고 당당한 목소리로 말했다.

"엠마에게 앰뷸런스가 올 거라고 말하고, 계단 아래로 내려가 뭘 해야 할지 살폈습니다."

정말 그랬던가? 줄리아가 구두 소리를 내며 아래로 내려오자, 마이크는 낮은 신음을 내며 눈을 뜨고는 영문을 모르겠다는 멍한 표정을 했었다. "마이크? 마이크?" 나는 지나치게 흥분해 있었다. "의식이 있어요, 줄리아. 그가 깨어났어요!" 나는 손을 그의 가슴에 올렸다. 줄리아는 웅크리고 앉아 자신 쪽에 가까운 마이크의 다리를 만지고는 기관총처럼 지시를 쏟아냈다. "계속 말 붙여요. 정신 잃지 않게 해야 해. 이 사람 이름을 불러줘요." 나는 정신없이 말을 늘어놨다. 계속해서 그의 이름을 부르자 그의 눈이 나를 향했지만, 입은 꿈틀거리기만 할 뿐 아무런 말도 내뱉지 못했다. 다행스럽게도, 몸은 의식과 생명이 있는 남자의 것처럼 따뜻했다. 나는 그의 몸을 지그시 누르며 내가 곁에 있다는 것을, 아무 데도 가지 않는다는 것을 알려주려 했다.

"앰뷸런스를 기다리는 동안 엠마 웹스터가 어떤 행동을 했는지 말씀해주시겠습니까?"

소냐 잭슨이 물었다.

"불안해 보였습니다."

"불안이요?"

"네. 히스테리 상태처럼 보이기도 했어요. 계속 '이 남자가 여기 쓰러져 있었어'라는 말을 반복했습니다. 몇 번이고 계속했어요."

"그러고 나서는 어떤 일이 있었죠?"

"구조대원들이 도착해서, 저는 그분들께 아래쪽 상황을 보여줬습니다. 마이크는 그분들을 보고는 불안해했습니다."

다시 그 상황으로 돌아간 나는, 마이크가 자리에서 일어나 구조대원들을 뿌리치는 모습을 지켜봤다. "놔요. 괜찮아요. 전 괜찮다고요." 그의 말투에서 분노와 광기, 예측할 수 없는 변덕 같은 게 느껴졌다. "여기서 나가야 돼. 이 망할 집에서 나가야 한다고. 이것 좀 놓으라고!"

"그러는 동안 엠마 웹스터는 어떤 상태였나요?"

"겁을 먹은 것 같았어요. 저도 그랬고요. 그러다 그녀가 구조대원들에게 묻기 시작했어요. 이게 좋은 징조냐고요."

패닉에 빠진 나는 끊임없이 질문을 쏟아냈었다. "좋은 징조 맞죠? 좋은 징조예요? 의식도 돌아오고 말도 하잖아요?" 내가 말도 안 되는 소리를 내뱉는 것이 내 귀에도 들렸지만, 확인받고 싶은 마음이 너무도 간절했다. 그러나 구조대원들은 당장 해야 할 일에 집중하고 있었다. 그를 들것에 묶고, 들것을 들어 올렸다. 복도를 통과해 앰뷸런스까지 이동하려고. 나는 그들을 쫓아 계단을 오르다가, 구역질이 치밀어 화장실로 향했었다.

"혹시 겨우살이 이야기를 좀 들려주실 수 있나요?"

소냐 잭슨의 말에 번쩍 정신이 든 나는, 자세를 바로 하고 줄리아를 지켜봤다. 사건 발생 이틀 전인 월요일 밤, 겨우살이를 어디에 걸지를 두고 클레어와 갈등이 있었다. 그녀는 현관 쪽에 거는 것은 너무 뻔해 보인다고 했지만, 나는 그 편이 좀 더 크리스마스 분위기가 날 것 같다고 했고 결국 내 의견대로 되었다.

하지만 사건 당일인 수요일 오전에—두 사람이 모두 집을 나선 후—나는 겨우살이를 클레어가 제안했던 곳으로 옮겼다. 즉 복도의 두 번째 조명 아래에 건 것이다. 내가 그 집을 떠나고 싶다며 집세는 보상하겠다고 말했을 때 두 사람의 반응은, 지금 생각해도 화가 난다. 기소청 측은 내 말을 믿지 않고, 내가 마이크를 계단 아래로 민 후 겨우살이를 옮겨 걸었다고 주장했다. 그가 겨우살이 아래서 성추행을 한 것처럼 내가 조작하려고 그랬다는 것이다. 지금 소냐가 줄리아에게 겨우살이에 대해 물은 것도, 바로 그 주장을 입증하기 위해서였다.

"아침에 집을 나설 때만 해도, 겨우살이는 엠마 의견에 따라 앞쪽에 걸려 있었습니다. 돌아왔을 때는 두 번째 조명 아래에 있었고요. 엠마가 꽤 시끄럽게 반대했던 곳이죠."

"당시 이 사안을 다른 사람에게 언급했나요?"

"집에 온 바커 순경에게 말했습니다."

"그 외에 다른 건 달라진 게 없었나요?"

"있었습니다. 복도의 콘솔 테이블에 항상 세라믹 그릇이 있었어요. 제가 아끼던 거였죠. 제가 도싯으로 휴가 갔을 때 산 거거든요. 구조대원들이 떠난 후 그 그릇이 없어졌다는 걸 알았습니다."

"감사합니다, 미즈 쿡."

소냐 잭슨은 만족스러운 듯 줄리아를 향해 고개를 끄덕였다.

몇몇 배심원들은 겨우살이 이야기가 너무 길어져 지루해했지만, 소냐는 원하는 바를 얻었다.

"이상입니다."

그녀가 말했다.

*

"너무 오래 붙잡아두진 않겠습니다, 미즈 쿡."

내 변호사 톰 틸렛은 겨우살이에 대해 묻기에 앞서 이렇게 말했다.

"사건 며칠 전 언쟁이 있었죠? 그때 클레어 스콧이 화가 나서 미즈 웹스터에게 '당신 혼자만의 공간이 필요한 것 같다'고 말한 것이 맞습니까?"

"네, 맞습니다."

"그리고 미즈 웹스터는 그 말에 괴로워했고요?"

"네."

"미즈 쿡께서는 엠마 웹스터를 '합리적인' 사람이라고 말할 수 있습니까?"

톰은 따뜻하고도 이성적인 어조로 물었다.

"네, 대체로요."

"그 예로 세 분 모두 1층이 외부에 너무 노출되어 있다는 것에 동의했음에도 불구하고, 엠마 웹스터는 자신이 1층 방을 쓰는 것을 단 한 번도 문제 삼지 않았죠?"

"네."

"그렇다면 월요일 저녁에 있었던 클레어 스콧과의 말다툼을 다시 생각해본 그녀가, 수요일 오전 출근 전에 겨우살이 위치를 옮겨야겠다고 결심한 것도 가능한 일 아닐까요?"

"뭐, 그럴 수 있을 것 같아요."

줄리아가 인정했다.

톰은 줄리아에게 별로 어렵지 않았죠?라고 말하듯 살짝 고개를 끄덕였다. 그녀는 보답으로 시큼한 미소를 지었다.

그는 변함없이 합리적인 톤을 유지하며, 그녀가 내게 적대감을 품고 있음을 암시하는 질문을 시작했다.

"함께 살 때 피고인과 가까운 사이였습니까?"

"4년 동안 한집에서 같이 살았습니다."

"제 질문에 대한 답은 아닌 것 같네요."

"집을 공유하다 보면 어쩔 수 없이 생기는 갈등은 있다고 봐야죠."

"엠마 웹스터가 사건 전날 밤, 수준 이하의 보안 상태가 걱정되어 집을 옮기겠다고 미즈 쿡에게 말했다고 알고 있는데, 맞습니까?"

"네, 맞습니다. 보존 2등급 건물로 지정된 주택이라 집주인이 현관 인터폰이나 추가 잠금장치, 창살 같은 걸 설치하기를 꺼렸어요. 엠마는 그곳이 안전하게 느껴지지 않는다고, 이사를 가고 싶다고 말했습니다."

"그리고 제가 알기로는, 엠마 웹스터의 말에 미즈 쿡께서 분노했다고요?"

"분노는 지나친 표현이지만 네, 조금 짜증이 나긴 했습니다. 다들 바쁘게 사는 사람들인데, 적당한 하우스메이트를 새로 구하려면 시간을 내야 하니까요. 만약 못 구하면 다른 거처를 찾아야 하고요. 갈등은 좀 있었지만, 우리 세 사람은 함께 사는 데 익숙해져 있었어요. 그걸 고려해주길 바랐습니다. 나중에야, 엠마의 두려움을 과소평가했다는 걸 깨달았어요."

"제 생각에는, 엠마 웹스터가 살해 협박을 받았다는 걸 미즈 쿡도 아셨을 것 같은데요. 염산 테러 협박 편지요."

"네."

"그리고 소셜 미디어에서는 그녀가 강간 협박을 자주 받았죠?"

"네."

"심지어 욕설 섞인 익명의 문자도 많이 받았고요."

줄리아는, 그래도 양심이 있어 당황하고 있었다.

"저는, 저는 자세한 내용은 몰랐습니다."

"하지만 이런 협박들을 알고는 계셨던 거죠? 전에 미즈 쿡께서 엠마 웹스터의 사무실에 들렀을 때, 마침 그녀가 협박 문자를 받아 그걸 보여주기도 했을 텐데요?"

"아마도요."

"아마도요?"

"그러니까, 네, 맞아요."

"지난 9월 13일 당신은 그녀의 사무실에 있었습니다, 그녀와 함께 『가디언』 기사에 대해 이야기를 나누고 있었죠. 그때 그녀의 휴대폰으로 이런 문자가 들어왔어요. '네가 꽤나 특별한 사람이라고 생각하겠지. 미친년, 너 조심하는 게 좋을 거야.' 맞습니까?"

"네."

줄리아는 원래 창백하다 못해 핏기가 없지만, 지금 그녀의 양 볼은 발갛게 달아올라 있었다.

"엠마 웹스터가 『크로니클』의 감시를 받고 있다는 것도 알고 계셨죠? 그 신문에 그녀의 사진이 실린 걸 보셨으니까요. 엠마 웹스터가 그 일 때문에 불안하다고 말했죠?"

"네, 맞습니다."

그녀는 약간 반항적인 말투로 대답했지만, 늘 보여주던 자신감은 사라진 것 같았다.

톰이 허리를 펴고 반듯하게 섰다. 그가 자신의 논점을 설명하기 위해 말을 지나치게 반복할 필요는 없었다. 다들 그가 어디로 향하려 하는지 알 수 있었다.

"계단 아래에 있는 엠마 웹스터를 발견했을 때, 그녀가 '불안해 보였다'고 아까 말씀하셨죠? '히스테리 상태처럼 보였다'고도 하셨고요?"

"네. 이성을 잃은 상태였어요."

줄리아의 입술이 다시 얇아졌다.

"그녀는 좀 전에 집 안에서 침입자를 발견하지 않았습니까?"

"네."

"그리고 그 침입자는 그녀 뒤를 쫓고 있던 기자였고요."
"네."
"그 집은 그녀가 안심할 수 있는 유일한 공간이었겠죠?"
"그랬겠죠, 네."
"전기가 나가, 복도는 어두웠습니다. 맞나요?"
"네."
"그런 상황에서는 불안해지는 것이, 히스테리 상태에 빠지는 것이, 너무도 자연스러운 반응이 아닐까요?"
줄리아가 다시 한번 목걸이를 만졌다.
"네, 아마도요."
톰은 손에 든 서류를 내려다봤다. 시간을 끄는 것이다. 그는 점잖게, 정말 궁금하다는 듯 물었다.
"구조대원들이, 그녀가 쇼크 상태인 것 같다고 말했던 걸 기억하십니까?"
"네."
줄리아는 풀이 죽은 모습이었다.
"이상입니다."
체구와 전혀 어울리지 않는 과장되고 신속한 몸놀림으로, 그는 자리로 돌아와 앉았다.

34

2022년 6월 13일

엠마

법정에서 나올 때 나는 탈진 상태였지만, 아드레날린으로 신경은 곤두서 있었다. 클레어가 거칠게 밀고 들어오는 사진기자들을 헤치고 나를 블랙캡(런던을 상징하는 택시—옮긴이)에 태웠다.

우리는 골든 레인 에스테이트 인근에 있는 한 아파트로 향했다. 클리버 광장 집이 범죄 현장으로 바뀐 후 우리 셋의 하우스셰어는 마침표를 찍었다. 클레어는 남자친구 맷의 집에 들어가 4개월을 함께 살았지만, 그와 헤어지는 바람에 새 아파트를 구해야 했다. 집세가 너무 비싸 곧 이사해야 하지만, 그녀는 내게 남는 침실을 내주었다. 재판이 진행될 동안 내 도피처가 되어줄 곳으로.

1950년대에 지어진 이 모더니즘 클래식 양식의 아파트는 뭔가 휑하게 느껴지는 공간이었다. 온통 새하얀 벽에, 커다란 창이 나 있었다. 8층이라 다른 단지들이 잘 내다보였는데, 발코니들이 하나같이 알록달록했다. 맞은편에 보이는 집들의 발코니는 레고 블록처럼 청록색과 적갈색이었고, 내 방 발코니는 황록색이었다. 테니스 코트와 정원, 시민 농장도 보였다. 문득 건너편 아파트에서 누가 나를 지켜볼 것 같았다. 면도기로 그 오만한 얼굴 좀 갈아주고 싶어. 네가 꽤나 특별한 사람이라고 생각하겠지. 미친년, 너 조심하는 게 좋을 거야.

나는 몸서리를 치며 커튼을 닫았다. 클레어가 차를 한잔 가져다주자, 그 친절함에 눈물이 날 것 같았다.

"괜찮아요."

클레어가 말했다. 나는 익숙지 않은 펌프스 구두를 벗고 마룻바닥에 발을 비볐다. 도저히 차를 마실 수가 없어 컵을 내려놓았다. 몸을 옥죄는 긴장감에 굴복하는 것 외에는 아무것도 할 수가 없었다. 어깨는 철조망처럼 꽉 맞물려 있었고, 등은 뻣뻣하게 굳어 부러질까 겁이 날 정도였다.

"이리 와보세요."

클레어가 이렇게 말하며 나를 꼭 안았다.

"나 정말 끔찍한 인간인 거 같더라."

나는 그녀의 머리칼에 대고 속삭였다.

"내가 세라믹 그릇을 들어 올려서……"

"쉬, 쉬."

우리 둘 다 그 부분이 가장 문제가 될 것임을 알고 있었다. 그녀는 내게서 몸을 떼고는, 자신의 눈을 똑바로 바라보게 했다.

"기소청 측 주장일 뿐이에요. 아직 엠마 입장의 이야기는 하지 않았잖아요."

우리는 오늘 일을 좀 더 분석했다. 배심원들에 대한 얘기도 했다. 유독 못마땅해하는 사람은 파마머리 리타일까, 아니면 히잡을 쓴 여자일까? 금발 머리에 냉정한 인상의, 눈썹을 잘 움직이던 여자는 어떨까? 남자들은 어떨까? 실망한 기색이 역력했던 마른 체구의 30대 남자는? 생각이 깊어 보이던, 턱수염을 기른 불그스름한 얼굴의 40대 남자는?

"마이크 가족들이 재판에 계속 올까요?"

그녀가 궁금하다는 눈길로 나를 바라봤다. 나도 알 수 없었다. 마이크의 전처 캐스를 떠올렸다. 왜소한 체구의 그녀는 완벽하게 화장을 한 모습이었다. 짐작컨대 아들 조시를 위해 참석했을 것이다. 조시가 나를 바라보던 눈빛은 가장 잊을 수 없는 오늘의 기억이었다. 증오와 상처를 담은 그 눈은 제 아버지와 똑 닮아 있었다.

나는 옷을 갈아입은 후, 침대에 앉아 플로라에게 페이스타임 전화를 걸었다. 이제 열다섯 살이 되어 재판을 방청할 수 있는 나이였지만, 나는 아이를 방청하게 할 생각이 없었다. 주저하면서도 재판에 함께하겠다고 밝힌 데이비드의 진심 어린 제안도 거절했다. 응, 이제 시작해서 마음이 편해. 오늘 저녁 뉴스에 엄마가 재판 받는 장면이 나올 수도 있어. 안 보는 게 나아. 엄마를 나쁜 사람처럼 보이게 만드는 게 기소청 측 사람이 하는 일이야. 하지만 그 사람이 하는 말과 실제로 있었던 일이 다르다는 거 알지? 기분은 좀 어때? 오늘 학교 다녀왔어? 아…… 그랬구나. 인터넷으로 학교

공부는 좀 했어?

아이는 거의 단답형으로만 말했고, 불안함에 목소리가 경직되어 있었다. 누굴 속일 수 있겠는가? 아이는 내가 겪는 이 상황의 중대성을 정확하게 인지하고 있었고, 내 말에 전혀 넘어가지 않았다.

데이비드는 회사에 있었기에 플로라는 캐럴라인을 바꿔주었다.

"많이 힘들었어요?"

그녀의 얼굴이 걱정으로 찌푸려졌다.

목이 아프고 껄끄러워 고개만 끄덕이다가 결국 입을 뗐다.

"6시 뉴스에 나올 거예요. 저는 도저히 볼 수 없을 것 같지만……. 플로라를 좀 안심시켜줄 수 있어요? 엄마를 나쁜 사람처럼 보이게 만드는 게 기소청 측 일이라고, 그쪽이 그런 말을 한다고 해서 엄마가 실제로 그런 일을 한 건 아니라고요. 오늘 나온 얘기 중에 그 어떤 것도 엄마의 변론 내용은 없다고요."

"그럼요."

캐럴라인의 목소리는 위안을 주었다. 플로라가 때때로 연주하는 느린 악장만큼이나 감미로웠다.

"지금 말씀하신 거 아이가 다 알고 있어요, 당연히요. 저희가 계속 말해줬지만 또 말할게요."

이후 나는 식사를 해보려 했다. 그릭 요거트는 물려서 완두콩 수프를 데웠지만, 한 술 뜨고는 버렸다. 투표를 해야 하는 클레어는 국회의사당으로 떠나며 화이트 와인 한 병을 내주었다. 이

것으로 긴장이 좀 풀어지길 간절히 바라며 한 잔을 따랐고, 이내 두 번째 잔을 따르며 와인의 산도로 불안을 다스려보려 했다.

하지만 계속 불안했다. 뉴스를 보고 싶은 마음을 참아내며, 방 안에 있는 책장을 훑었다. 클레어의 전 남자친구 맷의 책들이 꽂혀 있었다. 롤스의 『정의론』, 로크의 『인간 오성론』, 배젓의 『영국 헌정』, 그리고 데카르트와 버클리와 흄의 필독서들까지, 대학 졸업 후 그가 다시는 열어보지 않았을 것 같은 책들. 내 머릿속 생각을 전환시켜줄, 내가 빠져들 만한 책은 없었다. 스릴러 몇 권도 있었지만, 지금 나에겐 서스펜스가 필요하지 않았다. 근처에 있는 바비칸 극장에서 최근 상연된 연극 「말피의 공작부인」 프로그램 북이 보였다.

존 웹스터의 복수를 그린 이 비극 작품은 프로그램 북만이 아니라 책도 있었다. 나는 『말피의 공작부인』을 읽으면서 공작부인이라는 높은 지위에 있는 인물이 성적 자율성을 조롱받았다는 사실을 떠올렸다. 음란한 미망인. 매춘부. 그럼에도 불구하고 그녀는 죽음의 순간에 자신의 오빠들은 물론 스스로의 신분과 권력에도 짓눌리기를 거부했다.

그녀는 비난받았고, 명예는 더럽혀졌지만 그럼에도 자의식만은 그대로 지켜냈다.

나는 여전히 말피의 공작부인이다. 그녀는 이렇게 선포했다.

35

2022년 6월 14일

캐럴라인

"전 연인을 밀어 살해한 혐의로 기소된 하원의원 엠마 웹스터가 오늘 다시 법정에 설 예정입니다. 어제 올드 베일리(영국 중앙 형사법원)에서는 노동당 평의원인 그녀가 세라믹 그릇과 열쇠 꾸러미로 상대의 얼굴을 내려쳤고, 경찰에 지속적으로 거짓 진술을 했다는 주장이 전해졌습니다. 매스컴의 대단한 관심을 불러 모으고 있는 이 사건은 적어도 2주 이상……"

캐럴라인은 라디오 다이얼에 손을 뻗어 라디오 2의 뉴스를 중단시켰다. 숨 쉴 틈 없이 BBC, 「데일리 메일」, 그리고 친구들까지. 그들은 페이스북에서 걱정하는 척 온갖 이야기를 떠들어대고 있었다.

플로라는 위층에서 오보에 연습곡을 반복해서 연주하고 있었다. 다른 때였다면 아이의 이런 엄청난 연습량과 정확하게 연주하려는 욕망에 대단히 기뻐했을 것이다. 하지만 지금의 연주는 지나치게 강박적이었다. 어느 정도의 루바토(자유로운 템포—옮긴이)와 유연함, 어느 정도의 프레이징(연속적인 선율을 악구로 분절하여 음악적 의미를 부여하는 연주법—옮긴이)을 활용할 줄 아는 감각, 어느 정도의 음악성이 드러나야 했다. 혹은 아이가 겪고 있는 슬픔과 고통의 흔적이 담겨 있거나. 하지만 아이는 마음을 닫은 채, 엄마의 살인죄 재판에 관해서는 입도 뻥긋하지 않으려 했다. 인터넷으로 관련 글들을 죄다 읽고 있었지만 말이다. 이야기를 꺼내면 무표정해지는 플로라의 얼굴처럼, 아이의 연주에도 아무런 표정이 없었다. 그 어떤 감정도 담겨 있지 않은 연주였다.

어제 데이비드가 오보에 소리에 대해 고양이 울음소리 같다고 하자, 캐럴라인은 바로 받아쳤다.

“오리예요. 프로코피예프의 「피터와 늑대」에서 오보에는 오리예요. 클라리넷이 고양이고.”

그는 믿을 수 없다는 표정으로 그녀를 바라봤다. 그럴 만도 했다. 지금은 그런 사소한 것을 걸고넘어질 때가 아니었다. 엠마의 재판으로 데이비드는 큰 타격을 입었다. 20년 동안 알고 지낸 사람에게 이렇게 엄청난 일이 생겼으니 당연했다. 다들 생각이 많아지고 있었다.

그는 그녀가 실제로 그런 일을 했을 수도 있다고는 생각하지 않으려 했다. 그녀가 그런 짓을 하지 않았을 거라고 단호히 말했다. 캐럴라인은 좀 더 신중한 쪽이었다. 기소청 측은 그녀가 정당방위를 한 것이 아니라 마이크 스톡스를 살해했다고 믿고 있다. 그리고 엠마는 얕잡아 볼 여자가 아니다. 지방의원이 되고 2년이 채 안 돼 근소한 차이로 하원의원에 당선된 사람, 언제든 사람을 놀라게 할 능력이 있는 여자였다.

캐럴라인 입장에서 보면, 물론 절대 티 내선 안 되겠지만, 이 그림에서 엠마가 사라져도 나쁘지 않았다. 엠마의 무언의 비판이 없다면 삶이 좀 더 쉬워질 테니까. (캐럴라인은 자신이 이 집을 이렇게 단장한 것과 플로라에게 사준 옷들을 엠마가 아니꼽게 보는 것을 알고 있었다.) 엠마가 어떻게 생각하든, 자신은 나쁜 여자가 아니었다. 그리고 엠마가 유죄든 무죄든, 자신에겐 그리 중요한 문제가 아니었다. (캐럴라인이 이런 결론을 내리기까지 시간이 좀 걸렸다.) 중요한 문제는, 엠마가 유죄 선고를 받으면 이미 스트레스를 받고 있는 플로라에게 벌어질 일이었다. 때문에 엠마는 무죄여야 했다.

캐럴라인은 피아노 건반 위에 손을 올리고 아르페지오를 연주하며 마음을 진정시켰다. 장조로 시작해 단조로 넘어갔다. C, C샵, D, E플랫. 피아노 소리와 빠른 손가락 움직임이 바람직하지 않은 생각을 침묵시킬 거라는 듯, 양손으로 옥타브를 넘나들었다.

데이비드에게는 말할 수 없는, 그녀 안의 아주 못돼먹은 생각은 엠마가 명예 추락을 경험해서 다행이라는 것이었다. 두 사람 간의 모든 경쟁에서 그녀가 '승리'를 거두었음에도(남자도, 집도, 항상은 아니라도 그녀의 딸까지 얻은 셈이니), 단 한 번도 승자 같다는 기분이 들지 않았다. 두 사람이 처음 교무실에서 만났던 그 순간부터, 젊은 남자 교사들이 조언을 구하기 위해 엠마를 찾는다는 것을 알아챘을 때부터, 캐럴라인은 자신이 항상 그림자에 가려진 신세 같았다.

엠마는 일적으로도 정치적으로도 인기와 성공을 모두 거머쥔 여자였다. 캐럴라인은 각광 속에서 청중의 박수갈채와 관심을 받는다는 것이 어떤 기분인지 알고 있었다. 자신은 합창단 반주를 할 때만 그런 기분을 느낄 수 있었다. (그런 기회마저 이제 점점 줄어들고 있었다.)

도덕성에 관해서라면, 엠마는 항상 우위에 있었다. 가정 파탄에 있어 그녀는 아무런 잘못이 없었으니까. 그녀가 평일에는 런던에서 일한 것이 발단이었다 해도, 외도를 시작한 것은 데이비드였다. 캐럴라인은 그렇게 되도록 부추긴 사람이었고.

이제 엠마는 명예가 산산조각 나는 게 어떤 것인지 배우는 중이다. 캐럴라인이 잘 아는 분야다. 얼룩 하나 묻지 않도록 자신의 인격과 도덕성을 지켜내면서 누군가의 외도녀가 되기란 불가능하다. 진정한 친구들은 그러지 않았지만, 동료 교사들은 그녀가 데이비드와 함께하고부터 그녀에게서 거리를 두었다. 일하는 동료로는 좋은 사람이지만, 남편을 지키려면 친구로 지내면 안 된다고, 믿을 만한 사람이 아니라고 생각하는 것이 캐럴라인 눈에도 보였다.

데이비드는 그런 일을 겪은 적이 없었다. 낮은 C로 시작해 반음계로 전조한 그녀는, 언짢아진 마음으로 양손을 바쁘게 움직여 낮게 으르렁대는 듯한 불길한 소리를 토해냈다. 그는 우유부단하고 겸손해 보이는 사람이었다. 그래서 충분히 그렇게 보일 수 있는 상황임에도, 사람들은 그를 바람둥이로 보지 않았다. 하지만 이 또한 낡아빠진 이중 잣대였다. 성서 속 이브부터, 유혹하는 쪽은 언제나 여성이었다. 늘 수수한 차림새인 그녀를—일터에서 입는 옷들은 M&S였고, 주말용 운동복은 넥스트에서 구매했다—바흐 합창단원들은 상당히 독립적인 사람으로 봤다. 술은 물론이고 설탕이나 붉은 고기도 삼가는 그녀를 심지어 고지식하다고 생각하는 사람도 있었다. 다 좋아, 다 좋은데, 그녀가 위그모어 홀에서 리사이틀을 하는 연주자는 아니잖아. 그러기엔 이미 늦었잖아. 성질 고약한 테너 한 명이 이렇게 말하기도 했었다. 사람들이 눈썹을 치켜뜨는 대상은 늘 그녀였다. 데이비드도 참 뻔해. 아내를 어린 모델로 갈아치우다니. 캐럴라인? 흠, 그 여자가 그 집 딸 피아노 선생이었던 거 알아? 항상 보면 얌전해 보이는 여자들이…….

하지만 두 사람 모두 주어진 삶을 최대한 누리려 한 것이었다. 최고의 상황에서도 미끄러지듯 빠져나가는 행복을 움켜쥐려고. 맞다, 그녀에게는 도덕적 선택을 내릴 기회가 있었다. 데이비드에게 첫 키스를 유도하지 않아도 되었고, 처음 잠자리를 한 후 똑딱똑딱 흘러가는 생체시계를 걱정하며 그를 재촉하여 최후통첩을 보내지 않아도 되었다. 하지만 두 사람 모두 성인이었다. 그녀는 뭉그적거릴 시간이 없었다. 결단력 있게 나아가고 싶었다. 그녀는 음악에 있어서도 화려한 사치스러움이 묻어나는 낭만주의보다는, 딱 떨어지는 정확함이 돋보이는 바로크 시대를 선호했다. 하이든보다는 모차르트였다. 슈투름 운트 드랑(Strum und Drang, 19세기 후반 독일의 문학 운동으로 감정 표현의 자유와 개성이 존중된 낭만주의—옮긴이)의 드라마는 견딜 수가 없었다.

외도녀라는 그녀의 배역은, 다른 여성들과 의미 있는 우정을 나눌 수 없음을 의미했다. 아이러니하게도 캐럴라인이 가장 친해지고 싶었던 사람은 엠마였다. 하지만 그녀의 남편과 잠자리를 한 탓에, 두 번째 미세스 웹스터가 된 탓에 그 바람은 좌절되었다.

좀 전의 통화에서 엠마는 지지와 도움이 간절한 사람처럼 굴었다. 그렇게 해주는 것이, 속으로 어떻게 생각하든 표면적으로는 엠마의 무죄를 믿는 것이, 플로라와 엠마, 데이비드는 물론 캐럴라인 자신에게도 도움이 될 것이다. 외도녀라는 딱지가 벨크로처럼 그녀에게 딱 붙어 떨어지지 않았고, 그녀는 그게 싫었으니까. 그녀는 엠마만큼이나 명예에 집착하는 사람이었다.

36

2022년 6월 14일

엠마

공판 이틀째인 오늘, 오전 5시를 갓 넘긴 시간에 눈을 떴다. 불안에 시달리며 노트북을 집어 들었다. 여러 신문에서 재판 시작 소식을 대문짝만하게 알렸고, 헤드라인들은 잔인했다. 하원의원이 연인을 밀어 사망에 이르게 하다, 하원의원이 999에 신고 못 해, 하원의원이 연인의 죽음을 두고 거짓 진술.

"봐요, 세라믹 그릇 이야기는 하나도 없잖아요."

6시가 조금 넘은 시각, 자리에 앉아 기사들을 분석하는 와중에 클레어가 나를 안심시켰다. 하지만 BBC 헤드라인의 부제로 등장했고 『타임스』, 『가디언』, 『데일리 메일』에서는 서론에 중요하게 언급되었다.

법원까지 걸어가는 길에 클레어는 자기 지역구 이야기로 내 불안을 잠재워보려 했다. 그리고 지역구 의장이 이틀째 공판에도 참석하겠다는 자신에게 싫은 소리를 하며, 심지어 다음 선거에는 공천하지 않겠다고까지 했다고 투덜거렸다. 어쩐지 이 말에 숨겨진 뜻이 있는 것 같았다.

“충성심을 중요하게 여기는 사람인 줄 알았거든요. 그리고 유죄가 입증되기 전까지는 무죄라는 원칙을 이해할 줄 알았는데.”

루드게이트 힐을 성큼성큼 오르는 그녀는 입장이 난처한 듯했다. 업무량이 워낙 많기도 했다. 나는 오늘을 마지막으로 클레어에게 더는 동행을 부탁하지 못할 것임을 깨달았다. 그녀를 이런 입장에 놓이게 한 게 부끄러웠다.

다시 피고석에 앉아 대런 버윅 순경이 증언하러 법정으로 들어오는 모습을 보니, 내 수치심은 더욱 커져만 갔다. 그는 사건 현장에 구조대원들과 함께 도착한 경찰관 두 명 중 한 명으로, 경험은 많지 않은 열정적인 젊은이 같았다.

당시 그는 동료인 바커 순경과 마찬가지로 친절하고 배려심이 넘쳤는데, 내가 몸을 떨고 있어 더욱 그랬을 수도 있다. 의지와는 다르게 덜덜 떨리고 있는 무릎을 꽉 누르고 있는 나에게 그는 이렇게 말했었다.

“몇 가지 질문을 해도 되겠습니까?”

구조대원들이 마이크를 들것에 실어 옮기고, 줄리아는 바커 순경을 따라 다른 곳으로 이동했다. 버윅 순경은 따뜻하고 상냥한 미소를 지으며 나를 주방 의자에 앉혔다.

그는 내가 집에 들어온 순간부터의 일들을 확인했다. 나는 경보가 켜져 있지 않다는 것을 알고, 누가 집에 침입한 것 같아 너무도 두려웠다고 말했다.

“휴대폰 손전등을 켜고 복도를 따라 걷다가, 그를 발견했어요."

앞서 줄리아에게 반복적으로 했던 거짓말이, 이렇게 공식화되었다.

"계단 아래 쓰러져 있었어요."

"아는 분인가요?"

버윅 순경이 물었다.

"네, 정치부 기자예요. 저는 하원의원이고요. 협업해서 기사를 낸 적이 있어요."

이에 대해 자세히 털어놨다. 일적인 관계에 대해선 거짓말할 생각이 없었다. 어떻게든 밝혀질 테고, 상황을 복잡하게 만들고 싶지 않았다.

"그럼, 친구 사이인가요?"

"아니요. 전혀요."

나는 몸서리를 쳤다. 친구와는 거리가 멀었지만 설명할 수가 없었다.

"저분과 사이가 안 좋아졌나요?"

무언가 눈치챈 것이다. 내 무릎이 계속 테이블에 부딪혔다.

"죄송해요. 물 한잔 마셔도 될까요?"

"물론입니다."

"제가, 그러니까 그 사람이 그렇게 쓰러져 있는 장면을 봐서, 너무 충격적이라."

불쑥 몸을 일으켜서 유리컵에 물을 채웠다. 너무 급히 수도꼭지를 돌리는 바람에 손이 젖어버렸다. 등을 보인 채로 물을 벌컥 벌컥 들이켰다. 경찰이 나를 지켜보고 있는 게 느껴졌다. 그냥 사전 대화 같은 거야. 걱정할 거 없어. 하지만 어떻게 걱정하지 않을 수가 있겠는가?

"두 분의 관계가 어땠는지 여쭙던 중이었습니다."

내가 자리로 돌아와 앉자 버윅 순경이 말했다.

"관계라고 할 게 없었어요."

무의식적으로 거짓말을 했다.

"그럼 그를 이곳으로 초대하지 않으셨던 겁니까?"

"네. 그 사람은 타블로이드지 기자예요. 그냥 일로 아는 사람이었어요."

사흘 후 파킨 형사에게도 그랬듯, 이렇게 말했다.

"기사 몇 건을 두고 같이 일했던 사람이에요. 하지만 제가 머무는 두 집 중 어느 곳으로도 절대 초대한 적은 없어요. 제가 절대로 하지 않을 일이죠."

"그럼, 집에 도착해보니 경보 장치가 꺼져 있었고, 그다음은요?"

"계단 아래에 있는 그를 발견했어요."

"바로 발견하신 거예요?"

"네."

"그 후 어떻게 하셨습니까?"

"그가 있는 곳으로 내려갔어요."

"앰뷸런스는 부르셨어요?"

"아뇨. 줄리아가 불렀어요. 제가 도착하고 2, 3분 정도 있다가 줄리아가 들어왔던 거 같아요. 휴대폰이 계단통에서는 잘 안 터져서, 거긴 수신이 안 좋거든요, 그래서 전화를 하지 못했어요. 정원으로 통하는 문 근처나 위층으로 올라가야 하는데, 그를 혼자 있게 하고 싶지 않았어요. 저도 모르게 몸이 얼어붙었어요. 죄송합니다."

내가 말을 너무 쏟아내고 있음을 깨달았다.

"충격을 받아서…… 뭘 어떻게 해야 할지 몰랐어요."

버윅 순경은 가늘고 긴 필체로 공들여 꼼꼼하게 내 말을 기록했다. 내 말을 믿는 것처럼 보였고, 줄리아와 대화를 나눈 그의 동료 또한 만족스러운 얼굴을 보였다. 우리가 한 말 중에 별다른 특이 사항은 없는 것 같았다. 우리는 정치인이고, 마이크는 타블로이드지 기자다. 양쪽 다 딱히 믿음직스러운 사람들로 인식되진 않지만, 술에 취하지 않은 여성 하원의원 두 명이 술에 취한 남성 침입자보다는 믿을 만했다. 우리를 믿지 않을 이유가 없었다.

면담이 또 필요해지면 다시 연락하겠다고 버윅 순경이 말했다.

"그리고 미스터 스톡스 상태에 대해서도 알려드리겠습니다."

"감사합니다."

경찰이 말을 꺼내기 전에 내가 먼저 그의 상태를 물었어야 했다.

바커 순경의 휴대폰이 울리기 시작했다. 그녀는 안마당 정원 쪽으로 가 주방을 등진 채로 전화를 받았다. 통화를 마치고 돌아온 그녀는 나를 한번 슬쩍 보더니, 동료에게 다가가 뭐라고 말했다. 그 순간, 나는 모든 것이 잘못되기 직전임을 알 수 있었다. 그녀의 표정 때문이었다. 상황이 훨씬 복잡해질 수 있음을 감지한 듯한 표정.

"병원이었어요. 마이크 스톡스가 다시 의식을 잃었다고 합니다."

*

피고석에서 그 순간을 떠올리자 내 등줄기로 서늘한 두려움이 스멀스멀 올라왔다. 소냐 잭슨이 버윅 순경의 보디캠(몸에 장착하는 녹화 장비—옮긴이) 영상을 재생하자 두려움은 더욱 커졌다. 영상은 두 개의 화면에서 재생되었다. 하나는 배심원단 바로 맞은편에 설치되어 있었고, 다른 하나는 배심원단 오른쪽이자 판사 왼쪽에 있어 변호사들과 내게 보였다.

12월의 그날 밤, 카메라에 찍힌 여자는 초조해 보였다. 말이 너무 빨랐고, 꼭 죄책감에 사로잡힌 사람처럼 자신의 이야기를 쏟아냈다. 해명하기에 급급했고, 질문을 막기 바빴으며, 상대의 기분을 맞추려고 애쓰고 있었다. 영상 속 여자는 자신이 위증하고 있다는 사실을 인지하지 못하는 듯했다. 멀리 내다보며 하는 말이 아니었기에. 아까 자전거 헬멧을 쓴 탓에 머리카락이 눌려 있었지만, 옷차림은 깔끔했다. 블라우스와 캐시미어 카디건, 맞춤 바지까지. 하지만 그런 단정한 행색과 어울리지 않게, 과열된 흥분을 숨기지 못해 조금 과도한 에너지를 뿜어내고 있었다. 그 순간, 기술적으로는 아무 문제가 없음에도 불구하고 소리와 영상이 살짝 싱크가 어긋난 것처럼, 손에 잡힐 듯한 뚜렷한 괴리감이 느껴졌다. 그리고 내 말소리가 분명하게 들렸다.

"여기서 잠깐 멈추겠습니다."

미스 잭슨이 이렇게 말하며 노트북 키보드를 눌러 영상을 멈췄다.

"엠마 웹스터는 집에 도착했을 때 어떤 일이 벌어졌는지 버윅 순경에게 설명하고 있습니다. 배심원 설명 자료의 첨부 자료 2, 섹션 1을 보시면 진술을 글로 옮긴 내용이 있는데, 해당 상황에 대한 부분만 제가 읽어보겠습니다. '굉장히 조용했지만 누군가 있는 것 같았어요. 휴대폰 손전등을 켜고 복도를 따라 걷는데, 그때 그를 확인했어요. 계단 아래에 쓰러져 있었어요.' 맞습니까, 버윅 순경님?"

"네."

버윅 순경이 답했다.

"그녀에게 다시 한번 확인한 걸로 알고 있는데요. 이렇게 물으셨죠."

자료를 보고 있는 미스 잭슨은 버윅 순경보다는 덜 단조로운 톤으로 말했지만, 여전히 사무적인 느낌이었다.

"'그럼 그를 처음 봤던 게 언제입니까?'라고 버윅 순경님이 묻자, 미즈 웹스터는 '그가 쓰러져 있는 모습을 봤을 때요. 계단 아래서요'라고 답했어요. 그렇죠?"

"네."

"이상입니다."

소냐 잭슨은 내가 거짓말쟁이임을 밝히기 위해, 내 초기 증언을 배심원들 머리에 강하게 각인시킨 후 자리로 돌아갔다.

이후로도 그녀는 이 전략을 몇 번이나 써먹었다.

*

구조대원의 증언을 듣기 전, 소냐 잭슨은 말다툼 소리를 들었다고 주장하는 옆집 이웃을 불렀다. 알렉스 마버는 대입 시험인 A 레벨 과정 중에 있는 18세 학생으로, 문제의 그날 오후 집에서 공부를 하고 있었다. 그의 아버지 이언은 상대의 마음을 무장해제시킬 정도로 잘생긴 남자였다. 비슷한 시간에 퇴근하는 날이면, 자전거를 계단 손잡이에 묶으며 몇 마디 나누곤 했다. 남편과 마찬가지로 컨설턴트 일을 하는 아내 니키와는 거리를 두었다. 나만 보면 주민회에 참석하라고 했기 때문이었다. 부부는 둘 다 세인트토머스 병원에서 근무했고, 아들 둘은 대학에 가서 셋째인 알렉스만 그 집에서 지내고 있었다.

증인석을 향해 느긋하게 걸어오는 그를 알아보지 못했다. 아버지의 수려한 외모를 닮은 데다 키는 더 컸다. 190센티미터가 넘어 보였는데, 지난여름보다 15센티미터쯤 더 자라 있었다. 갑작스럽게 큰 키가 아직 몸에 익지 않은 듯, 하늘로 쭉 뻗은 해바라기처럼 몸이 흔늘거렸다.

증인석에 자리한 그는 전혀 불편해 보이지 않았다. 판사와 배심원들을 바라보는 그의 얼굴에는, 수줍음과 도발이 뒤섞인 매력적인 표정이 서려 있었다. 그는 A 레벨 과목으로 영어와 음악, 연극영화를 공부하고 있다고 말했다. 그는 대단히 뛰어난 외모와 특권을 지닌 청년으로서의 존재감을 발휘하고 있었고, 이를 배심원단도 감지했다. 배심원단 대표는 허리를 펴서 바르게 앉았고, 눈썹을 잘 움직이는 금발의 젊은 여성은 그를 주목했다. 그는 자신의 이름을 밝히고 서 있는 것 이상의 대단한 무언가를 하지 않아도, 사람들의 시선을 끄는 타입이었다. 그의 카리스마와 외모로 인해 그의 증언이 설득력 있게 들릴까 봐 걱정이 되었다.

소냐 잭슨은 그가 진술한 내용을 빠르게 확인했다. 12월 8일 수요일, 학교를 마치고 집에 온 알렉스는 노이즈 캔슬링 헤드폰을 끼고 자신의 2층 침실에서 공부를 하고 있었다.

"어떤 음악을 듣고 있었죠?"

소냐 잭슨이 물었다.

"너바나의 「Aneurysm」(동맥류—옮긴이)이었던 거 같아요."

그가 이 노래를 듣고 얼마 지나지 않아 마이크가 머리에 치명상을 입었다는 비극적인 아이러니에, 법정이 술렁거렸다. 그러자 그는 급히 덧붙였다.

"그리고 「Heart—Shaped Box」도요. 다 오래된 명곡들이죠."

"너바나는 록 밴드가 맞죠?"

그녀는 자신은 나이가 어려서 잘 모른다는 듯 배심원단을 향해 미소를 지었다.

"네."

그는 약간 비웃듯이 대답했다.

"그럼 음량은 어느 정도였나요?"

"꽤 컸어요. 크게 들어야 하는 곡이니까요."

4시 15분경, 그는 2층 침실에서 지하에 있는 주방으로 내려갔다.

"왜 그랬죠?"

"좀 출출해서요. 냉장고에 뭐 먹을 게 있나 보려고요."

배심원석 앞줄에 앉은, 첼시 번(영국의 대표적인 건포도 빵—옮긴이)처럼 생긴 얼굴에 풍만한 체형의 여성과 그 뒤에 앉은 내 또래 여성이 둘 다 흐뭇하게 웃었다. 아들을 키우는 엄마들인 것 같았다.

"아래층으로 내려가면서도 음악을 듣고 있었나요?"

"네."

"그럼 다시 올라올 때도요?"

"아뇨. 주방에서 음악을 껐어요. 「Smells Like Teen Spirit」이 나왔거든요. 너무 많이 들은 노래라 헤드폰을 목에 걸었어요."

그가 치즈 샌드위치를 만들고, 우유 1파인트를 꺼내는 데 어느 정도의 시간이 걸렸는지에 대한 이야기가 자세히 이어졌다(5분을 넘지 않았다고 했다). 그런 뒤 알렉스는 다시 공부를 하기 위해 헤드폰을 쓰지 않은 채로 계단을 올라갔고, 계단 꼭대기에 도착해서 복도로 진입하려 할 때 웅웅거리는 말소리가 들렸단다.

"싸우는 것 같았어요. 이리저리 오가는 발소리도 들렸고. 남자 한 명과 여자 한 명 목소리였어요. 말다툼을 하고 있었어요."

"왜 그렇게 생각하죠?"

"상당히 과열되어 있었어요."

"목소리가 높았나요?"

"남자는 아니었고요. 남자 목소리는 여자를 진정시키려는 것처럼 조용한 편이었지만, 여자 목소리는 컸어요. 고성을 질렀어요. 계속 뭐라뭐라 이야기를 나누는 소리가 들리다가, 여자가 남자한테 소리를 질렀어요."

"남자 목소리는 '여자를 진정시키려는 것처럼' 조용한 편이었지만, 여자는 남자한테 소리를 질렀군요."

소냐 잭슨은 믿기 힘든 이야기라는 듯 알렉스의 말을 반복했다.

"여자가 어떤 말을 하는지 들렸나요?"

"처음에는 안 들렸지만, 막 복도로 진입하고 있는데 몇 초간 들렸어요. 여자가 유독 거칠게 소리를 질렀거든요. '나가. 여기서 나가라고!' 이 소리가 들렸어요."

"여자가 그 말을 어떻게 했나요?"

"엄청 새된 비명을 지르면서 험악하게요. 꼭 남자를 야단치듯이요. 선생님이나 우리 엄마가 폭발할 때처럼요."

그는 살짝 미소를 지었다. 나도 한 번씩 듣는, 니키 마버의 이성을 잃은 고함 소리를 자신의 아들이 올드 베일리에서 언급했다는 이야기를 들으면, 그녀의 심정이 어떨까.

"그래서 어떻게 했죠?"

"위층으로 올라가서 공부했어요."

소냐 잭슨은 고개를 한쪽으로 살짝 기울이며 기다렸다.

"제가 뭔가 침해를 하고 있는 것 같아서요. 엿듣는 거요."

알렉스가 말을 이었다.

"두 사람 말다툼을 듣고 싶지 않았어요. 저랑 상관 없는 일이니까요. 해야 할 일도 있었고요. 다음 날까지 에세이를 제출해야 했거든요."

그가 나를 바라봤고, 나는 이 청년이 조금이라도 죄책감을 느끼는지 궁금했다. 내 인생에서 가장 무서웠던 상황을 엿듣고 있었으면서, 침해해선 안 된다는 생각만 했다니. 그가 벽을 쿵쿵 쳤다면, 우리 집에 왔다면, 좀 더 호기심이 많고 예의는 없었다면, A 레벨 에세이를 제시간에 끝내는 데만 정신이 팔린, 본인에게만 관심이 있는 전형적인 10대가 아니었다면, 상황이 어떻게 달라졌을까.

우리가 싸우는 소리를 듣고도 그냥 위층으로 올라갔다고 해서 알렉스에게 뭐라 할 수는 없었다. 그럼에도 그가 와서 도움을 주지 않았다는 사실이 너무도 슬펐다. 그가 나를 두고 새된 비명을 질렀다고 말한 것에 화도 났다. 내가 어떤 공포를 느꼈는지 알기나 할까! 분노와 동시에 오싹한 두려움이 내 온몸에 퍼졌고, 그 두려움이 내 움직임을 변덕스럽고 난폭하게, 내 목소리를 크고 날카롭게 만들었던 것이다. 뭐라고? 새된 비명을 지르면서 험악하게? 그때 나는 미친 듯 두려움에 떨고 있었을 뿐이다.

취재진 쪽을 바라보니, 그들은 지금 나온 이야기를 정신없이 휘갈겨 쓰고 있었다. 소냐는 신문을 마무리하려 했다.

"그는 '여자를 진정시키려는 것' 같았다고 했죠?"

"네."

소냐 잭슨이 미소를 지었다. 자신이 원하는 것을 얻었고, 그거면 됐다는 뜻이었다.

"이상입니다."

그녀가 말했다.

*

톰 틸렛은 매우 유능하며, 점잖고 겸손하게 말하는 사람이었다. 그는 어떻게 풀어나가야 할지를 고민하는 듯, 어디 한곳을 응시하고 있었다. 나는 이 또한 하나의 전략임을 깨달았다. 그는 이렇게 말한 적이 있다. 좋은 변호사는, 답을 모르는 질문은 절대 해선 안 된다고. 즉 그는 지금 자신이 무슨 질문을 해야 하는지 정확히 알고 있었다. 이렇게 고민하는 모습은 연출된 것이었다.

톰은 알렉스에게 옆길로 접근했다. 학교생활에 대해 물었고, A 레벨 영어를 공부하고 있느냐고 했다.

"네."

"지금 A 레벨 시험 준비를 막 시작한 거군요. 대학에서 영어와 연극영화를 공부하고 싶고요?"

"네."

"브리스톨에서요?"

"네."

알렉스는 스스로를 자랑스러워하는 표정이었고, 톰은 작게 고개를 끄덕였다. 러셀 그룹 대학(브리스톨 대학을 포함해 명문 대학 스물네 곳을 가리키는 명칭—옮긴이)이라니, 훌륭하다는 뜻으로.

"공부하는 작품 중 하나가, 그날 밤에 쓴 에세이 주제였던 작품이, 셰익스피어의 『말괄량이 길들이기』 맞나요?"

"네, 맞습니다."

"'고집이 세고, 짜증을 잘 부리며, 뚱하고, 시큰둥한…… 나는 그녀의 미치광이 같고 고집불통인 성질을 고쳐놓겠어.' 문제가 많은 글이지 않습니까? 이 글 때문에, 당시 증인의 머릿속에 새된 비명을 지르고 괴팍한 행동을 하는 여성의 모습이 남아 있었을 수도 있나요?"

"네, 그랬을 수도 있죠……."

그는 전보다 조금 기가 죽은 듯했다.

"'고성을 질렀어요', 엠마 웹스터의 목소리를 이렇게 묘사했죠?"

"네."

"그건 두려움에 떠는 여성의 목소리로 볼 수도 있지 않을까요? 증인 어머님처럼, 누군가를 혼낼 때 내는 소리가 아니라."

"네, 그럴 수 있을 것 같네요."

톰은 날카로운 눈초리로 배심원단을 바라보며, 세 박자 정도를 쉬었다. 무언가를 더 보탤 필요는 없었다. 내 변호사는 알렉스가 해명을 늘어놓길 바라지 않았다. 싸움이 있었고, 검시 결과 밝혀진 부상이 이를 뒷받침해주고 있었다. 대단히 유감스럽고 창피하게도, 당시 나는 두려움에 떨고 있었다. 그래서 말다툼이 몸싸움으로까지 번졌다는 게, 아직 시작되지 않은 내 변론의 일부다. 따라서 마이크가 '나를 진정시키려' 했고, 나는 새된 비명을 지르며 과잉반응했다는 알렉스의 추론이 배심원단에게 각인되도록 두어서는 안 되었다.

증인석을 나서는 알렉스 마버의 예쁜 얼굴은 살짝 불그레해져 있었고, 어딘가 자신이 없어 보였다.

37

2022년 6월 14일

엠마

당당한 '언피씨(un-pc)' 그룹(왓츠앱)

@BarnabyMilesMP

맙소사, 법정에서 나왔다는 말 들었어?

@TristramSaleMP

'빌어먹을 내 집에서 나가라고'라고 했다는 거?
까칠하게 굴 때 섹시하단 말이야.

@BarnabyMilesMP

내가 진정 좀 시켜주고 싶은데. 😄😄😄

@PJacksonMP

그런데 장난이 아니라, 변호사 잘하던데.

@BarnabyMilesMP

잭슨보다는 아니지. 여자인데도 법조계의 다이너마이트잖아.

구조대장인 자고 해리스가 증인석에 들어오는 것을 보자 몸이 으슬으슬해졌다. 그를 보는 것만으로도, 계단 아래에서 마이크가 그를 향해 욕을 하던 그때로 돌아갔다. 당시 마이크가 무슨 말을 할지 몰라 아드레날린이 솟구쳤었다. 이제 증인에게 익숙해진 배심원들은 미지근한 관심만 보였다. 하지만 유니폼 차림으로 침착하게 서 있는 그를 보며, 나는 배심원들이 그의 증언을 믿을 거라고 생각했다.

12월 8일, 근무 시간이 거의 끝나갈 무렵 클리버 광장으로 출동하라는 연락을 받았다고 그는 말했다. 그와 그의 동료는 계단 아래로 떨어져 의식이 없는 남성 환자가 있다는 이야기를 들었다.

"발견 당시, 미스터 스톡스는 어디에 있었습니까?"

소냐가 물었다.

"계단통 가장 아래에 있었습니다. 등을 바닥에 대고요. 위에서 바로 계단으로 떨어진 것처럼요."

"당시 그의 상태가 어땠는지 말씀해주실 수 있을까요?"

"의식은 있었지만 굉장히 혼란스러운 상태였습니다. 왼쪽 뺨에 피가 나 있었는데 그리 깊지 않은 상처 같았고, 관자놀이에도 베인 상처가 있었습니다. 거기서 피가 흐르고 있어서 탈지면을 대고 의료용 테이프를 붙이긴 했지만, 머리를 세게 부딪힌 것이 더욱 걱정되었습니다. 뒤통수에 혹이 올라와 있어서 여기가 어딘지, 오늘이 며칠인지, 이름이 뭔지 몇 가지 질문을 했습니다. 뇌진탕이 온 게 확실했습니다. 멍해 보였고, 어지럽다고 호소했어요. 그러다 그분이 좀 거칠어졌죠."

갑자기 어딘가에 갇힌 것처럼 내 호흡이 짧고 얕아졌다. 시야도 흐려졌다. 나는 고개를 숙였다. 보안 요원이 곁눈질로 나를 확인하는 것이 보였다.

"괜찮아요."

사람들의 이목을 끌고 싶지 않았기에, 그를 향해 간신히 속삭였다. 나는 다리 사이의 바닥을 바라보며 호흡을 정상화시키는 데만 집중했다. 기울어졌던 공간이 조금씩 제자리를 찾아가고 공기도 덜 답답하게 느껴지자, 고개를 들어 구조대장의 이야기에 집중하려 애썼다.

하지만 내 기억이 그의 증언보다 더욱 강렬했다.

"놓으세요. 괜찮아요. 전 괜찮다고요." 마이크의 눈빛은 거칠고, 표정은 공격적이었다. "여기서 나가야 돼. 이 망할 집에서 나가야 한다고. 이것 좀 놓으라고!" 그의 목소리에서 분노와 패닉, 혼란과 두려움이 묻어났다. 그가 머리를 대고 있던 곳 근처 벽에 피가 튀어 있는 것이 보였다. 나는 구조대장이 그걸 알아채지 않기를 바랐다. 다행히 그는 마이크의 상처와 혹에만 신경 쓰며 마이크에게 말했다. "여기 좀 닦아드릴게요. 네, 됐습니다. 이제 병원으로 가야 해요." 마이크는 흥분하여 그의 손을 쳐내며 이렇게 말했다. "안 가! 빌어먹을, 안 간다고!"

구조대장 자고 해리스가 바로 그 순간에 대해 증언하고 있었다.

"공격적이었습니다. 술을 마신 듯했고, 계속해서 자신은 아무 이상이 없다고 주장했습니다."

그가 마이크를 들것에 눕히던 상황을 설명하자 끝도 없이 질문을 해대던 내 모습이 떠올랐다. "좋은 징조 맞죠? 의식도 돌아오고, 화도 내잖아요?" 나는 들것을 좇아 복도를 통과했다. 들것이 현관 계단을 지나 앰뷸런스에 실리는 모습을 지켜봤다. 마이크는 아직 의식이 있었고, 나는 상황을 이해할 수가 없었다. 죽은 줄 알았던 그가 다시 말을 하고 있었으니까.

내가 '공황 상태'로 보였다고, 구조대장이 증언했다.

"공황 상태요?"

소냐는 이상하다는 듯 물었다.

"집에 와서 어떤 남자를 발견한 사람이 보일 법한 반응이죠."

내가 받은 충격을 알아주다니, 목이 메었다. 마침내, 침입자를 맞닥뜨린 내가 완전히 겁에 질려 있었음을 이해해주는 증인이 나타난 것이다. 다만 그가 증인석을 나오며 내 쪽으로 시선을 던졌을 때, 얼굴에 실망감이 보였다. 그날 저녁, 그의 역할은 생명을 살리는 것이었다. 그는, 그리고 다른 사람들도, 내가 한 사람의 생명을 앗아가는 역할을 했다고 생각하는 걸까?

*

다음 증인은 우리 집 청소 도우미였던 아그네스 몰나르였다. 그녀의 소재 파악에 시간이 좀 걸려 짧은 휴정이 주어졌다. 클레어를 만나기에는 시간이 부족해서 매점에 들러 커피를 산 후, 이목을 끌지 않으려고 조용한 곳에 가서 앉았다.

누가 두고 간 『레코드』 초판이 있었다. 아직 확인하지 않은 신문이었다. 나는 자멸하기로 결심한 듯, 내 재판에 대해 뭐라고 하는지 알아보려고 엄지 자국이 번진 페이지들을 샅샅이 훑었다.

새로운 내용의 기사는 없었지만, '국민을 대변하는 교수'이자 과거에 내 지도교수였던 마커스 제이미슨이 공판 첫날 참석해 현장을 스케치한 글이 있었다. 나는 사진 속 그의 모습을 바라봤다. 나를 가르치던 때보다 열 살 더 나이를 먹었을 때 찍은 사진이었다. 가운데 가르마를 타 멋을 낸 윤기 나는 머리카락과 날카로운 광대뼈, 잔인할 정도로 명민하게 빛나는 두 눈. 옛날보다 더욱 호전적인 인상에 살이 조금 더 붙었지만, 젊은 시절의 수려함이 무르익어 객관적으로 봐도 상당히 잘생긴 남자였다. 하지만 내 눈에는 윗입술의 굴곡에 배어 있는 조소만 보였다.

그의 펜 끝에서 경멸이 뚝뚝 흘러나왔다. 상처를 입히겠다는 철저한 계산하에 움직이면서도 법적으로 불리해지지 않는 딱 그 선에서 멈추는 경멸. 내가 잘 아는 경멸이자 너무도 또렷하게 기억하는 경멸이었다. 한번은 그 경멸의 힘에 압도당해, 그의 명령에 곧장 따른 적이 있었다. 지금까지도 수치심과 극심한 불안을 불러일으키는 일이었다.

요즘 가장 구하기 힘든 앞자리 티켓을 차지하다

마커스 제이미슨, 국민을 대변하는 교수

제프리 아처가 위증 혐의로 피고석에 선 이후로, 올드 베일리 방청석이 이렇듯 뜨거운 기대감에 소란해진 적은 없었다. 모두진술만 하는 날인데도 말이다. 그 이유는, 이 재판이 (비디오테이프는 없지만) 섹스와 거짓말에 대한 이야기가 될 거라는 약속 덕분이었다.

우리는 한때 노동당의 라이징 스타였지만, 지금은 출당 조치가 내려진 엠마 웹스터 하원의원의 재판을 지켜보기 위해 그곳에 모였다.

전 연인 살해 혐의라니, 역시나. 그녀는 이러한 범죄로 기소된 첫 하원의원이—첫 **여성** 하원의원임은 말할 것도 없고— 되었다. 대단한 기록을 남긴 셈이다! 고개를 숙이고 있는 그녀는 너무도 연약해 보였다. 광란의 밤이 깊어지던 때, 남자라면 누구나 **절대로** 타격 입고 싶지 않은 부위를 무릎으로 가격한 여성에게서 볼 법한 거침없음은 전혀 찾아볼 수 없었다.

이런 허튼 글이 한심하기 짝이 없다는 걸 알면서도, 몸이 덜덜 떨렸다. 아직도 이러고 있었다. 내 명예를 더럽히려 하고 있었다. 지난 25년간 쭉 그래왔듯이. 옛날에는 에세이 점수를 깎고 시험 점수는 패스로만 기록하는 식으로 나의 자존감을 무너뜨려 내가 그토록 좋아하던 정치학 강의를 포기하게 만들었다. 이제 그는 대놓고 즐거워하며 내 몰락을 묘사함으로써 내 명예를 더럽히고 있었다.

이것은 전부, 이 영악한 노인네가 내 첫사랑이었기에 벌어진 일이다. 시간을 들여 그의 손아귀에서 벗어날 수 있었지만, 그는 자신을 거부한 나를 영원히 용서하지 않았다.

*

다시 법정으로 돌아온 후에는 그 노인네 생각을 할 수 없었다. 다음 증인은 아그네스 몰나르였다. 그녀가 증인 선서문을 낭독하는 소리를 들으며, 이 일이 벌어지기 전까지는 그녀의 성조차 몰랐다는 사실을 깨달았다.

그녀는 격주로 집에 왔다. 그녀가 남기고 떠나는 강한 표백제 냄새와 카펫마다 새겨놓은 청소기 자국 덕분에, 우리의 삶은 헤아릴 수 없이 편리해졌다. 하지만 내가 그녀를 보는 일은 거의 없었고, 그녀를 그저 '청소 도우미'라고 불렀다.

지금 같은 차림의 그녀를 만났다면, 나는 알아보지 못했을 것이다. 드물게 마주칠 때면 늘 청바지와 맨투맨 티 차림이었다.

효율적으로 움직였고, 어찌할 바를 모르는 듯 보일 때도 있었고, 싱크대 하부장에 머리를 넣고 있을 때도 있었다. 지금은 어두운 색 머리카락을 말끔하게 뒤로 넘겨 묶은 모습이었다. 창백한 얼굴과 또렷한 이목구비가 훤히 드러났다. 검은색 재킷에 몸에 붙는 짧은 치마 차림이었다. 영어를 잘했지만 자신의 영어 실력에 확신이 없어 보였고, 말투는 질문하는 것처럼 들릴 때가 많았다. '예스'라고 할 때면 숨이 찬 것처럼 끝을 올리는 바람에 "야"라고 들렸다. 대답할 때 고개를 기울이고 턱을 살짝 드는 것이 방어적으로 보였다.

소냐는 아그네스의 진술 내용을 천천히 훑었다. 그녀는 격주 수요일마다 방문해 오후 2시부터 4시까지 청소를 했고, 12월 8일 수요일에는 비가 많이 내렸다고 진술했었다.

"진술서를 보면 그날 '지독히도 비가 많이 내렸다'고, '지하철을 타러 가는 길에 옷이 다 젖을까 봐 걱정했다'고 말씀하셨는데, 맞습니까?"

"네."

복도 안쪽에서 우산을 펼치려 할 때 한 남자가 현관 계단을 올라왔다고 그녀는 말했다.

"아는 분이었나요?"

"아니요. 하지만 신문사 명함을 보여줬어요. 정치부 기자라고 적혀 있었고, 이름은 마이크 스톡스였어요."

"그 사람이 다른 말은 하지 않았나요?"

"했어요."

당장이라도 털어놓고 싶었다는 듯 급히 대답했다.

"엠마 웹스터를 만나러 왔다고, 들어가도 되느냐고 물었어요."

"어떻게 답하셨나요?"

"좋은 생각이 아닌 것 같다고 말했어요."

그녀가 고개를 저었다.

"남자를 집 안으로 들여선 안 된다고 생각했어요. 줄리아가 좋아하지 않을 것 같았거든요. 하지만 비가 너무 많이 오고 있었어요. 복도까지 들이칠 정도로요. 그분은 우산이 없었어요. 코트 깃을 세우고…… 그걸 어떻게 말하죠? 아, 몸을 웅송그린 상태였어요. 비를 덜 맞으려고. 그 사람이 휴대폰을 흔들어 보였어요. 엠마가 보낸 메시지가 있다면서, 저한테 보여주려고 했어요."

"그래서 어떻게 되었나요?"

"휴대폰이 젖어서, 아이폰 7이었던 것 같은데, 비 때문에 작동이 잘 안 돼서 제 우산을 같이 썼어요. 그런데 그렇게 있자니…… 뭐라고 해야 될까, 우스꽝스럽더라고요. 그렇게 비를 맞으며 서 있는 게요. 그래서 집 안으로 들여 현관 쪽 매트에, 문 바로 앞에 서 있게 했어요."

그녀는 미안한 표정으로 어깨를 들었다 내렸다.

"미소가 멋졌어요."

그녀가 덧붙였다.

"좋은 느낌이 들었어요. 좋은 사람 같다는 느낌이요. 진실을 말하는 듯했어요."

배심원들은 그녀에게 무척이나 집중하고 있었다. 마른 체구에 머리가 벗겨지기 시작한, 쥐를 닮은 30대 남성은 그녀의 증언을 들으며 고개를 끄덕였고, 턱수염 있는 남자는 연민의 표정을 지었다. '좋은 사람 같았어요'라는 말이 사람들 마음을 움직인 듯했다. 배심원실에서 언급될 것 같았다. 그렇게 단순하게 볼 문제인지는 모르겠지만. 그는 여기 있는 모든 이와 마찬가지로 결함 있는 사람이었고, 그날 늦은 오후에는 '좋은' 사람과 거리가 멀었다. 하지만 술에 취한 상태였음에도 그가 그녀의 눈에 매력적이고 친근하게 보였다는 점은 이해가 갔다. 마이크 스톡스는 열여덟 살 때부터 자신을 꺼리는 상대를 멋지게 설득해 현관 안까지 들어가는 수완을 발휘해온 남자였다.

"그가 그 집에 들어갔나요?"

소냐가 물었다.

"네. 안쪽까지는 아니고요. 현관 매트에 서 있었고, 그가 휴대폰에서 메시지를 찾는 동안 제가 옆에 있었어요."

"메시지에는 뭐라고 적혀 있었나요?"

"'우리 집에서 만나요. 4시. 당신이 좋아할 만한 이야기가 있어요'라고요."

"그걸 확인한 뒤 그의 말을 믿게 됐나요?"

"네. 엠마에게서 온 메시지였어요. 엠마가 그와 함께 일했던 것도 알고 있었고요. 엠마가 그 신문의 에이미 법 관련 기사들을 본인 알림판에 붙여놨었거든요."

아그네스가 나를 바라봤고, 나도 그녀를 바라봤다.

"그럼 당신이 그를 집 안에 머물게 한 건가요?"

"아니요."

그녀의 목소리가 높아졌다. 그녀는 더욱 방어적이 되어 설명을 이어갔다.

"현관 매트에 머물게 했어요. 4시가 막 지났을 때였어요. 우리는 엠마가 몇 분 후면 도착할 거라 생각했고, 비가 너무 세차게 내려 집 안으로 들이칠 정도였어요. 그때 저는 다음 집에 늦은 상태였어요. 제 에이전시가 꽤…… 엄격해요. 고객이 집에 오는 6시 30분까지 그 집 청소를 마쳐야 했어요. 그래서 거기서, 처마 아래에서 기다리라고 했어요. 현관문을 닫아달라고 말하고 싶었어요. 그래야 그 사람이 집 안에 있는 게 아니게 되니까. 그런데, 말하지 못했어요. 의심하는 것처럼 굴면 무례한 것 같아서요. 그리고 저는 경보 장치를 켜지 않았어요. 다음 일에 늦은 데다, 그 사람이 문간에 있으면 경보를 켤 필요가 없다고 생각했어요."

소냐 잭슨은 잠시 그대로 있었다. 발표대 위에 팔꿈치를 올리고는 아그네스의 한심하고, 결과적으로는 끔찍한 선행에 대해 다들 생각해볼 시간이 필요하다는 듯. 그런 후 비난보다는 안타까움이 묻어나는 말투로 말했다.

"그럼, 그를 집 문간에 홀로 두고 떠났다는 거죠?"

"네."

"당신이 떠날 때 집 안에 불이 켜져 있었나요?"

"복도에 있는 작은 테이블 위의 램프는 타이머가 맞춰져 있어 켜져 있었어요. 다른 불들은 꺼져 있었고요."

"그렇다면 현관문은 열려 있고 복도 불은 켜져 있는 상태에서,

마이크 스톡스를 문간에 두고 떠날 때 언제쯤 엠마 웹스터가 돌아올 거라 생각했나요?"

"금방 올 거라고요."

또다시 침묵이 흘렀다.

"그럼 이제 겨우살이 이야기를 해보겠는데요, 집을 나설 때 겨우살이가 어디에 걸려 있었는지 기억하세요?"

대답하기가 어려운지 아그네스는 입술을 깨물었다. 불안함에 모든 감각이 곤두선 나는, 허리를 더욱 꼿꼿이 펴고 앉았다. 겨우살이가 첫 번째 조명 아래 있었다고 그녀가 말하면, 기소청 측 주장에 더욱 힘이 실리게 된다. 법정이 일순 정적에 휩싸인 가운데, 나는 그녀가 정답을 말해주기를 간절히 바랐다.

"잘, 잘 모르겠어요."

마침내 그녀가 말했다.

"제가 청소하는 집이 너무 많아서. 시간이 꽤 지나기도 했고요. 저는 바닥, 테이블, 걸레받이 몰딩을 살펴요. 사람들 눈에 띄는 곳들을요. 줄리아가 액자걸이용 레일과 조명은 청소하지 않아도 된다고 했어요. 그래서 저는 중요한 곳만 신경 쓰느라 항상 아래쪽만 봤어요."

한숨이 나왔다. 그녀의 설명은 장황하기만 했다. 아그네스는 겨우살이가 걸려 있었던 곳이 첫 번째 조명이었는지 두 번째 조명이었는지 말할 수가 없었다. 일이 너무 바쁘고, 늘 시선을 아래쪽에 두는 습관이 있었기 때문이다.

소냐는 고개를 끄덕였다.

“이상입니다.”

*

점심시간 후에는, IT 및 전기통신 전문가로 증인석에 선 멜라니 리드의 이야기를 들었다.

늘씬한 체형에 냉담해 보이는 서른 중반의 그녀는 기소청 측에 별 도움이 되지 않았다. 그녀는 그 메시지가 페이스북과 연동된 메신저 계정에서 발신됐지만 삭제된 유저가 보낸 것이며, 내 이름과 내 프로필 사진이 사용되어 내가 보낸 것처럼 보일 수 있지만 실제로 그렇다는 증거는 하나도 없다고 설명했다. 또한 그 메시지가 어떤 기기에서 보내졌는지는 알 수 없지만, 경찰이 입수한 기기들은 아니라고 했다. 내 개인 휴대폰이나 업무용 휴대폰도 아니고, 내 노트북이나 업무용 컴퓨터도 아니라고.

소냐는 언짢은 표정으로 자리에 앉았다. 이 문제에 대해선 체념한 게 분명했다. 이제 톰이 문제의 메시지 발신자에 대한 증인신문을 할 차례였다. 내 변호사는 나를 실망시키지 않았다.

나는 그 메시지를 보낸 사람은 내가 아니라고, 우리 집에 들어올 구실을 마련하기 위해 마이크 또는 그의 동료 중 한 명이 보냈을 거라고 한결같이 주장했었다. 그러려면 아그네스가 우리 집을 청소하는 시간을 그가 알았어야 했을 텐데, 그의 신문사가 나를 계속 감시하고 있었기에 그걸 알아내는 건 불가능한 일이 아니었다. 그는 또한 아그네스가 자신을 집에 들이도록 수를 써야 했을 것이다. 모두가 알다시피, 상대를 설득해 문지방을 넘는 건 기자들이 하는 일 중 하나다.

톰의 목표는, 나는 그 메시지를 보낼 수 없었음을 명확히 설명한 다음 대안으로 마이크를 제시하는 것이었다.

"미즈 웹스터 것이라고 알려진 그 어떠한 기기에서도 해당 메시지가 발신된 흔적이 없다고 하셨습니다."

그는 말을 이었다.

"또한 그 메시지가 전송됐을 때, 연락처에 없는 계정에서 온 것임을 시사하는 새로운 메신저 체인이 만들어졌다고 들었는데, 맞습니까?"

"맞습니다."

멜라니 리드가 동의를 표했다.

"미즈 웹스터가 이미 메신저에 연동된 멀쩡한 본인 계정을 두고 알 수 없는 기기를 통해 메시지를 보내기 위해 세컨드 계정을 만들 만한 이유를 짐작하실 수 있습니까?"

"아니요."

"그럼 명확히 하고 싶어서 그러는데, 마이크 스톡스가 아직 밝혀지지 않은 기기로 직접 그 메시지를 보내는 것도 가능합니까?"

"네, 가능합니다."

톰의 뒷모습에서 그가 만족스러운 표정으로 고개를 끄덕이는 것을 읽어낼 수 있었다.

"이상입니다."

그가 말했다.

*

온종일 이어진 증인 신문에 진이 다 빠졌다. 톰은 공판 중에 지연되는 부분도 있을 거라고 내게 경고했었다. 다만 나는 온 신경을 곤두세워 집중하는 것이 공판에서 가장 힘든 일이 될 줄은 미처 몰랐다.

오후 4시가 지나 공판이 끝나자, 내 변호인단과 짧은 논의를 한 후 클레어와 함께 택시를 타고 아파트로 향했다. 북적거리는 거리엔 활기 넘치는 에너지가 가득했다. 기뻐하는 웃음소리, 지하철이나 술집으로 향하는 바쁜 걸음들. 나 역시 잠시 주어진 이 자유 시간을 즐기고 싶었다. 하지만 '좋은 사람'인 것 같았다는 아그네스의 증언이 중요하게 작용할지, 내가 그 메시지를 보내지 않았다는 점을 배심원단이 믿을지에 관해 클레어와 이야기를 나눴다. 그런 후 플로라에게 문자를 보냈다. **잘 끝났어. 괜찮을 때 전화 줄래?** 한 시간이 지나도 소식이 없자 나는 불안한 마음에, 아이가 괜찮다는 확인을 받고 싶은 마음에 데이비드에게 전화를 걸었다.

"솔직한 말을 듣고 싶은 거지?"

그는 친절한 남자였지만, 목소리에 분노가 서려 있었다. 이 일이 딸에게 미칠 영향 때문이었다.

"당연히 그렇지."

당황스러움에 목소리가 갈라졌다.

"힘들어하고 있어. 지금 벌어지는 일을 설명해줄 사람이 아무도 없으니까. 이 일을 걸러서 말해주고 이해할 수 있게 도와줄 사람이 없으니까. 당신의 전화나 문자가 도움은 돼. 당연히. 하지만 당신이 알리지 못하는 일이, 차마 알릴 수 없는 이야기가 너무 많은 것 같다며 걱정하는 아이의 짐은, 그런 걸로는 덜어지지 않아."

"나도 노력은 했어. 아이를 안심시키려고."

"알아. 아는데, 당신 입장에서는 긍정적이게 포장하고 싶은 마음이 드는 게 당연하겠지. 그런데 플로라는 인터넷을 계속 뒤지면서 눈에 띄는 건 전부 읽고 있어. 당신도 뉴스가 사실을 얼마나 왜곡하는지 잘 알잖아. 가장 자극적인 내용만 전하는 거. 플로라는 지금 이 일에서 균형이나 중심 같은 걸 전혀 못 잡고 있어."

그는 잠시 침묵하다 말을 이었다.

"내가 참석하는 건 원하지 않는다는 거 알아. 필요하다면, 내일 캐럴라인이 가겠대. 그럼 다녀와서 플로라에게 좀 더 균형 잡힌 이야기를 들려줄 수 있잖아. 당신이 잘하고 있는지도 알려주고. 또 거기 누구라도 있으면, 당신에게 도움이 될 수도 있잖아."

"캐럴라인에게 그런 부탁을 할 수는 없어."

지난 4년간 평가해온 여자에게서 평가를 받고 싶은 마음은 조금도 없었다.

"캐럴라인은 가고 싶어 해. 플로라를 위해서."

긴 침묵 끝에 그의 말을 들을 수밖에 없었다. 어떻게 싫다는 말을 할 수 있겠는가? 내 딸의 불안을 달래는 데 도움이 될지도 모를 제안을 어떻게 적극 마다할 수 있겠는가? 나는 목을 가다듬었다. 아주 환영하는 척은 못 해도, 떨떠름한 기색은 감출 수 있으리라.

"그래, 좋아. 캐럴라인이 정말 괜찮은 거라면 나야 고맙지. 법정에서 보자고 전해줘."

38

2022년 6월 15일

캐럴라인

캐럴라인은 난생처음 법정 방청석에 앉았다. 심각한 사건이고, 나중에 데이비드와 플로라에게 보고해야 하는 부담도 있고, 보기 괴로울 정도로 마른 엠마에게 마음도 쓰이고, 어쩐지 초조하기도 했다. 그럼에도 지금 이 드라마에는 사람을 흥분시키는 무언가가 있었다.

신들이 자리한 높은 곳에 온 듯한 기분을 느끼며, 그녀는 제일 앞줄에 앉아 있었다. 고개를 오른쪽으로 빼면 엠마가 보였다. 결국 이것 또한 하나의 공연이었다. 물론 연주회보다는 연극에 가까웠지만.

엠마는 재판이 좀 따분할 수도 있다는 언질을 줬었다. 하지만 첫 증인으로 등장한 택시 기사 빌 레드먼드는 어딘가 웃기기까지 했다. 그는 빗길을 뚫고 마이크 스톡스를 클리버 광장까지 태워준 사람이었다. 그가 입을 열자, 법정의 긴장감이 풀어지는 듯했다.

빌 레드먼드는 그 신사분이 기분이 좋아 보였다면서, 그가 웨스트민스터에 있는 커리 하우스에서 크리스마스 점심 식사를 하고 나온 길이었다고 했다. 그러고는 그 음식점이 경쟁 업체에 비해 뭐가 좋은지를 늘어놓기 시작했다. 소냐는 샛길로 새는 그를 질문으로 막아 세웠다.

"그가 좀 취한 상태로 보였습니까?"

"행복해 보였다는 정도로 말씀드릴 수 있겠네요. 들떠 있었달까요. 크리스마스 분위기가 가득했죠. 무슨 말인지 아시죠? 그래도 경계해야 할 사람처럼 보이진 않았습니다. 제게 택시 뒷좌석을 빡빡 문질러 닦는 즐거움을 선사하는 대가로 100파운드를 물려야 할 사람 같지는 않았다는 말이죠."

빌은 방청객들의 호응을 바라듯 짓궂은 웃음을 지었고, 캐럴라인 옆에 앉은 여성이 웃음을 터뜨렸다.

"그 사람이 토할까 봐 걱정되진 않았다는 말이에요."

자신의 말뜻이 제대로 전달되지 않았을까 봐, 그는 다시 한번 명확하게 설명했다.

"가는 곳이 어디인지 말하던가요?"

소냐가 물었다.

"친구 집에 잠깐 들르는 거라고 했어요. 여자인 것 같다는 느낌은 받았습니다."

"왜 그렇게 생각하셨죠?"

"'집으로 오라는 호출을 받았어요'라고 말하고는 윙크 비슷한 걸 했거든요. 제가 여성분이 반갑게 맞아주길 바란다고 하자 '저도 그러길 바라요!'라고 하더군요. 그냥 친근한 농담 같은 거였죠. 물론 정치 얘기도 좀 나눴죠. 그분을 태운 장소가 웨스트민스터니까요. 아, 이제 생각해보니 정치 얘기는 저만 했었네요."

그는 잠시 말을 멈췄고, 캐럴라인의 눈에 판사가 웃음을 참는 모습이 들어왔다.

"그가 언행이 거칠어질 정도로 취한 것처럼 보였습니까?"

"아니요."

빌 레드먼드는 확신했다.

"지저분한 취객을 꽤 많이 태워봐서 술자리를 마친 승객은 경계하는 편이지만, 그분은 정말 신사였어요. 목소리가 커질 정도로 취해 있진 않았어요. 유쾌할 정도로만 취해 있었다고 말할 수 있겠군요."

"그의 얼굴에 어떤 자국 같은 게 있었습니까?"

"아니요."

그는 생각을 해보는지 잠시 말을 멈췄다가 다시 입을 뗐다.

"생각나는 건 없습니다."

캐럴라인은 예전에 친구였던 여성을 바라봤다. 그녀가 열쇠 꾸러미를 들고 마이크에게 달려드는 모습을 상상하기 어려웠다. 엠마는 데이비드와 싸울 때도 밉살스럽게 잘난 척은 해도 성질을 부리지는 않았다. 그녀는 '선생님 말투'를 쓰고, 동요 없이 항상 차분한 편이었다. 열쇠에 남은 혈흔은 그녀가 열쇠로 그의 얼굴을 내리쳤다는 증거였지만, 끔찍하게 무서워서 그랬을 것이다. 자신이 그러고 있는 모습을 캐럴라인은 쉽게 상상할 수 있었다. 극심한 스트레스 순간에 어떤 반응이 나올지는 아무도 모르는 일 아니겠는가?

소냐 잭슨은 만족스러운 얼굴로 자리에 앉았고, 엠마의 변호사는 별 진전을 보이지 못하고 있었다. 빌 레드먼드가 의료 수련을 받은 사람이 아니란 사실을 지적했지만, 배심원단의 관심을 얻지는 못했다. 캐럴라인은 엠마의 변호사가 핵심을 건드려야 한다고 생각했다. 택시 기사가 본 마이크는 '유쾌할 정도로만 취해' 있는 상태였다. 또한 청소 도우미는 그를 '좋은 사람'인 것 같았다고 하지 않았던가? 마이크 스톡스는 무해한 사람으로 그려지고 있었다. 캐럴라인이 사건 이틀 전 그를 만났을 때 느꼈던 오만함과 무심함은 없는 그저 쾌활한 사람으로, 엠마의 히스테리적 행동을 감당하며 그녀를 진정시키려 했던 남자로 말이다.

그게 누구든 남자가 집을 무단 침입했다면, 엠마는 소름 끼치게 싫었을 것이다! 그녀가 히스테리에 빠져선 안 될 이유가 무엇이란 말인가? 캐럴라인은 순간 뜨거운 분노를 느꼈다. 자매가 된 심정으로 이 여성의 편에서, 자신도 정말 무죄인지 확신할 수 없는 이 여성의 편에서 변호해주고 싶은 마음이 일었다. 피고인석을 내려다보니 엠마는 괴로워 보였고, 약해 보였다. 그녀는 가슴을 들썩이며 얕은 숨을 쉬고 있었다. 보안 요원이 그녀를 바라봤고, 캐럴라인은 판사를 바라봤다. 엠마가 불편해하는 게 당연히 판사 눈에도 보일 것이다. 판사가 잠시 휴정할 수는 없는 건가?

역설적인 점은, 이 재판 전체가 엠마 웹스터의 운명과 관련되어 있지만, 재판의 절차상 현재로서 엠마는 자신의 차례를 기다릴 수밖에 없다는 것이었다.

*

방청석 문이 열리고 한 남자가 조심히 들어왔다. 50대 중반으로 보이는 그는 민망해했다. 캐럴라인은 바로 옆에 앉은 여성과 마찬가지로, 그 갑작스러운 방해에 혀를 찼다. 다음 증인인 가이 블랙이 얼마나 중요한 사람인지 모르는 건가?

엠마는 마이크와의 통화 시기가 문제라고, 그것 때문에 그 사람과 관계를 지속한 것처럼 보일 수 있다고 그녀에게 말했었다.

"하지만 아니잖아요?"

캐럴라인이 다시 한번 확인했다.

"아니에요. 그 사람과는 딱 한 번 잤어요. 다들 아는 그 한 번이요."

엠마는 긴장된 한숨을 내쉬었다. 그녀는 결혼 생활 당시 자신의 남편과 잠자리를 가졌던 여자에게, 은밀한 성관계에 대해 이야기하고 있었다. 얼마나 아이러니한 일인지, 두 사람 모두 알고 있었다.

"하지만 기소청이 우리가 적어도 친구 사이는 유지했다는 것을 알게 되면 그 사람은 침입자가 아니었다고 주장할 수 있어요. 적어도 위협적인 인물은 아니었다고 하겠죠."

"이런."

캐럴라인은 이야기가 어떤 식으로 펼쳐질지 알 수 있었다.

이제 캐럴라인은 『크로니클』 정치부 막내인 가이 블랙을 내려다보며, 배심원들이 어떤 지점에서 그를 설득력 있다고 보게 될지 이해하기 시작했다.

"마이크와 엠마 웹스터의 관계를 어떻게 특징지을 수 있냐고요?"

그는 소냐 잭슨의 첫 질문을 반복했다.

"음, 처음에 엠마 웹스터는 그저 일적인 인맥이었어요. 물론 좋은 인맥이었죠."

그는 잽을 날리기 전에 엠마가 있는 쪽을 흘끗 바라봤다.

"엠마 웹스터는 미디어를 잘 다루는 하원의원이에요. 언론인들과 항상 적극적으로 대화를 나누려는 성향 때문에 동료 의원들 사이에서는 인기가 없지만, 저희 쪽 사람들은 그녀를 사랑할 수밖에 없죠. 그래서 기사에 이름이 자주 나가는 의원인데, 에이미 법 캠페인을 통해 마이크와 좀…… 가까워졌어요."

배심원들의 마음에 다음과 같은 말이 각인되고 있었다. '미디어를 잘 다루는', '가까워졌어요'. 가깝다는 표현은 은밀한 느낌을 풍긴다. 가이는 자신의 증언에 이런 암시적인 말을 슬쩍 섞는 것을 즐기는 듯했다. 증인석 앞에 손을 내려놓은 그는, 배심원들을 한 명 한 명 눈으로 훑으며 능숙한 연기자처럼 그들을 다뤘다. 그러고는 감칠맛 나는 정보를 또 하나 내밀었다.

"저희가 마이크를 좀 놀리기도 했지만, 정말 두 사람이 그 정도로 가까운 사이인지는 몰랐습니다."

"놀렸다고 하셨나요?"

"좀 많이요. 그냥 사무실 내에서, 그리고 문자로 하는 농담 같은 거요."

"저희가 여기서 그 문자를 몇 개 살펴볼 수 있을 것 같은데요. 배심원 설명 자료의 첨부 자료 4를 보시면 몇몇 사례가 나와 있습니다."

소냐 잭슨의 말에 배심원들이 자료를 뒤적거렸다.

"가령 10월 26일 오후 2시 13분에 이렇게 문자를 보내셨네요. '엠마 웹스터가 대화하고 싶어 안달이 났어요.' 그리고 세 시간 후인 5시 17분에는 '웩, 전화 또 왔어요'라고 보냈네요. '또 왔어요'를 대문자로 적었는데, 급하다는 의미였나요?"

"네."

"또 다른 문자는 11월 2일 오전 11시 17분입니다. '웩, 저어어어엉말 대화가 간절한 모양이에요.' 여기서 '정말'을 길게 늘이셨는데, 강조의 의미였습니까?"

"네. 정말 정말 간절해 보였거든요."

소냐가 잠시 멈추고 서류를 살폈다.

"하지만 이런 식의 문자가 갑자기 안 보이기 시작하네요. 11월 18일 목요일부터인데요. 어떤 일이 있었습니까?"

"마이크가 이런 문자를 하지 말라고 제법 분명하게 선을 그었거든요. 처음부터 그랬던 건 아니고 2, 3일 후에요. 두 사람이 저녁을 먹은 다음 날 아침, 마이크가 정말 초췌해 보였는데 무슨 일인지 말은 안 하려고 했어요. 더블 에스프레소를 마시는 것도 이례적인데 다이어트 콜라까지 마셔서 제가 좀 시시껄렁한 농담을 했어요. '어젯밤에 한숨도 못 잤어요?' 뭐 이런 말이었던 것 같은데, 마이크가 '비슷해'라고 답하고는 대화 주제를 바꿨어요."

"전날 저녁 마이크와 엠마 웹스터 사이에 무슨 일이 있었다고 짐작하신 것 같은데, 마이크에게 더 물어보진 않았나요?"

"네. 그냥 추측에 불과했고, 두 사람이 섹스를 한 건 몰랐어요. 마이크가 술에 취해 치근덕거렸나 하는 생각은 했지만요. 사실 아무 일도 없었을 거라 생각한다면 너무 순진한 거죠. 그래서 다음 날인 금요일에 제가 또 한마디 했어요. 두 사람의 멋진 데이트 어쩌고 하는 실없는 농담을 했더니, 마이크가 그만 좀 하라며 이를 갈았어요. 두 사람이 무슨 대단한 사랑을 한 것처럼 말할 생각은 전혀 없지만, 그녀가 마이크를 거부했고, 마이크가 상당한 타격을 입은 건 맞아요."

이 말에 엠마의 얼굴이 핼쑥해졌다. 그녀는 착한 사람이었다. 마이크가 상처를 입었다는 이야기를 듣기가 괴로울 터였다. 또한 마이크가 지극히 평범한 남자인 것처럼 말하는 가이의 증언이 전혀 도움이 되지 않기도 했다. 몇몇 배심원은 깊은 생각에 잠긴 듯했다. 이지적인 인상에 짧은 머리를 한 30대 여성, 그리고 근심 어린 표정을 한 푸석한 금발의 중년 여성은 본인이 거절당했던 때를 생각하고 있을까? 마이크 스톡스에게 공감하고 있는 걸까?

가이는 자신이 마이크를 위해 쓴 추도사를 읽고 싶다고 말했다. 무뚝뚝한 표정으로 서 있던 소냐 잭슨은 당황한 얼굴이 되어 그럴 필요까진 없을 것 같다고 말했다.

코스타 판사는 노기를 띠었다.

"미스터 블랙."

판사는 대단히 경직된 미소를 보였다.

"이 재판은 미스터 스톡스의 사망을 둘러싼 정황을 밝히는 자리입니다. 그가 살인을 당했는지 밝히는 자리요. 동료를 잃은 안타까운 사연은 저희도 알고 있지만, 미스터 블랙께서 이 자리가 추도사를 읽기에 적절한 장소라고 생각했다니 믿을 수가 없군요."

판사가 그를 노려봤다.

"그런 자리가 아닙니다."

판사는 이렇게 덧붙이고는 소냐 쪽을 보며 말했다.

"미스 잭슨?"

"이상입니다."

소냐는 화가 난 얼굴이었다. 판사는 톰 틸렛을 불렀다.

"미스터 틸렛?"

"몇 가지만 질문하겠습니다, 재판장님."

차분한 말투로 금방 마치겠다는 듯 여유롭게 말하는 톰 틸렛의 모습에서, 캐럴라인은 도리어 그가 아주 오랫동안 신문할 거라는 예감이 들었다.

"미스터 블랙."

틸렛은 마치 상대에게 사교댄스를 제안하듯 신문을 시작했다.

"미즈 웹스터와 관련해 미스터 스톡스에게 문자를 보냈다고 하셨는데, 맞습니까?"

가이 블랙이 고개를 끄덕였다. 캐럴라인의 눈에 그가 어쩐지 전보다 약간 자신 없어 보였다.

"그중 하나를 보자면요, 첨부 자료 6입니다."

그는 배심원들이 해당 자료를 찾을 때까지 기다려주었다.

"에이미 법 캠페인이 한창이던 10월 24일에 보낸 문자에 이렇게 적혀 있네요. '기자님의 MPILF가 또 전화했어요.'"

잠시 짧은 침묵이 이어졌다.

"이 줄임말이 어떤 뜻인지 설명해주실 수 있습니까?"

가이는 창피해할 줄 아는 양심은 있었다.

"MPILF는 MILF에서 나온 거예요."

배심원 중 한 명이 큭 하며 웃었고, 캐롤라인 뒤편에 있는 늦게 들어온 남성은 개의치 않고 크게 웃음을 터뜨렸다. 캐럴라인은 그를 노려봤다. 변태 같으니라고. 이런 장면은 엠마가 아니라 가이에게 나쁘게 작용할 것이다.

"그건 또 무슨 뜻인가요?"

톰 틸렛은 순순히 그를 놓아줄 생각이 없었다.

"저기, 그게 그리 'PC(PC, politically correct의 줄임말로 '정치적으로 올바른'이라는 뜻—옮긴이)'한 단어도 아니고, 법정에서 이렇게 공개될 거라고는 상상조차 하지 못했지만, 엠마 웹스터는 대단히 매력적인 여자라고요. 가장 섹시한 여성 하원의원 리스트에서 늘 1위에 오르고요. MPILF는 다들 알다시피 칭찬의 뜻이 담긴 MILF(Mother 또는 Mom, I'd Like to Fuck을 줄인 말로, 성적으로 매력적인 연상의 기혼 여성을 뜻하는 속어—옮긴이)에서 나온 겁니다."

엠마의 변호사는 여전히 그를 놓아줄 생각이 없었다.

"MPILF는 그러니까, '따먹고 싶은 하원의원(MP)'의 줄임말이네요."

이 말을 받아들이느라 법정에 또다시 침묵이 흘렀다. 배심원들의 마음에 콕 박히는 강렬한 표현이나 결정적인 순간이 있음을, 캐럴라인은 깨달았다. 가이가 엠마에 대해 어떤 평가를 내렸는지가 밝혀진 바로 이 순간도 그중 하나였다. 캐럴라인이 가장 나이가 많은 여성 배심원 두 명의 얼굴을 살피니, 둘 다 혐오스럽다는 표정이었다. 한편 가이의 얼굴은 달아올라 있었다. 친구들과 그런 식의 말을 주고받는 사람이지만, 지금이 어떤 상황인지는 잘 이해하고 있을 것이다. 그의 증언을 할머니뻘 되는 여성들이 듣고 있었고, 동료 기자들이 보도하고 있었다. 이 교양 있는 젊은 청년은, 본인보다 나이가 많고 권위 있는 위치의 여성은 물론이고 그 어떤 여성을 상대로도 그런 식으로 말해선 안 된다는 것을 알고 있었다.

"엠마 웹스터를 'MPILF'로 지칭한 문자가 총 여덟 개입니다."

톰 틸렛은 해당 단어를 말할 때마다 물음표를 찍듯 끝을 살짝 올려 경멸을 표했다.

"이런 식의 문자는 11월 18일까지 계속됐는데, 다들 알다시피 이날은 마이크 스톡스와 엠마 웹스터가 하룻밤을 보낸 다음 날입니다."

그는 배심원단에게 관련 문자들을 정리한 새 인쇄물을 보이며 내용을 설명했다. 그가 여성 혐오자들이 매일같이 쓰는 그 호칭을 읊는 동안, 캐럴라인은 엠마의 얼굴이 구겨지는 것을 확인했다. 자신을 진심으로 대하는 줄 알았던 그 시간 동안, 아들뻘 정도로 어린 이 잘난 남성은 엠마를 모욕적으로 표현하는 문자들을 보내고 있었던 것이다. 엠마는 기자들 모두를 동료라고 생각했겠지만 그들은, 적어도 가이는 그녀를 성적 대상화한 것이다. 트위터에서 그녀를 괴롭혀대는 사람들만큼이나, '음탕한 년', '난잡한 년' 같은 말이 아니면 엠마를 어떻게 불러야 할지 모르는 악플러들만큼이나. 캐럴라인은 자신이 샤덴프로이데(Schadenfreude, 타인의 불행을 보며 느끼는 행복—옮긴이)를 느낄지도 모르겠다고 생각했었다. 자신을 그토록 매섭게 평가하던 여자가 이제는 되레, 그것도 이렇게 공개적으로 평가받는 입장이 되었으니 말이다. 그런데 그런 감정은 조금도 느낄 수 없었다. 오히려 부당한 취급을 당한 엠마에 대한 연대감과 공감이 밀려들었다.

"'기자님의 MPILF가 또 전화했어요, 빅 보이!', '기자님의 MPILF가 전화했어요. 간절한가 봐요!'"

톰 틸렛의 진지한 목소리 덕분에, 이 문자들이 더욱 부조리하고 기괴하게 느껴졌다. 마이크와 엠마가 음식점에서 만난 날 보낸 문자도 있었다.

"'MPILF와 잘해봐요!'"

그 뒤로 가지와 타코 이모티콘이 있었다.

"가지 이모티콘은 남성의 성기를, 타코는 여성의 질을 의미하는 게 맞습니까?"

톰 틸렛이 예의 바르게 물었다. 이제는 증인석만 아니라면 어디든 좋겠다는 표정을 한 가이가 웅얼거렸다.

"미안하지만, 뭐라고 하는지 못 들었습니다."

코스타 판사가 짙은 색 뿔테 안경 너머로 그를 바라봤다.

"맞습니다."

가이가 말했다.

판사는 여전히 그를 빤히 쳐다보고 있었다. 그가 호칭을 제대로 하지 않은 탓이었다. 고통스러운 몇 초가 지나자, 그는 자신의 실수를 깨닫고 얼굴을 더욱 붉히며 말했다.

"존경하는 재판장님, 제 말은……"

"알겠습니다."

판사의 목소리는 냉랭해져 있었다.

엠마의 변호사는 가차 없이 밀어붙였다.

"이 줄임말이 그와 엠마 웹스터의 관계를 두고 회사에서 통용되던 농담 중 하나였던 것 같군요. 맞습니까?"

"네, 그저 가벼운 농담이었어요. 별 뜻 없는 말이었죠. 하지만 마이크는 정말로 그녀를 좋아했어요. 그녀를 동료로서도 중요하게 여겼지만, 그녀에게 매력을 느꼈어요."

"문자를 보면, 마이크는 그 줄임말을 쓰지 않은 것으로 보이는데요?"

"네, 하지만 저한테 그런 말을 쓰지 말라는 소리는 없었어요."

가이는 다소 방어적인 태도로 답했다.

"자, 그럼, 당신과 당신 상사는 엠마 웹스터를 자신들과 동등한 직업인으로 보기는커녕 성적인 용어로 언급하는, 성적 매력이 가장 중요한 대상으로 여겼네요. 맞습니까?"

"그게, 그걸 가장 중요하게 여긴 게 아니라……"

"그렇지만 계속 그런 식으로 언급되었고, 누구도 그래선 안 된다고 말하지 않았죠. 그런 말이 오간 문자가 여덟 개나 있습니다."

대응하는 톰의 목소리는 차분했다.

잠깐의 정적 동안 가이는 제가 잘못한 거 인정해요, 하듯이 어깨를 으쓱했다.

캐럴라인 뒤에 앉은 남성이 뭐라고 중얼거렸는데, 설마 하면서도 이렇게 들렸다.

"저 여자도 좋아했을걸."

피고인석에서 정면을 똑바로 바라보고 있는 엠마의 얼굴은 고통스러워 보였다.

"이상입니다."

톰 틸렛이 말했다.

39

2022년 6월 15일

엠마

"그럼 이제 다음 증인인 미스 마틴, 오셨나요?"

판사가 묻자 소냐가 그렇다고 답했다.

"변호사 여러분은, 지금이 취재진에게 앞서 언급했던 원칙을 다시 한번 상기시키기에 적절한 시점이라는 데 동의합니까?"

배심원들 사이에서 혼란스러운 기색이 스쳤다. 판사가 쓰는 박식한 언어 때문일 수도 있고, '앞서 언급했던 것'이 무엇인지 저마다 생각하느라 그럴 수도 있었다.

"취재진 여러분."

판사는 몸을 살짝 앞으로 기울이며 말했다. 내 위가 끈으로 조여지는 느낌이었다. 판사가 소냐의 모두진술이 시작되기 전에 했던 경고를, 다시 한번 할 것이기 때문이었다.

"확인차 다시 말하지만, 이제부터는 소년사법 및 형사증거법 제45조에 의해 보도가 제한됩니다. 다시 말해, 미즈 웹스터의 딸 플로라 웹스터의 신원이 유추될 수 있는 그 어떤 내용도 보도될 수 없다는 뜻입니다. 이름도, 그 어떠한 관련 사항도 보도되어선 안 됩니다. 이해하셨습니까?"

기자들은 존경하는 선생님의 말을 따르는 아이들처럼 펜을 내려놨다.

"좋습니다."

판사는 취재진을 향해 흔들림 없는 시선을 보냈다.

"미스 잭슨?"

소냐 잭슨이 자리에서 일어나, 까마귀가 깃털을 정리하듯 가운을 만졌다.

"배심원단 여러분, 잠시 후 마이크 스톡스가 엠마 웹스터의 열네 살 딸 플로라에 대한 기사를 작성 중이었다는 이야기를 듣게 되실 겁니다. 그는 플로라 웹스터가 상체를 탈의한 다른 10대 소녀의 라이브 포토를 찍어 열여섯 살 남학생에게 전송한 사건으로 경찰 조사를 받았다는 사실을 알게 되었습니다."

소냐 잭슨이 잠시 발언을 멈췄다. 취재진 중 두어 명이 헛웃음을 지었고, 젊은 여성 한 명은 눈을 가늘게 뜨고 나를 쳐다봤다. 배심원단 중 솜사탕 같은 파마머리를 한 리타는 닭이 모이를 쪼아 먹기 직전처럼 턱을 아래로 당겼고, 회색빛이 도는 금발 단발의 마거릿은 고개를 저었다.

"우리는 플로라 웹스터를 판결하기 위해 여기 있는 것이 아닙니다."

소냐 잭슨은 자신의 아이는 결코 그런 짓을 저지르지 않을 것처럼, 자신감 있는 목소리로 이야기를 이어갔다.

"이 자리에서 플로라라는 이름이 언급되는 것은, 사건 당시 엠마 웹스터가 딸을 걱정하고 있었기 때문입니다. 딸이 경찰 조사를 받고 청소년 조건부 경고 조치를 받았다는 사실을 알게 된 마이크 스톡스가, 그 일을 보도할까 봐 걱정하고 있었습니다. 이러한 갈등으로 미즈 웹스터와 미스터 스톡스 사이에 적대감이 형성되어 있었음을 밝힙니다."

그녀는 11월 29일에 마이크 스톡스가 빅토리아 타워 가든에서 만나자는 문자를 내게 보냈고, 내가 그곳에서 그 문제에 대해 그와 대화를 나눴다고 설명했다. 그녀는 잠시 쉬었다가 말했다.

"미스 마틴을 모시겠습니다."

레이철 마틴은 『크로니클』의 내 주요 연락망은 아니었지만 전화를 걸면 기꺼이 받는 사람이었고, 국회의사당에서 스칠 때면 내게 미소를 짓는 사람이었다. 이제 그녀는 경멸의 눈빛으로 나를 바라봤다.

그녀는 온몸으로 분노를 표현했다. 빳빳한 하얀색 셔츠 끝을 탁 당기고 재킷 깃을 세게 잡아당기는 몸짓으로, 내민 턱과 살짝 젖힌 고개로. 마이크를 위해 싸워준 것은 가이일지 몰라도, 언젠가 마이크가 나와 커피를 마시던 중 가장 가까운 동료로 꼽은 사람은 레이철이었다. 4년간 옆자리를 지킨 두 사람은 기사를 함께 작성하고, 정보를 교환하고, 늦은 밤 술 한잔을 나누고, 데스크의 압박과 쉴 틈 없는 기자 생활의 고충에 대한 위로를 주고받았다. 나를 향한 그녀의 반감을 보며 혹시 그녀가 마이크를 이성으로 생각한 것은 아닐까, 하는 생각이 들었다. 아내를 잃은 상황, 상처 입은 분위기, 흐트러진 외모는 상대를 무장해제 시킬 만한 매력으로 작용했다. 내가 반했다면, 다른 싱글 여성도 충분히 그럴 수 있었다.

이 관점에서 보니 그녀가 다르게 보였고, 그녀가 나를 평가하듯 나도 그녀를 평가했다. 하지만 앞서 가이에게도 물었던 사안에 대해 증언하는 그녀의 목소리에서 공격성이 조금씩 사그라졌다. **소호에서의 저녁 식사 후 그 여파로 마이크의 행동에 분명한 변화가 있었습니다. 네, 무언가 일이 있었다는 것을 알았고, 며칠 후 그를 몰아붙여 알아냈습니다.**

"여자의 직감이라고 말할 수 있겠네요."

레이철은 배심원단을 향해 말했다. 가이와 마찬가지로 타고난 스토리텔러였다.

"저널리스트의 직감일 수도 있죠. 하지만, 사실 너무 눈에 띄게 달라져 있었어요."

"어떻게 말이죠?"

소냐가 물었다.

"그날 저녁 식사 자리에 가기 전까지만 해도…… 뭐랄까, 들떠 있었어요. 사랑에 빠져 있었다거나 그런 건 아니고요. 그는 마흔두 살에, 몇 번 이혼한 경험도 있었으니까요. 하지만 냉소주의가 사라진 분위기였어요. 그는 엠마 웹스터와 함께 에이미 법 캠페인을 통해 법을 개정시켰다고 신나게 떠들어댔어요. 수습기자에게서나 볼 법한 열의와 열정이 보였어요. 젊어진 것 같았죠. 정치에 신물이 나서 뭐가 바뀌긴 하겠냐고 염증을 내던 모습과는 거리가 멀었죠. 그리고 '그럴 줄 알았다'는 말이 한번 나오면 어떻게 되는지 아시잖아요? 가이와 저는 계속 둘을 두고 농담을 주고받았죠. 마이크가 틈만 나면 엠마 웹스터 이야기를 했거든요."

레이철이 말을 이었다.

"그런 분위기였다가, 그 저녁 식사 이후로 그녀의 이름이 언급될 때면 차가워지거나 무심하게 굴었어요. 꽤 퉁명스러웠죠. 우리는, 가이와 저는 그 일로 재미 좀 보겠다고 생각했어요. 마이크를 계속 놀릴 거리가 생겼다고요. 이제 불가능한 일이 되었지만요."

그녀가 공허한 웃음을 보였다.

"우리가 잘 대처하지 못했어요. 금요일 저녁, 마이크를 데리고 한잔하러 갔어요. 마이크는 마음에 상처를 입은 상태였고, 사무실 분위기도 안 좋아지고 있었거든요. 솔직히 저는 마이크를 한바탕 놀려주고, 그에게 술도 한잔 따라주면서 우리에게 그가 얼마나 중요한 사람인지 알려주고 싶었어요. 정말 그랬으니까요. 우리에게 소중한 사람이었어요."

이제는 과거형이 되어버린 그를 언급하는 그녀의 목소리가 가늘어졌다.

"그가 마지막 순간에는 그 마음을 알아줬길 바라요."

소냐가 잠시 그녀에게 시간을 주었다. 슬픔이 잦아들도록. 그러고는 질문을 이어갔다.

"그 술자리에서 그가 엠마 웹스터에 대한 이야기를 했나요?"

"네. 자세한 이야기는 하지 않았지만, 그녀가 그를 거절한 건 확실했어요."

"엠마 웹스터에 대한 그의 태도가 냉담해졌다고 생각하셨나요?"

"네. 방어기제 아니었을까요? 그녀와 관련된 것은 어떤 것도 말하고 싶어 하지 않았어요. 그저 그녀를 더는 언급하지 않았을 뿐이고, 그녀를 향한 비난이나 모진 말도 없었어요. 다른 신문사 동료가 그녀를 두고 지나가는 말로 '마이크의 가장 센 인맥'이라고 하자, 그는 어깨를 으쓱해 보이고는 '이제는 레이철 사람이에요'라고 했어요."

"증인은 그 사실에 만족했나요?"

레이철은 내게 멸시의 눈빛을 노골적으로 보냈다.

"엠마 웹스터는 마이크를 거절할 만한 자격이 충분하죠. 그렇다고 해서 그녀가 관계를 정리하는 방식을 제가 좋게 생각하는 건 아니에요. 하지만 저는 프로예요. 그녀는 좋은 기삿거리를 줄 수 있는 사람인 데다 『크로니클』과도 좋은 관계를 유지해왔죠. 회사도 그런 관계가 계속 유지되길 굉장히 바랐을 거고요. 그런 인맥을 놓칠 생각은 없었어요."

내 또래의 여성 배심원 한 명이 나를 바라보고 있었고, 나는 그녀의 시선에 연민이 담겨 있는지 궁금했다. 젊은 레이철이 내게 신랄한 눈빛을 보냈으니까. 하지만 더는 그에 대해 생각할 시간이 없었다. 소냐가 11월 29일 이야기를 꺼냈기 때문이다. 그날 레이철은 마이크와 내가 BBC 밀뱅크 스튜디오에서 국회의사당

쪽으로 걸어가는 모습을 목격했었다.

"「데일리 폴리틱스」 쇼를 마치고 나온 길이었어요."

레이철은 자랑스러움이 묻어나는 목소리로 말했다.

"정오가 막 지난 때였을 거예요. 방송을 괜찮게 한 것 같았지만 좀 흥분한 상태라 혼자만의 시간이 필요했어요. 그래서 강가를 좀 거닐까 했죠."

"그래서, 강가를 걸었나요?"

"아니요."

"왜죠?"

"그쪽으로 내려가다가 마이크와 엠마 웹스터를 봤거든요. 두 사람은 열띤 대화를 하고 있었어요. 엠마 웹스터는 굉장히 화가 나 보였어요. 몸에 잔뜩 힘이 들어가 있었죠. 그에게 바짝 붙어 서서 빠르게 말하는데, 덤벼들기라도 할 것 같았죠. 눈에 띄지 않게 좀 더 다가갔는데, 그녀의 목소리가 들렸어요. '감히 그 아이 이름을 신문에 싣는다면, 당신을 가만두지 않을 거예요.' 그러고는 갑자기 몸을 돌려 그 자리를 박차고 나가 강가 길을 따라 성큼성큼 걷기 시작했고, 그는 그 뒤를 천천히 따랐어요. 그의 보디랭귀지가 좀 흥미로웠어요. 자신감이 넘쳐 보였거든요. 그녀를 제대로 흔들어놨다는 걸 아는 사람처럼요. 통제권을 그가 쥐고 있는 것처럼요."

레이철은 사무실로 돌아갔고, 마이크에게 자신이 본 일을 언급하지는 않았다고 말했다.

"왜 그랬나요?"

"왜냐면, 너무 사적인 문제 같았거든요. 원나이트 스탠드 같은."

"하지만 마이크 스톡스가 사망한 12월 10일, 증인이 경찰에 전화를 걸어 그날 봤던 일을 알렸다고 알고 있는데요?"

"네."

"왜 그러셨죠?"

"엠마가 그에게 감정이 안 좋았던 건 분명했으니까요. 그때만 해도 저는 플로라 사건은 자세히 몰랐어요. 우리는 같은 직장 동료였지만, 마이크는 자기 일을 할 때 필요한 사람들로만 엄격하게 팀을 짰으니까요. 기자, 뉴스 에디터, 사진기자 두 명이 다였죠. 하지만 제가 보기에 그날 엠마의 반응이, 공공장소에서 그런 행동까지 보인다는 게 좀 극단적으로 느껴졌어요. 누구나 분노를 터뜨릴 때가 있지만 그 이상이었거든요. 굉장히 초조해하고, 통제 불능 상태였어요."

소냐는 잠시 시간을 두어 증언의 의미가 배심원들 마음에 스미길 기다렸다. 그들에게 좀 전에 들은 이야기를 곱씹어볼 시간을 주는 것, 소냐가 가장 좋아하는 전략이었다. 교사 생활을 할 때 나도 쓰던 기술이었고, 다시 국회의사당으로 귀환할 수 있다면, 회의장에 설 용기가 생긴다면—현재로서는 둘 다 상상도 할 수 없는 일이지만—잊지 말아야 할 전략이었다. 검사는 추가 질문을 하지 않는 것으로 이 증언이 중요하다는 점을 각인시켰다.

톰은 내가 11월 29일 점심때 마이크에게 '분노를 터뜨릴 만한' 타당한 이유가 있었음을 설명하는 데 시간을 들여야 했다.

레이철은 11월 29일부터, 그러니까 플로라가 경찰서에 다녀왔다는 제보를 받고 내가 협조할 생각이 없다는 것을 확인한 그날부터 『크로니클』이 나를 감시했다는 사실을 확인해주었다. 사진기자들이 내 집 두 곳 모두에 진을 치고 있었고, 그 결과 '가족 문제'로 '수척하고 불안해' 보이는 싱글맘으로 나를 다룬 12월 4일자 기사가 나왔다는 것도. 배심원들은 첨부 자료 9를 통해 그 기사를 확인할 수 있었다.

배심원단이 해당 기사 사진을 들여다보는 모습을 보며, 내가 지금 이런 상황을 겪고 있다는 게 새삼 너무도 터무니없이 느껴졌다. 한편으로는 불가피한 일이라는 생각도 들었다. 대가, 하원의원으로 산다는 것의 이면. 염산 테러에 대비해 책상에 물을 챙겨놓는 것, 지역구민들을 만나기 전에 칼을 소지한 사람은 없는지 소지품 검사를 하는 것, 손이 닿는 범위 내에 항상 비상 버튼을 두는 것, 현관에 추가 잠금장치가 필요한 것, 자전거로 퇴근할 때면 내 몸에 퍼지는 두려움을 진정시켜야 하는 것, 미행당할까 봐 늘 겁에 질려 있는 것, 내 입안으로 침이 튈 정도로 얼굴을 들이밀던 사이먼 백스터 같은 지역구민이 또 있을까 봐 심장이 불안하게 뛰고 있다는 것.

이 모든 것 중에 정상적인 구석은 조금도 없었다.

레이철 마틴 기자는 솔직하고도 사무적으로 사실들을 확인해주었고, 이제 톰은 결론으로 향하고 있었다.

"미스 마틴, 감시를 받아본 적이 있습니까?"

"아니요."

"증인의 정신 상태가 무너져가고 있음을 시사하는, 우호적이지 않은 기사가 보도된 적은요?"

"없습니다."

길고 사려 깊은 침묵이 이어졌다.

"노련한 저널리스트인 증인의 경험으로 볼 때, 증인 신문사의 취재 대상이 제가 방금 말한 종류의 대우를 받는 것을 환영합니까?"

"아니요."

그녀의 목소리에 불신이 감돌았다.

"증인은 정서 지능이 높은 여성입니다. 오랜 기간 온라인에서 괴롭힘을 당했고, 이제는 스토킹을 당하고 있다고 생각하는 여성 하원의원이, 신문사의 감시까지 받는다면 좌절감을 느낄 것 같습니까?"

"네, 하지만 그녀는 공인이에요."

또다시 침묵이 이어졌고, 그는 좀 더 낮은 목소리로, 섬세한 배려심이 느껴지는 톤으로 물었다.

"어떤 차이가 있나요?"

적절한 질문인 데다, 그 간명함에 숨이 멎을 것만 같았다. 회색빛 단발머리 여자가 일리 있다는 듯 고개를 끄덕였고, 머리가 기름진 학생의 생각에 잠긴 듯한 표정은 이렇게 말하고 있는 것 같았다. 어떻게 빠져나가는지 한번 들어보자고.

"공인이라면 당연한 목표물이 되는 셈이죠."

자기방어적이 되어가는 레이철의 목소리가 높아졌다.

"정치인들은 보수를 받고 우리를 대표하는 사람들이잖아요. 우리를 다스리기 위해 법안을 통과시키고요. 그렇다면 더욱 면밀한 조사를 받는 대상이 되어야죠. 그들은 그게 조건이라는 걸 이해하고 있어요. 이해해야만 하고요."

"그렇다면 지금 말씀하신 것에, 24시간 내내 사진기자들의 감시를 당하는 것도 포함되나요? 잠옷 차림의 모습을 도둑 촬영당한 사진이 신문에 실리는 것도요? 10대 딸이 저지른 행위가, 네, 범죄인 건 맞지만 열네 살 아이가 충동적으로 저지른 실수이기도 한 그 일이 공개될지도 모를 위험에 처한 정치인이라도, 그런 식의 감시와 촬영을 괜찮다며 받아들여야 합니까? 그게 조건이니까?"

"네."

그녀가 건조하게 답했다.

"공공의 관심사에 속한 문제라서요? 아니면 증인의 신문사가 판단하기에 대중의 흥미를 끌 사안이라서요?"

"둘 다라고 말할 수 있습니다."

그녀의 눈에서 불꽃이 튀었다. 톰이 아픈 곳을 건드린 것이다. 그는 자신의 노트를 내려다봤다. 그가 회의적인 표정으로 눈썹을 들어 올리는 모습이 그려졌다. 내 쪽에서는 그의 얼굴이 보이지 않았지만, 오랜 시간 상담하며 관찰해왔기에 그런 모습을 떠올릴 수 있었다. 그는 충분한 시간을 가진 후 다음 질문으로 넘어갔다.

"엠마 웹스터가 마이크 스톡스에게 '당신을 가만두지 않겠다'

고 말했다고 주장하셨죠?"

"네."

"그 말을 들었을 때, 그들과 어느 정도 떨어져 있었나요?"

"5미터 정도 될 것 같네요."

"하지만 두 사람 다 증인을 못 봤으니, 그보다 더 멀리 있었을 수도 있겠네요?"

"두 사람이 절 못 본 건, 제가 덤불 뒤에 서 있었기 때문이에요. 5미터 이상이었다고는 생각지 않습니다."

"청력이 매우 좋으신 것 같군요."

그녀가 어깨를 으쓱하며 말했다.

"그녀가 그에게 무언가 협박하는 말을 했고, 들린 대로 말한 것뿐입니다."

"'누구나 분노를 터뜨릴 때가 있다'……."

그는 레이철의 말을 인용하며 말을 이었다.

"하지만 엠마 웹스터가 '갑자기 몸을 돌려 그 자리를 박차고 나가 강가 길을 따라 성큼성큼 걷기 시작했다'고 말씀하셨는데요?"

"네."

"그렇다면 이성을 잃고 그를 협박하던 그녀가, 그런 상황에서 벗어나는 쪽을 택한 거군요. 더 심각해지지 않도록 그 자리를 떠난 거네요."

"그런 것 같아요, 네."

"팩트는, 그가 그녀를 뒤쫓은 거군요. '그는 그 뒤를 천천히 따랐어요'라고 말씀하셨어요. '자신감이 넘쳐 보였거든요'라고 덧붙이셨고요. '그녀를 제대로 흔들어놨다는 것을 아는 사람처럼요. 통제권을 그가 쥐고 있는 것처럼요.' 지금 이 말을 보면, 그가 그녀의 행동에 두려움을 느낀 상황으로, 위협당한 상황으로 보이지 않는데요."

"그렇습니다."

그녀가 동의했다.

"이상입니다."

그가 말했다.

*

레이철의 증언 이후 휴정 시간이 되었다. 여기서 벗어나고 싶다는 생각이 그 어느 때보다 간절해졌다. 악플러들이 어떻게든 나를 나쁘게 보려 한다는 것과 함께 일하는 사람들, 적어도 일적으로는 나를 좋아한다고 생각했던 사람들이 나를 경멸의 대상으로 여긴다는 것은 다른 문제였다. 기소청이 재판에 앞서 'MPILF'라는 말이 들어간 문자는 공개하지 않았다는 사실은 그리 중요하지 않았다. 레이철, 나를 좋아한다고 생각했던 레이철이 사실은 그렇지 않았다는 것이 충격이었다.

공인이라면 당연한 목표물이 되는 셈이죠.

캐럴라인은 올드 베일리 그랜드 홀에서 내가 법률팀과 인사를 마치고 나오길 기다리고 있었다. 그녀는 장엄한 네오 바로크 양

식의 배경과 어딘지 어긋나 보였다. 번쩍이는 대리석 바닥과 기둥들, 화려한 벽화, 이 장대한 공간을 장식하고 있는 '옳음은 법으로 정해지고, 법은 권력으로 존속된다'라는 격언.

"정말 멋지지 않아요?"

그녀는 정의, 자비, 절제, 관용, 이렇게 네 명의 여신의 대리석 조각상이 배치된 돔을 가리켰다. 그녀는 교도소 개혁 운동가인 엘리자베스 프라이 동상 근처에 서 있었는데, 나도 모르게 몸서리가 쳐졌다. 교도소와 종신형은 그 무엇보다 내가 두려워하는 결과였다.

"갈까요?"

내가 말했다. 에드워드 7세 시대의 무거운 상징주의에서, 자비의 여신이 의미하는 연민과 프라이의 따뜻한 표정에서 당장 벗어나고 싶어서.

그러나 우리가 계단을 향해 걷기 시작했을 때, 나는 몇 미터 앞에 있는 어두운 색 머리의 뒤통수를 발견했다. 넓은 어깨와 바버 재킷. 사이먼 백스터? 그가 이곳에 있을 이유가 없었다. 자신이 협박한 바를 충실히 지키고자 하는 게 아니고서야. **당신의 일거수일투족을 추적할 거야. 당신을 지켜볼 거라고.** 법정 방청석에서 나를 내려다보고 있었을지도 모른다고 생각하니 심장이 무섭게 뛰었다. 내가 피해망상에 빠진 걸까, 아니면 설마 정말 그 사람인 걸까?

"저 사람 보여요?"

앞을 가리키며 캐럴라인에게 물었지만, 그는 법정에서 우르르 쏟아져 나온 가족 무리에 가려졌다.

"어디요?"

캐럴라인이 목을 쭉 빼고 봤지만, 그를 못 찾은 듯했다. 그녀가 말했다.

"방청석에 좀 이상한 사람이 한 명 있었어요. 정말 마주치고 싶지 않은 사람이에요."

"어떻게 생겼어요?"

시칠리아풍의 폭 넓은 대리석 계단을 내려가며 그녀에게 물었다.

"중년에 번듯하고, 차림새도 깔끔해요."

사이먼 백스터였을까? 나는 그가 눈에 보이지 않는 것도 불안했지만, 사진기자들을 뚫고 나갈 생각에 더욱 불안해져 고개를 숙였다. 이전 공판 때는 언론이 쓸 만한 독사진이 나오지 않도록 양쪽에 사무 변호사 존과 주니어 변호사 앨리스를 단단히 끼고 법원을 나섰었다.

오늘은 법정에서 좀 일찍 나온 데다 넓은 계단이 붐빌 정도로 사람이 많아 인파에 파묻힌 채로 법원 출구로 향했다. 그때, 내가 아주 잘못된 시간을 택했음을 깨달았다. 절대로 마주치고 싶지 않은 누군가가 저 앞에 보였다. 큰 키, 비쩍 마른 체형, 아직도 여드름이 한창이지만 제 아빠의 눈과 보조개를 그대로 빼다 박은 열다섯 살의 아이.

"잠깐만요."

캐럴라인이 내 팔을 잡아 세우며 속삭였다.

엄마에게 정신이 팔려 있던 아이가 고개를 들어 내 눈을 마주했다. 아이의 동공이 커졌고, 법정에서 내게 겨눴던 분노가 법정이 아닌 곳에서 나를 보게 된 충격으로 변해 있었다. 순간 그는, 아빠를 잃은 어린아이가 되어 있었다.

죄책감이란 유한하지 않다는 것을, 마이크의 죽음 이후 6개월간 깨닫고 있었다. 죄책감은 가장 예상하지 못한 순간에 불쑥 나를 덮쳤지만, 피고인석에 앉자 이제 죄책감은 충분히 겪었다고 생각했었다. 그럴듯한 감언이설로 나를 설득하려 하고, 신문사의 감시를 받게 하고, 내 아이 일을 폭로하겠다고 협박하던 마이크가 내게 안긴 두려움을 곱씹으며 죄책감이란 감정을 차단했었다.

센트럴 로비에서 만났을 때 흥분에 들떠 있던 마이크, 음식점 테이블을 사이에 두고 나를 웃게 했던 마이크, 나를 간절히 원한다는 듯 한 손으로 내 왼쪽 가슴을 쥔 채 잠이 든 마이크는 떠올리지 않으려 했다. 애정을 갈구하는 사람처럼 보이던 마이크, 자신의 나약함을 드러내던 마이크, 내 거절에 상처를 받은 마이크. 몰래 가려 했어요? 그는 당황한 얼굴로 물었었다. 당시 마음이 급하다 못해 짜증이 난 나는―플로라에게 가봐야 했고, 그래서 그의 에고에 신경 쓸 여유가 없었다―이제 생각해보면 온기를, 다정함을 간절히 바라던 그를 가혹하게 대했다.

조시가―혐오스럽다는 듯 몸을 돌려 최대한 우리에게서 멀어지기 위해 사람들을 밀치며 앞으로 나아가기 전에―보여준 반응은, 그날의 마이크를 떠올리게 했다.

2022년 6월 16일

레코드 (온라인판)

마커스 제이미슨, 국민을 대변하는 교수

엠마 웹스터의 재판이 갈수록 사람들을 놀라게 하고 있다. 기자들이 정치인의 성적 매력을 두고 지저분한 농담을 주고받았고, 기자와 의원이 3성 호텔에서 원나이트 스탠드를 했으며, 그리고 문제의 의원이 협박했다는 증언까지 나왔다.

"당신을 가만두지 않겠다"라는 말은 우리를 대표하는 정치인의 입에서 듣게 될 줄 몰랐던 발언이지만, 이러한 활력과 기개는 반갑게 여겨야 할 것이다.

엠마 웹스터의 이런 모습은 내가 오래전 가르쳤던 거침없는 학생의 모습을 떠올리게 한다. 그녀의 사고방식이 1등급은 아니었지만 배짱만큼은 충만했다!
다들 그렇듯 나 또한 색깔 있는 정치인이 차라리 낫다는 쪽이다.

엠마 웹스터 하원의원 페이스북
팔로어 13,234명

프레야 존스
엠마에게 응원의 편지를 전하고 싶은 분들은 제게 메시지 주세요. 다음 주, 법원에 출석할 때 전달해드릴 수 있어요.

백스 S
"당신을 가만두지 않겠다"라고? 이런 말씩이나 해놓고 책임 추궁당하는 건 싫다는 거지. 이게 위선이 아니고 뭔가.

41

2022년 6월 16–17일

엠마

다음 날 아침 배심원단은 클레어와 줄리아가 더는 살지 않는 클리버 광장 집에 모였다. 배심원들의 링바인더 파일에는 내가 한때 살았던 곳의 상세 평면도가 포함되어 있었다. 이미 그들은 버윅 순경의 보디캠 영상을 통해 복도, 주방으로 이어진 계단, 그리고 마이크가 추락한 위치를 확인했다. 또한 범죄 현장 재현 소프트웨어 R2S를 통해 영상으로 집을 둘러봤다. 하지만 내 변호사 톰은 배심원들이 평균보다 비좁은 복도와 위험할 정도로 촘촘한 계단을 이해하는 것이 중요하다고 봤다. 이를 위해 그들이 직접 현장에 온 것이었다.

오전 시간이 꼬박 걸리는 일정이었다. 법원에 모인 배심원들은 기괴한 수학여행을 떠나는 사람들처럼 서기와 함께 미니버스에 올랐다. 그 후 법원으로 돌아온 그들은 활기차 보였다. 조심스럽던 분위기가 흐트러져 있었다. 무단결석을 공모한 학생들처럼, 배심원실과 배심원석을 벗어나 새로운 우정을 싹 틔운 친구들처럼 보였다. 내 또래의 여성은 배심원 파일을 정리하며 회색빛 단발머리를 향해 미소를 지었고, 몸집이 큰 학생은 옆자리의 마른 남성을 향해 괜히 투덜거렸으며, 금발 여성은 서류 몇 장을 치우는 수염 난 40대 남성을 향해 웃어 보였다. 법정의 분위기가 눈에 띄게 밝아져 있었고, 소냐 잭슨은 발표대에 올려놓은 서류를 재밌는 읽을거리인 양 읽으며 몇 분이나 아무 말 없이 서 있었다.

그녀가 다음 증인을 소개하자, 배심원단은 곧장 조용해졌다. 리베카 존스는 혈흔, 즉 계단 마지막 단에 번진 핏자국과 계단 아래 인근 벽에 튄 미세한 핏방울에 대한 이야기를 나누기 위해 초대된 법의학자였다.

"마이크 스톡스가 추락한 지점을 조사하셨을 때 무엇을 발견하셨나요?"

소냐가 신문을 시작했다.

"처음에는 벽이 굉장히 깨끗해 보였어요."

존스 박사는 앞으로 대단히 중요한 이야기를 할 거라는 듯 잠시 뜸을 들였다. 어떤 이야기를 듣게 될지 아는 나는 가슴이 죄어들었다.

"육안으로는 핏자국이 보이지 않게, 누군가 뜨거운 물과 데톨로 벽을 문질러 닦은 겁니다. 데톨 세제 냄새가 났어요."

그렇게 나는 다시 그 현장으로 돌아갔다. 새벽 2시, 델 정도로 뜨거운 물이 담긴 양동이에 두 손을 담갔다가 벽을 문질러 닦았다. 소냐가 모두진술 때 암시했듯, 내가 정말 증거를 없애려 했던 걸까? 당시에는 지금만큼 이성적이지 못했다. 마이크가 그 집에 있었다는 흔적을 전부 지우고 싶다는 본능적인 욕구뿐이었다.

소냐는 존스 박사에게 어떻게 혈흔을 찾았느냐고 물었다.

"저희는 루미놀을 쓰는데, 이 화학물질은 혈액의 헤모글로빈 속 철과 반응해 형광 파란색 빛을 내며 혈흔을 보여줍니다. 데톨이나 표백제를 들이부었다 해도요."

그녀는 확고한 의지가 엿보이는 미소를 지었다.

"혈흔이 남아 있다면, 루미놀이 찾아낼 겁니다."

집에서 발견된 혈흔이 어떤 모양으로 형성되어 있었는지, 어느 방향으로 튀었는지, 혈흔의 원리는 무엇인지 길고 긴 이야기가 이어졌다. 혈흔은 숨기려 해도 숨겨지지 않는 '느낌표'(기다란 세로선에 별개로 점 하나가 찍혀 있는 형태)로 형성되어 있었고, 이는 곧 마이크의 머리가 바닥에 부딪히던 순간 피가 낮게, 둔각으로 튀었다는 뜻이었다.

"이런 혈흔 형태는, 이미 타격을 받은 사람이 두 번째 타격을 받았을 때 발생한다는 점이 중요합니다."

배심원들은 존스 박사의 말에 귀를 기울였다.

"따라서 부상은 이미 있었고, 그 부상 부위가 계단통 아래 단단한 콘크리트 바닥에 부딪혔을 때 피가 튄 것입니다. 피가 튄 형태가 낮은 둔각을 이루고 혈흔의 위치가 머리와 가까운 형태는, 머리가 바닥에 부딪혔을 때 나타나는 특징이죠."

미스 잭슨은 더는 질문이 없다는 뜻으로 전문가를 향해 고개를 끄덕였다.

"저는 하나만 질문하겠습니다."

톰의 목소리에서 웃음기가 느껴졌다.

"현장에서 미스터 스톡스를 돌본 구조대원으로부터 그가 흥분해 있었다는 말을 들었습니다. 그가 갑자기 자리에서 일어나 거칠게 팔을 휘두르며 구조대원을 밀어냈다고요. 이 과정에서 그의 머리가 어딘가에 부딪힌 바람에 피가 튀었을 수도 있습니까?"

"음, 네, 가능할 것 같습니다."

존스 박사가 말했다.

"감사합니다."

톰이 자리에 앉았다. 그의 질문은 쟁점을 흐리려는 목적이었다. 마이크가 스스로의 실수로 부상을 입은 것일 수도 있다는 생각을 심어주어, 그가 강한 가격을 당하고 계단에서 떨어져 머리를 바닥에 찧었을 가능성을 줄이려는 것이었다. 몇몇 배심원은 무언가를 적고 있었다. 수염 난 40대와 그 옆에 앉은 그보다 나이가 많은, 코란에 맹세한 사람은 깊은 생각에 잠긴 듯했다. 톰이 증인 반대신문을 하면서 배심원단의 마음에 주도면밀하고도 은밀하게 뿌리는 의혹들 가운데, 그 어떤 것도 충분히 강력하게 느껴지지 않았다. 그는 기소청 측 대리석 기둥을 조금씩 깎아내고 섬세하게 벗겨냈지만, 내게 필요한 것은 한 번의 거대한 타격으로 그 기둥을 무너뜨리는 것이었다.

*

이날 증인 신문이 진행되는 동안 나는 혼자였다. 캐럴라인은 학교에서 학생들을 가르쳐야 했고, 클레어는 위원회에 참석해야 했다. 나는 괜찮은 척했다. 한 번씩 방청석을 올려다보며 재즈나 패트릭이 와 있기를 헛되이 바랐다. 하지만 나를 안심시켜주는 얼굴은 하나도 보이지 않았고, 제일 앞줄 외에는 사람들 얼굴이 제대로 보이지도 않았다. 얼핏 머리 색이 어두운 남자가 방청석 뒤에 서 있는 걸 본 듯했지만, 금세 자취를 감췄다. 사이먼 백스터였을까? 그가 아주 가까운 곳에 숨어 있을 수 있다는 섬뜩한 생각에 소름이 끼쳤다.

아파트까지 택시를 탄 나는 누군가 내 뒤를 쫓는 모습을 상상할 정도로 불안에 떨고 있었다. 문득 혈흔이 떠올랐다. 잊어보려 무던히도 노력했던 사진들 속에 있던. 마이크 이마의 상처에서 번들거리는 피, 아무도 발견하지 못하기를 간절히 바랐던, 가늘게 흩뿌려져 있는 피.

저녁에 페이스타임 전화를 걸어온 플로라는, 전날 저녁보다 밝아 보였다. 캐럴라인이 직접 보고 이야기해준 것이 도움이 된 듯했지만, 아이의 맹목적인 낙관이 걱정스럽기도 했다.

"엄마는 괜찮을 거예요. 내가 장담해요."

아이가 말했다. 하지만 만약 괜찮지 않게 된다면? 소냐가 관심을 끌어보려고 과장되게 주장한 것들 몇 개는 기각시킬 수 있겠지만, 법의학자의 증언은 무시하기 어려웠다. 마이크가 추락에 앞서 상처가 생길 정도로, 거기서 출혈이 일어날 정도로 세게 타격당했다는 증언. 그리고 누군가 혈흔을 닦아냈다는 증언. 이로 인해 나는 계산적인 사람으로 보이고 있었다.

클레어가 7시쯤 집에 들어왔을 때, 나는 앉아서 이 문제를 고심하고 있었다.

"괜찮아요?"

나를 걱정하는 마음에 그녀의 둥근 얼굴에 주름이 잡혔다. 나는 애써 가벼운 말투를 썼다.

"아니. 오늘 나온 혈흔 증거 때문에 꼼짝없이 유죄가 나올 거 같아. 내가 혈흔을 데톨로 지웠다는 이야기를 듣더니, 배심원들 얼굴에 생기가 돌더라고. 너도 그 사람들 표정을 봤어야 하는데."

그녀는 가게에서 사 온 생선 파이를 오븐에 넣고, 소형 냉동실에서 봉투에 담긴 그린 빈을 꺼내 썰기 시작했다.

"잘 챙겨 먹어야 해요."

그녀의 말에 교도소에서는 못 그럴 테니까라고 덧붙이고 싶었다. 돌봄을 받는 아이가 된 것 같았다. 쉽지 않았을 것이다. 살인으로 기소된 사람을 믿기로 결심한 것도, 재판이 진행되는 동안 내가 머물 곳(보석 허가 조건이었다)을 제공해준 것도. 재판이 시작되자 이틀 연속 법정에 함께 가준 것은 두말할 것도 없고. 이 일로 클레어는 자신의 지역구에서 반감을 사고 있을 뿐 아니라 당에서 요직에 오를 가능성도 사라졌다. 당 대표 해리와 가까운 이들은 나를 향한 그녀의 충성이 '현명하지 못한 처사'임을 노골적으로 보여주고 있었다. 그녀는 왜 내게 이렇게까지 하는 걸까?

"엠마도 제 곁을 지켜줬잖아요."

그녀가 브로콜리를 찜기에 넣으며 말했고, 나는 그녀의 잔에 화이트 와인을 따라주었다.

"4년 동안 일 때문에 투덜거리는 것도 들어주고, 18개월 내내 맷 얘기도 다 받아줬잖아요. 그거 정말 대단한 거예요."

우리가 함께 나눈 역사를 떠올렸다. 회의장에서 실수를 저질러 의장에게 공개적으로 질책을 받고 속상해하는 그녀와 새벽 1시에 함께 앉아 있었던 일, 가정을 꾸리기 힘들까 봐 여전히 열정을 가진 이 일을 그만둬야 할지 고민하는 그녀와 같이 논의했던 일, 그리고 그녀가 푹 빠져 있던 맷에 대해 들어준 그 많은 시간들. 맷은 그녀와 헤어진 직후 자신이 동성애자라는 사실을 커밍아웃했다.

"다들 날 비웃는 거 같아요."

그녀의 표정이 우울해졌다. 평소의 활기와 쾌활함이 사라져 있었다.

"다들 저에 대해 이러쿵저러쿵하는 것만 같아요. 전 나름 똑똑하고 눈치도 빠르고 다른 사람들 마음도 잘 파악할 줄 아는 사람인데…… 내 남자친구였는데도 전혀 몰랐어요. 다른 사람들은 알고 있었는데. 제가 너무 순진해빠진 사람 같아요. 너무 부끄러워요."

"클레어한테 뭐라고 하는 사람 없어."

내 결혼이 파탄 났을 때를 떠올리며 말했다.

“설사 이상한 사람이 그런다 해도 아무 상관 없잖아, 안 그래?”

하지만 이런 말이 위안이 못 된다는 걸 잘 알고 있었다. 다른 사람들의 평가에 대한 두려움, 거기에 배신감까지 더해지면 수치심에 빠져들 수밖에 없다.

*

잠이 푹 들지 않았다. 자꾸 뒤척였다. 피가 튀는 꿈을 꿨다. 흉기가 스치자 뿜어져 나오는, 토해져 나오는 피. 분출된 피가 새하얀 벽에 흩뿌려졌다. 동맥에서 용솟음치며 쏟아져 나오는 피, 뚝뚝 흐르는 끈적끈적한 피. 아낌없이 피를 뱉어내는 상처들과 피 웅덩이. 지워낼 때마다 더 밝고 선명하게 나타나 내게 유죄를 선고하는 핏자국들.

잠에서 깨자 하얀 침대 시트가 푹 젖어 있어 순간 내가 실수를 했나 싶을 정도였다. 심장이 정신없이 뛰어대는 바람에 비틀대며 화장실로 가다가 벽에 부딪히고 말았다. 새벽 4시 17분이었다. 가로등이 드리운 그림자 속에서 흥분과 분노에 휩싸인 마이크가 일어났다. **꺼져. 꺼지라고.** 전등 스위치를 켜서 그를 쫓아냈다. 청바지와 오래된 아버지 점퍼를 걸치고, 무명인이 되고 싶을 때를 대비해 챙겨 온 야구 모자를 썼다. 아직 밤이었지만 어슴푸레한 여명이 조금씩 번져가고 있었고, 5시 전에 새벽이 밝아올 터였다. 순간 참을 수 없이 이곳에서 벗어나고 싶었다. 아무도 나임을 예상하지 못하는 조용한 거리를 걷고 싶었다. 한번쯤은 누가 나를 뒤쫓는다는 두려움에서 벗어나고 싶었다. 클레어에게 쪽지를 남기고 집에서 빠져나왔다.

그렇게 나는 런던의 경계 지역을 걷기 시작했다. 런던시와 플리트 스트리트 사이에 난 길을 따라 코벤트 가든 동쪽이자 스퀘어 마일 서쪽으로 향했다. 찰스 디킨스의 주인공들이 살아 숨 쉬는 골목들을 따라 올라갔고, 터덜터덜 걸으며 정교한 빅토리아 시대 건물들을 지나쳐 유리와 철재로 만들어진 사무실 건물들을 마주했다. 홀본 비아덕트 근처에서 길을 잃었지만 귀에 익은 해턴 가든과 레더 레인을 발견했고, 무거운 발을 이끌고 패링던 스트리트에서 루드게이트 힐로 이어지는 지저분한 대로를 따라 걸었다. 루드게이트 힐에서 왼쪽으로 꺾자 반구형 돔 아래를 열주들이 받치고 있는, 세상에서 가장 정교하고 과분한 웨딩 케이크 같은 세인트폴 대성당이 눈앞에 나타났다. 도시가 깨어나고 있었다. 배송 트럭이 물건을 납품하기 위해 슈퍼마켓 앞에 서고, 청소부들이 슬그머니 사무실로 들어갔다. 동이 트고 있었다. 하늘이 주황색이 도는 어스름한 분홍빛으로 희망차게 밝아왔다. 나의 밤은 피에 젖은 꿈으로 가득했지만, 그에 개의치 않고 세상은 돌아가고 있었다. 내 자유의 날들이 얼마 남지 않았을지도 모르니, 이 신선한 아침 공기를 더욱 맛봐야 했다.

다시 패링던 스트리트로 걸어가 오른쪽으로 튼 나는, 우연히 거대한 붉은 벽돌 건물을 마주하게 되었다. 스미스필드 마켓이었다. 거리는 아까보다 바빠졌고, 공기가 다르게 느껴졌다. 비릿한 철 냄새가 점점 피비린내처럼 변하며 강하게 퍼졌다. 남성적이고, 활기차며, 다들 제 일에만 집중하는 분위기 속에서 화물차들이 짐을 내리고 있었다. 새하얀 마블링이 돋보이는, 굉장한 양의 고기가 걸려 있었다. 양고기, 돼지고기, 사등분한 소고기. 너의 심장을 고깃덩어리처럼 죽게 만들어선 안 돼. 그의 피부를 벗겨내. 『말피의 공작부인』 속 장면이 떠올랐고, 나는 고개를 저었다. 그의 몸에 그토록 피가 많을 줄이야 누가 알았겠는가? 이건 다른 작품 구절일걸. 그리고 피가 그리 많지 않은 거 같던데? 내가 해봤으니까. 데톨과 펄펄 끓는 물로 지워보려 부단히도 애를 썼으니까.

하얀 가운을 입은, 볼이 붉게 상기된 짐꾼이 자신의 수레를 쳐다보는 나를 유심히 바라봤다.

"기운 내요, 러브! 걱정하는 일이 벌어지지 않을지도 모르잖아요!"

예전이라면 '러브'라는 소리가 듣기 싫어서, 그런 말에 기운 나는 척 호응해야 할 것 같은 분위기가 짜증나서 반사적으로 모른 척 몸을 돌렸을 것이다. 지금은 그의 말이 나를 무너뜨렸다. '걱정하는 일'이 이미 벌어져버렸으니까.

*

세 시간 후, 법정에 도착하자 어딘가 공기가 달라진 느낌이었다. 금요일이라서, 배심원들 앞에서 10시 30분부터 4시 15분까지 집중해야 하는 의무감에서 자유로운 주말을 앞두고 있어서일까. 아니면 내무부 소속 법의학자에게서 다른 곳에서는 경험하지 못한 통찰을 듣게 될 거란 기대감 때문일까.

법의학자가 등장하기 전, 소냐의 주니어 변호사인 댄 제이콥스가 독극물 보고서를 낭독했다. 마이크의 혈액 100밀리리터에서 알코올 성분 160밀리그램이 검출되었다는 내용이었다. 또한 세인트토머스 병원에서 마이크를 담당한 신경외과 고문 의사 앤드루 매티슨의 보고서에는, 그의 자세한 치료 과정과 더불어 12월 10일 금요일 오후 1시 17분에 사망 진단이 내려졌다는 내용이 담겨 있었다. 딱딱한 사실들이 낭독되자 잠시 기리는 시간을 갖듯 법정이 고요해졌다. 수요일에 법원을 나서다가 나를 발견하고 놀란 이후로 조시와 그의 엄마는 법정에 나타나지 않았다. 다행이었다. 내가 캐스라면 아이가 이런 이야기를 듣지 않기를 바랐을 테니까.

손질한 염소수염부터 단추를 채운 싱글 슈트 차림의 단정한 몸통까지, 외모만 봐도 얼마나 꼼꼼한 사람인지 드러나는 애시 채터지 박사의 이야기도 그 아이가 듣지 않아 다행이었다. 그는 정확하고 엄격한 화법으로, 초기 검사를 통해 마이크 스톡스의 부상이 추락으로 설명될 수 없다는 사실이 드러난 후 자신이 검시를 진행했다고 밝혔다. 그는 마이크의 왼쪽 뺨 열상과 왼쪽 관자놀이의 또 다른 열상은 추락으로 발생할 수 없는 상처로, 각기 다른 흉기에 의해 생겼다고 증언할 예정이었다. 그리고 다른 증인에게 이미 들었듯이, 마이크가 추락하기 전에 상처를 입었다는 사실은 피가 튄 흔적으로 입증되었다.

소냐는 잠시 그의 자격에 대해—가이스 앤드 세인트토머스 병원에서 의사 면허 취득, 임페리얼 칼리지 런던의 강사이자 병리학자 경력 14년—설명한 후, 마이크 스톡스의 신장이 181.6센티미터이며, 체중은 '예전 도량형으로' 12스톤 2(약 77킬로그램—옮긴이)라고 말했다.

그러고는 독극물 보고서 이야기를 꺼냈다.

"음주 운전 기준치의 두 배인 거죠?"

"네."

"그가 눈으로 보기에 취해 보였을까요?"

"그것은 그의 수용력, 알코올 저항력에 달렸습니다. 간 분석 결과, 일주일에 200~300밀리리터의 알코올을 소비하는 중간 수준의 대주가로 보였습니다. 그 정도면 그의 체구와 무게로 봤을 때 중심을 잡기가 어려웠을 겁니다. 특히나 누가 밀었다면요."

채터지 박사가 말했다.

"상처 관련 정보가 자세히 기술된 첨부 자료 9를 살펴보면……"

소냐의 말에 배심원들이 파일을 열어 페이지를 넘기는 소리가 들렸다.

"사진 1은 왼쪽 뺨 열상인데 가로 0.6센티미터, 세로 0.2센티미터에 깊이가 0.2센티미터인가요?"

"네."

"사진 2는 가로 2.1센티미터, 세로 0.1센티미터, 깊이 0.3센티미터의 왼쪽 관자놀이 열상으로 주변부에 멍이 들어 있죠? 기소청이 세라믹 그릇으로 생긴 상처라고 하던데요?"

"네."

"사진 3은 고인의 오른쪽 손바닥에 있는 푸른 기가 도는 자주색 멍인데 길이 약 4센티미터, 너비 약 3.5센티미터입니다. 사진 4는 유사한 멍이 들어 있는 왼쪽 손바닥이 맞습니까?"

"네."

"사진 5는 뒤통수에 생긴 큰 부상을 보여주고 있습니다. 부기가 가로 10센티미터, 세로 5센티미터가량 되죠?"

"네."

"그리고 다음 사진 6, 머리카락을 민 모습입니다. 같은 위치에서 부기를 확인할 수 있는데, 푸른색과 자주색이 섞인 심한 멍이 있습니다. 피부가 찢어지지 않아 출혈의 흔적도 없는 것이 맞습니까?"

"네, 맞습니다."

"사진 7은 멍이 든 오른쪽 고환을 절개한 사진입니다."

소냐가 잠시 설명을 멈췄고, 남성 배심원 두 명이—서른 살의 마른 남성과 왠지 교사일 것으로 추측되는 수염 난 남성—그 사진 속 실체를 이해하고는 몸을 움찔했다.

"검시 때는 항상 고환 절개를 하시는 것으로 알고 있는데요?"

"네, 그렇습니다."

소냐는 다른 사람들과 마찬가지로 자신도 이 일련의 부상 사진을 받아들이기까지 시간이 좀 걸린다는 듯 발표대에서 잠시 물러났다. 다시 입을 열었을 때는, 묻는 것이 고통스러울 정도라는 어조였다.

"채터지 박사님, 이 부상들 가운데 마이크 스톡스의 죽음을 초래한 한 가지를 꼽자면 어떤 것인지 말씀해주시겠습니까?"

"네."

그는 단호하게 답했다.

"후두부의 멍든 곳 안쪽에 골절이 있는데, 이는 머리가 바닥에 부딪힐 때 어느 정도의 충격이 발생했다는 의미입니다. 그 충격으로 두개골 내의 뇌가 심각하게 흔들려, 뇌와 두개골 내부를 잇는 혈관 일부가 찢어진 것으로 보입니다. 그로 인해 피가 두개골과 뇌 사이로 흘러들어 뇌의 측면과 아래쪽에 걸쳐 넓은 범위의 급성 경막하출혈이 발생한 것으로 판단됩니다. 두개골 골절, 그리고 이후 발생한 출혈이 사망 원인입니다."

"이런 경우 두피와 두개골, 뇌의 손상 패턴에 어떤 특징 같은 게 있습니까?"

"네. 반충, 즉 반대편 손상입니다. 머리가 움직이다 단단한 물체에 부딪혔을 때 벌어지는 현상입니다. 이 경우는 바닥에 부딪힌 거죠. 이때 두개골은 멈춰 있는 상태로 멍과 골절이 발생합니다. 하지만 뇌는 두개골 내에서 고정된 상태가 아니기 때문에 계속 움직이다 반대편으로 쏠리면서 미세혈관들이 손상됩니다. 그로 인해 뇌 앞부분에서 출혈이 발생됩니다."

"그렇다면 충격을 받은 부분은 머리 뒤쪽이지만, 주요 손상은 앞쪽에서 발생했다는 거죠?"

"네."

"그리고 이런 손상은 무언가로 머리 뒤쪽을 가격당한 경우가 아니라, 움직이는 머리가 고정된 표면에 부딪힌 경우의 특징이고요?"

"네, 정확합니다."

내 귀에, 놀란 그의 고함 소리에 이어 쿵 하며 두개골이 바닥에 부딪히는 소리가 들렸다.

영겁과도 같은 시간이 지난 후, 소냐는 낮고 진지한 목소리로 그의 손바닥에 난 자국은 계단에서 뒤로 떨어져서 생긴 것임을 확인시켜주었다.

"그리고 마이크 스톡스의 뺨에 뚜렷한 상처에 대해서도 말씀해주시겠습니까?"

"뺨에 난 상처가, 그 깊은 열상이 아주 흥미롭습니다. 대단히 특이하다는 의미입니다. 오른손잡이가 상대의 왼쪽 뺨을 열쇠와 같은 무딘 물체로 가격하여 생긴 상처로 보입니다."

"첨부 자료 4를 보면 증거 1호를 확인할 수 있습니다."

소냐가 말했고, 배심원들이 해당 페이지를 찾기까지 시간이 걸렸다.

"엠마 웹스터의 클리버 광장 집 현관 열쇠 사진입니다. 미즈 웹스터가 구속된 후 이 열쇠를 분석한 결과, 마이크 스톡스의 혈흔이 발견되었습니다. 뺨의 열상이 열쇠로 인한 상처라는 점은 피고인 또한 반박하지 않았습니다. 그리고 사진 2는 복도 콘솔 테이블에 있던 세라믹 그릇에 의해 발생한 부상입니다. 세라믹 그릇의 행방은 묘연한 상태입니다."

그녀가 설명을 멈췄다. 그릇 이야기가 나올 때마다 유독 불안을 느끼는 나는 자세를 고쳐 앉았다.

"그리고 마지막으로, 오른쪽 고환의 타박상에 대해 이야기하겠습니다."

다시 잠깐의 정적이 이어졌다.

"이 타박상은 어떻게 발생한 것으로 보고 계십니까?"

"음낭에 강한 타격이 있었던 것으로 보입니다. 아마도 무릎으로 가격당한 것 같습니다."

긴 침묵이 또다시 이어졌다. 소냐는 지금까지의 이야기를 정리하려는 듯, 손에 든 자료들을 이리저리 살폈다.

"채터지 박사님, 이 부상들을 종합해볼 때 마이크 스톡스가 계단에서 떨어져 치명적인 두개골 골절에 이르기까지 가장 그럴듯한 시나리오를 떠올려보실 수 있겠습니까?"

"글쎄요, 어떠한 상황을 추정하는 건 제 역할이 아니지만, 부상들을 보면 마이크 스톡스는 열쇠 여러 개로 왼쪽 뺨을 찔렸고, 날카로운 물체에 의해 관자놀이를 가격당했습니다. 양쪽 손바닥의 타박상은 바닥에 세게 부딪히며 생긴 것이고, 두부외상은 손바닥이 닿기 전 머리가 콘크리트 바닥에 떨어져 발생한 것입니다. 사타구니 부상은 무릎 같은 것에 맞아서 생긴 것이죠."

"그렇다면 뺨과 관자놀이, 고환의 부상은 그가 폭행을 당했다는 의미인가요?"

"네, 그렇게 볼 수 있습니다."

박사는 당연하다는 눈빛으로 그녀를 바라봤다.

"이 폭행의 강도가 그가 계단 아래로 떨어질 정도였을까요?"

"존경하는 판사님."

톰이 자리에서 일어났다.

"기소청 측이 지금 증인을 유도신문하고 있습니다."

"인정합니다."

코스타 판사가 말했다.

"질문을 바꿔보겠습니다."

소냐 잭슨이 차분하게 말을 이었다.

"어떠한 상황이 있었을 법한지, 추가 의견을 주실 수 있습니까?"

"없습니다."

채터지 박사가 자조적인 미소를 지으며 말을 이었다.

"그가 어떠한 정황으로 추락했는지 꼬집어 말씀드릴 수는 없습니다. 단 그가 중심을 잡기 어려울 만큼 알코올을 섭취한 상태였음을 감안해야 합니다. 단순히 자기 발에 걸려 넘어졌을 수도 있어요."

박사는 작지만 단호하게 고개를 끄덕였다. 나는 법의학적 지식을 벗어난 설명을 거부한, 기소청 측 내러티브에 팩트를 억지로 짜 맞추는 것을 거부한 이 명석한 전문가에게 고마움이 밀려들었다.

'단순히 자기 발에 걸려 넘어졌을 수도 있어요'라는 말은, '좋은 사람 같았어요'와 '유쾌할 정도로만 취해 있었다'는 말만큼이나 배심원들이 오래 되새기게 될 말이었다. 소냐 잭슨은 불만스러운 얼굴로 법의학자를 향해 짧게 고개를 끄덕이고는, 잠시 증인석에서 기다려달라고 요청했다.

"채터지 박사님."

톰이 정중하고 점잖은 어조로 말문을 열었다. 남성 전문가 두 명이 서로를 살폈다.

"마이크 스톡스의 알코올 농도가 음주 운전 법적 기준치의 두 배에 해당했다고 말씀하셨고, 그로 인해 중심을 잡기 어려웠을 거라고 확인해주셨죠?"

"네, 맞습니다."

"또한 다툼 중 어떠한 일로 그가 추락했는지 딱 꼬집어 설명할 수 없다고도 하셨고요."

"그렇습니다."

"누가 밀어서 그가 추락했다는 증거가 있습니까?"

애시 채터지는 자신이 가장 좋아하는 농담을 하려는 듯, 또다시 자조적인 미소를 지었다.

"저는 등 한가운데나 가슴 정중앙에서 손바닥 자국이 발견된다면, 누군가 민 것이 확실하다는 말을 자주 합니다."

그의 농담을 이해한 배심원단 사이로 웅성거림이 번졌다.

"그런 게 없다면 법의학자가 그렇다고 주장하는 것은 불가능합니다. 이번 경우도 그런 자국이 없었기 때문에, 누가 그를 밀었다는 것을 입증할 법의학적 증거는 없습니다."

내 목이 죄어왔다. 중대한 순간이었다. 톰이 자리에 앉자 사무변호사 존이 몸을 뒤로 푹 기댔다. 톰의 주니어 변호사 앨리스의 굳은 어깨도 풀어지는 것이 보였다.

*

공판 첫 주의 마지막 날인 금요일 오후 4시 10분이었다. 판사는 시계를 보며 남은 시간을 확인하고는, 다른 행정적 업무를 처리해야 하니 이쯤에서 마무리하는 것이 좋겠다고 했다.

"월요일 오전 10시 30분으로 할까요?"

판사는 사적인 약속을 정할 때처럼 물었다. 양측 모두 동의했다.

"좋습니다."

판사는 배심원단을 향해 말했다.

"월요일 오전 10시 30분에 뵙겠습니다."

배심원들이 열을 지어 나가고, 방청석도 비기 시작했다. 뒤를 향해 나가는 발자국 소리, 가방 소리, 코트 자락 끌리는 소리, 문이 크게 열리는 소리, 우리 위쪽 높은 곳에서 문이 쾅 하고 닫히는 소리. 그런 뒤 잠시 정적이 일었다. 판사의 눈이 위를 쓱 훑으며 남은 방청객이 없는지 확인했다. 흡족한 듯 판사는 작게 한숨을 내쉬었다. 그것이 그녀에게는 만족감에 가장 가까운 표현이었다.

"미스터 틸렛."

판사가 톰을 불렀다.

그는 월요일 오전에 기소청 측 주장이 마무리되면, 무단 침입자를 마주한 내가 방어 외에 다른 행위를 했다는 증거가 없으니 피고인 측이 변론해야 할 사건이 성립하지 않음을 제안할 것임을 밝혔다. 다시 말해, 공소 기각을 주장하겠다는 뜻이었다.

그는 이렇게 할 것이라고 내게 미리 말했었지만, 나는 지금에야 그 일이 정말 가능할지도 모르겠다는 믿음이 생겼다. 이 악몽 같은 상황이 금방 끝날 수도 있었다.

“성공할 수 있을까요?”

나는 상담실에서 톰에게 물었다.

“그러길 바랄 뿐이죠.”

내가 바랐던 듣기 좋은 대답은 아니었다. 그는 나를 향해 따뜻하게 미소를 지었다.

“플로라와 주말 즐겁게 보내세요.”

아이와 함께할 수 있는 시간의 마지막이 될지도 모른다. 이번 주말이 잠깐의 집행유예처럼 느껴졌다.

42

2022년 6월 18일—19일

플로라

플로라는 지난 주말 동안 엄마에게 하고 싶은 말이 너무도 많았지만, 결국 중요하지 않은 이야기만 늘어놓은 것 같았다. 엄마가 얼마나 보고 싶었는지, 얼마나 두려웠는지, 이번이 엄마와 집에서 보내는 마지막 주말이 될까 봐 얼마큼 겁이 나는지는 말하지 못했다.

엄마도 불안해한다는 걸 알고 있었다. 일부러 더 괜찮은 척할 때마다 나오는 엄마의 습관들이 보였다. 온종일 너무 많은 즐거움이 계속되었다. 아침으로는 홈메이드 블루베리 팬케이크를 먹었고, 스무디와 슈퍼푸드 샐러드, 초콜릿이 이어졌다. 밤에는 영화를 보자는 엄마의 제안에 같이 소파에 웅크려 앉았다. 엄마는 이 아이가 자신의 딸임을 믿을 수 없다는 듯 플로라를 오랫동안 바라봤다. 그런 눈빛은 오랜만이었다. 그러다 엄마는 민망해서 몸 둘 바를 모르겠는 말을 꺼냈다.

"네가 얼마나 예쁜지 알고 있지, 플로라? 엄마가 널 얼마나 사랑하는지 알지?"

플로라도 엄마를 사랑한다는 식의 말을 중얼거렸지만, 엄마가 들었는지는 확신할 수 없었다. 모든 것이 너무 격앙되어 있었으니까. 사실 지난여름 이후로 계속 그래왔다. 엄마가 받은 염산 테러 협박 편지, 엄마의 『가디언』 인터뷰, 자신을 싫어한다는 걸 온몸으로 표현한 레아. 그리고 셉에게 그 사진을 보낸 일…… 그 때부터 삶은 영원히 달라졌다.

물론 두 사람은 이런 이야기를 나누지 않았다. 플로라가 그 사진을 보낸 것 때문에 이런 일이 벌어졌다. 엄마가 살인 혐의로 재판을 받는 일이. 자신이 얼마나 끔찍한 죄책감에 시달리는지도 엄마에게 말할 수 없었다. 자신만 아니었다면 마이크가 엄마를 몰아세우는 일도 없었을 것이고, 두 사람이 싸우는 일도 없었을 것이다. 플로라는 엄마가 몸싸움을 하는 모습을 상상할 수가 없었다. 엄마는 자신에게 화가 났을 때도—엄마는 '실망'이라는 표현으로 감춰보려 했지만, 실제로는 레아 일로 화가 난 것이었다—별날 정도로 냉정하고 침착했었다. 자신만 아니었다면 마이크는 살아 있었을 테고, 그럼 엄마가 집 이곳저곳을 헤매고 다니는 일도, 결국 울고 있다는 걸 들키는 일도 없었을 것이다. 일주일 뒤면 교도소에 갈지도 모르는 현실과 마주할 일도 없었을 것이다.

하지만 엄마는 지금 여기에 있다. 아빠의 표현대로, 둘은 함께 있다. 서로 예민한 부분은 건드리지 않으려고 조심하면서, 둘 다 무엇이 자신을 괴롭히는지는 말하지 못하는 채로 이상한 주말을 보내고 있었다. 플로라는 엄마에게 소리라도 치면 좀 정상적인 기분이 될 것 같았다. 하지만 요즘 들어 정상적인 것은 없었다. 엄마는 자꾸 멈춰 서서 무언가를 들여다보거나 만지작거렸다. 올라 카일리 머그잔들을, 플로라가 아홉 살 땐가 열 살 때 그린 괴상한 그림들을, 마마이트 잼을, 죽은 반려묘 사진을, 앞치마를 입고 책 더미 옆에 선 엄마와 자신이 손을 꼭 잡고 찍은 사진을. 그 사진 속 플로라 머리는 오렌지색이고 엄마 머리는 어두운 색이지만, 발그레한 뺨으로 활짝 웃고 있는 두 사람은 누가 봐도 모녀지간이었다. 엄마는 그 사진을 쓸어내리며 한숨을 쉬고는, 요리를 마저 했다. 그리고 일요일 아침, 두 사람은 16킬로미터 거리를 하이킹하기 위해 집을 나섰다.

밖에 나오니 숨통이 트이는 것 같았다. 터질 것 같은 종아리를 느끼며 가장 힘든 경사로 꼭대기까지 올라 저 멀리 펼쳐진 바다를 바라보고 있자니 마음이 후련해졌다. 저 아래 사람들은 플레이모빌 인형 같아 보였다. 플로라는 이 잠깐의 시간만큼은 현실에서 벗어난 거라고, 저 아래 보이는 이들은 우리와 다른 세상에 속해 있다고 상상해보았다.

그때 골든 리트리버 한 마리가 가시금작화 덤불 사이로 겅중거리며 달려왔고, 이어 활력 넘치는 가족이 나타났다. 부부와 10대 아이 둘. 플로라는 개를 좋아했지만, 그런 분위기의 가족은 싫었다. 약간 자신만만해 보이는 분위기. 플로라는 에든버러 공작상 프로그램에 참여하고, 악기 두 개를 8급까지 따고, 전 과목 A를 받는 그런 아이들을 잘 알고 있었다. 튼튼한 부츠와 기능성 상의를 입은 그들의 부모는 너무도 건강해 보였다.

"좋은 아침입니다."

6월의 다운스를 거니는 사람들이 으레 그렇듯 그들은 인사를 건넸다. 그리고 플로라는 엄마의 눈에 두려움이 스치는 것을 보았다. 엄마는 평소의 옷차림이 아니었다. 머리카락은 야구모자 아래 틀어넣었고, 화장은 거의 하지 않았으며, 청바지와 티셔츠 차림이었다. 하원의원 엠마 웹스터처럼 보이지 않았다. 엄마는 급히 "안녕하세요"라고 중얼거리고는, 누가 알아볼까 봐 고개를 숙였다. 그들이 스쳐 지나갈 때 부부 중 아내의 얼굴에서 호기심이 일었다.

"내가 생각하는 그 사람 맞지?"

남편이 쿵쿵대며 길을 내려가면서 큰 목소리로 물었다.

"응, 그런 것 같아. 뒤돌아보지 마."

나지막한 아내의 목소리가 바람결에 들려왔다. 플로라는 그 여자에게 주먹을 날리고 싶었다. 진심으로 그랬다. 엄마도 비슷한 기분인지, 빨갛게 달아오른 얼굴이 깊은 수치심으로 일그러졌다. 이상했지만, 그 순간만큼은 플로라가 부모고 엄마가 아이 같았다. 플로라는 엄마의 손을 살짝 힘주어 잡았다.

"괜찮아요, 엄마. 그냥 무시해요. 괜찮아요."

하지만 괜찮지 않았다. 두 사람 모두 알고 있었다. 오지랖과 평가로 무장한 그 가족이 두 사람에게 산산조각 난 현실을 일깨우고 있었다. 내가 생각하는 그 사람 맞지? 응, 그런 것 같아. 뒤돌아보지 마. 괜히 말 섞을 일 만들지 마! 세상에, 저 여자가 진짜 우리한테 말 걸면 어떡하지? 아니, 그런데 저렇게 돌아다녀도 되는 거야? 살인 용의자잖아! 혐의만 있는 거야, 아니 땐 굴뚝에 연기 나냐고, 연기 안 나지. 저 여자가 정말 그랬을까? 뭐…… 경찰이 나름 확신하니까 그렇지 않겠어?

멀어져가는 그들의 뒷모습을 보며, 플로라는 이런 대화를 상상했다. 플로라는 소리치고 싶었다. 당신들이 지금 떠들어대고 있는 사람이, 우리 엄마라고. 당신들 같은 인간 백 명보다 더 나은 사람이라고. 물론 소리치지 않았다. 착한 아이니까. 아니, 착하지는 않지만 그러려고 굉장히 노력하니까. 그래서 엄마의 관심을 돌리려고 노력 중인 거니까. 플로라의 기분을 풀어주고 싶을 때 엄마가 그랬듯, 플로라도 괜히 다른 이야기를 꺼냈다. 점심으로 뭘 먹으면 좋을까, 집에 돌아가서 초콜릿 케이크 구울까, 해가 계속 이렇게 뜨거우니 피부가 좀 탈 수도 있겠어, 차단 지수 30짜리 선크림을 발라서 다행이야, 플로라는 한 떨기 영국 장미니까. 플로라가 자기 외모를 싫어한다는 걸 엄마도 알기에, 엄마를 웃게 하려고 일부러 한 말이었다. 하지만 올여름에는 선크림이나 다른 어떤 것으로 잔소리를 할 엄마가 없을지도 모른다는 생각에, 플로라의 목소리가 떨렸다.

엄마는 어떤 이야기에도 별다른 반응을 보이지 않았다. 좀 멍해 보였다. 플로라는 짜증이 날 수밖에 없었다.

"엄마? 내 말 안 듣고 있죠?"

"아니, 듣고 있어."

"내가 뭐라고 했는데요?"

엄마 앞을 막아선 플로라는, 순간 자신이 엄마보다 더 강하다는 걸 깨달았다. 엄마는 너무도 야위어서, 자신이 벼랑 끝으로 밀어붙일 수도 있을 것 같았다.

"점심 메뉴 이야기하고 있었잖아."

엄마가 지레짐작으로 말했다.

"엄마아아아."

플로라는 참을 수가 없었다. 너무도 짜증스러운 나머지 돌아서서 다시 길을 내려가면서, 어깨 너머로 쏘아붙였다.

"내가 뭐라고 하든 관심이나 있어요? 내 말 들을 생각조차 없는 엄마랑 대화하고 싶지 않아요."

가시금작화 가지들이 거칠게 길을 내려가는 플로라의 허벅지를 할퀴었다. 공기는 숨이 막힐 듯 무겁고 답답했다. 억눌린 분노와 슬픔, 좌절감으로 가슴이 죄어왔다. 그리고 사랑의 무게로.

*

이후 플로라와 엄마는 아빠와 캐럴라인을 만나러 갔다. 보통 이렇게 네 명이 모이면 늘 민망한 분위기가 펼쳐졌다. 다들 어른스러운 척해도 엄마는 캐럴라인을 향해 눈을 흘기고, 캐럴라인은 아빠에게 조금 집착하는 모습을 보였다.

하지만 오늘은 분위기가 좀 편안했다. 엄마가 지난주에 캐럴라인을 법정에 오게 한 게 도움이 됐을 것이다. 플로라에게는 분명, 직접 법정에 가서 보고 온 이야기가 도움이 되었다. 캐럴라인은 이번 주에도 재판에 참석하겠다고 제안할 것이었다. 그게 안 되면 아빠가 가겠다고 했다.

엄마와 캐럴라인은 차를 만들어 파티오로 나갔고, 아빠는 플로라에게 몇 분만 어른들끼리 대화할 시간을 달라고 했다.

"오보에 연습 잠깐 하고 있으면 어떨까?"

오보에를 좋아하지 않는, 아니 음악 자체를 잘 모르는 아빠가 이런 말까지 하는 걸 보면, 어떻게든 플로라를 떨어뜨려놓고 싶은 것이었다. 플로라는 위층으로 올라갔다. 플로라의 침실이 파티오 바로 위라는 건 아무도 생각하지 않는 것 같았다. 세 사람이 『크로니클』이 엄마를 스토킹하고 있고, 마이크가 자신과 레아에 대한 이야기를 알고 있다는 말을 했을 때처럼. 게다가 그들은 항상 플로라를 과소평가했다. 정말 플로라가 세 사람 대화에 아무 관심도 없을 거라고 생각하는 걸까?

"내가 지금 진짜로 마시고 싶은 게 뭔지 알아? 진 토닉."

플로라가 오보에를 꺼내고 있을 거라고 생각하는, 침실 창문에서 내려다보고 있을 줄은 꿈에도 모르는 아빠가 말했다.

"좋은 생각이야."

부부였을 때의 좋았던 기억이 떠오른 듯, 엄마의 목소리에서 편안함이 느껴졌다. 캔 뚜껑 따는 소리와 얼음 부딪는 소리, 쉬익 하는 토닉 따르는 소리가 들렸다. 아직 밖은 더운 시간이었고, 둘은 한잔하며 근황을 나누는 친구 사이처럼 보였다. 플로라의 눈에 엄마 얼굴이 언뜻 들어왔다. 지난 몇 달간의 긴장이 잠시 사라져 있었다. 마치 조심스럽게 쓰고 있던 마스크를 살짝 벗은 듯이.

"데이비드, 정말 미안해. 정말 너무 미안해."

엄마는 그렇게 말하고는, 눈물을 멈추려는 듯 양손 검지를 눈 아래에 가져다 대었다.

"좀 어때?"

잠시 후 엄마가 이렇게 물었을 때, 플로라는 자기 이야기를 한다는 걸 깨달았다.

"솔직히?"

아빠가 말을 이었다.

"좀 엉망이야. 잠도 잘 안 자고, 노트북 앞에 오래 앉아 있기는 하는데 공부는 거의 안 해. 지난주에 애가 검색했던 것 중에 살인 평균 형량도 있어."

아빠는 녹아드는 얼음을 바라보다 벌컥 음료를 들이켰다. 아빠의 목소리는 화를 참을 때처럼 억눌려 있었다.

"아이가 제 탓을 하고 있다는 거 알아?"

"말도 안 되는 소리잖아. 패닉에 빠진 것도, 그 사람과 싸운 것도 나야. 애초에 그 사람과 엮인 게 나잖아. 당신 말대로 계속 역사 교사를 하고 있었다면 이런 일은 벌어지지 않았을 거야. 내가 하원의원이 되려고 하지 않았다면 말이야."

"뭐, 그랬다면 당신이 아닌 거지. 그리고, 그 사람이 당신 집에 침입하지 않았다면 벌어지지 않았을 일이야."

아빠는 굽히지 않고 엄마 말을 바로잡았다. 플로라는 아빠가 엄마를 진심으로 사랑했다는 것을 깨달았다. 그런데 왜 외도를 했던 걸까.

"지나치게 자책하지 마."

잠시 정적이 흘렀고, 그때 플로라는 누가 자기 마음을 알아준다는 안도감으로 조용히 눈물을 흘리는 엄마의 모습을 발견했다. 아빠는 테이블 너머로 손을 뻗어 어색하게 엄마의 팔을 다독였다. 지금 이 순간만은 캐럴라인도 언짢은 기색을 내비치지 않았다. 반기는 것까진 아니었지만, 괜찮다는 표정이었다.

"이번 주에 제가 방청석에서 지켜본다면 플로라에게 큰 도움이 될 거라고 저희 둘 다 생각하고 있어요."

캐럴라인이 마침내 입을 뗐다.

"제가 가는 편이, 솔직히 말해 데이비드와 저한테도 도움이 돼요. 엠마가 어떤 상황인지 정확히 아는 게요. 괜찮을까요?"

엄마는 고개를 끄덕이며 심지어 고마운 눈빛을 캐럴라인에게 보냈다. 플로라는 저 둘이 예전에 친구였다는 사실이 떠올랐다. 캐럴라인이 원했던 만큼은 아니지만 서로 좋아하는 사이였다. 플로라는 새삼 자신의 가족이 얼마나 특이한지 생각했다.

"아이한테 최악의 상황에 대해서도 말해줬어?"

"수감 말이지."

대답하는 엄마의 목소리가 어쩔 수 없이 심하게 떨렸다.

"아니, 안 했어. 아이가 그런 일이 벌어질 수도 있다고 생각하는 게 싫어서."

"멍청한 아이가 아니야, 엠마."

아빠가 말을 이었다.

"벌써 마음의 준비를 하고 있다고. 당신이 아이와 자세히 이야기를 못 하겠다면 우리라도 해야 할 거 같아. 당신이 승소할 거라고 확신하는 게 아니라면."

대화가 잠시 멈춘 동안, 엄마가 복잡한 한숨을 길게 내쉬었다. 그러자 아빠가 좀 더 조심스레 물었다.

"어떻게 될 것 같아?"

"내 변호사가 공소를 기각시킬 생각이야."

"그렇게 되면 정말 좋은데."

"플로라에게는 그런 말 안 했어. 너무 기대하게 만들고 싶지 않아서. 나도 너무 믿으려고 하지 않는 중이고. 변호사가 내게 확신을 주지는 않았거든."

플로라는 더는 듣고 있을 수가 없어, 오보에를 집어 들고 마음에 사무치는 구슬픈 연습곡을 연주했다. 악구들을 자신 있게, 완벽하게 소화하려고 몇 번이고 반복했다. 연습곡뿐 아니라 이렇게 연습하는 과정에 사람의 마음을 사로잡는 무언가가 있었다. 이 과정 자체가 지금 삶에서 경험하고 있는 힘든 감정(좌절감, 수치심, 두려움)의 소용돌이와 닮아 있었고, 완벽하게 연주하는 것으로 모든 일을 잠시나마 떨칠 수 있을 것 같았다.

더는 들을 수 없는 이야기는 물론이고, 차마 더는 생각하고 싶지 않은 모든 것을 말이다.

43

2022년 6월 20일

엠마

월요일 아침 나는 다시 법정에 앉아 있었고, 기소청 측 주장은 끝을 향해 가고 있었다. 이제 남은 것은 음성 메시지 한 건과 문자 몇 개를 확인하고, 동의를 얻은 취조 영상을 재생해 내 이야기가 어떻게 달라지는지를 살펴보는 일뿐이었다.

가장 먼저, 12월 11일 자 경찰 취조 영상 편집본이었다. 내가 파킨 형사에게 거짓말을 했다는 사실이 드러난 후 다시 싸움의 경위를 더듬대며 설명하는, 차마 눈뜨고 보기 어려운 영상이었다. 자신이 파놓은 구덩이에 빠져버린 정치인이 약간의 품위라도 지켜보려고 안달복달이었다. 손으로 얼굴을 가리고 손가락 틈새로만 보고 싶었고, 귀를 막고 싶었다. 유죄 선고가 내려지면 방송사들이 뉴스에 내보낼, 사람들에게 무섭게 퍼져나갈 클립이었다. 세상에나, 저 여자 지금 뭐라고 하는 거야! 계속 삽질하고 있네. 저 정도로 멍청해야만 정치인을 할 수 있는 거야? 그냥 멍청한 게 아니라 정직하지도 못하잖아. 트위터나 왓츠앱에 퍼지면 사람들이 이렇게 떠들어대겠지. 배심원들도 비슷하게 나를 폄하할 까? 멍청하고 정직하지도 못하잖아. 정치인한테 뭘 바라? 당연히 거짓말쟁이지! 정치인들에겐 저런 게 일상이라고.

이어진 두 번째 클립은, 같은 날 오후 9시 36분에 녹화된 영상이었다. 나는 찔리는 데가 있는 얼굴이었고, 영상 밖 파킨 형사는 결연한 목소리로 말했다.

"오늘 있었던 첫 취조에서는 아그네스 몰나르 씨가 세라믹 그릇을 깼다고 말씀하셨는데요."

"네, 맞습니다."

"저희가 그분을 다시 신문했습니다. 그릇의 먼지를 닦은 후 원래 자리인 콘솔 테이블에 내려놓았고, 그 집을 떠날 때도 그 자리에 있었다고 했어요."

나는 어깨를 으쓱하며 그에게 협조하지 않았다.

"그리고 하우스메이트인 줄리아 쿡이 집에 왔을 때, 테이블 위 세라믹 그릇이 사라졌다는 걸 발견했고요."

나는 파리해진 얼굴로 입을 꾹 다물고 있었다.

"또한 버윅 순경 보디캠에서 복도가 찍힌 장면을 봐도, 세라믹 그릇이 그곳에 없었다는 건 확실합니다. 뿐만 아니라……"

그는 카드를 한 장씩 꺼내놓는 것처럼, 증거들을 하나씩 펼쳐놓는 것이 즐겁다는 듯한 목소리였다.

"집 안을 자세히 수색한 결과, 세라믹 그릇 파편들이 복도 마룻장 틈 여러 곳에서 발견됐습니다. 그게 어떻게 그 안에 들어가게 된 건지 설명해주시겠습니까?"

"전 몰라요. 아그네스가 그릇을 깨뜨리고 거짓말을 하고 있는 거라면, 틈새에 파편들이 들어가지 않았겠어요?"

이 말을 하는 내 얼굴은 어두웠다. 수치심이 내 뺨과 목소리를 잠식하고 있었다. 피고인석에서 영상을 보고 있자니 다시금 얼굴이 달아올랐다. 거짓말이 들통 났음을 깨닫고 얼마나 민망했던가. 내게 아주 불리하게 작용할 것 같아서, 그릇에 대해서만큼은 솔직하게 털어놓을 수가 없었다. 계속 잡아떼다가 사실을 고백하면 어느 정도나 추해 보일까?

"실은요……"

파킨 형사가 설명을 이었다.

"검시 결과, 마이크 스톡스의 관자놀이를 가격한 것이 그 세라믹 그릇 정도 크기의 둔기인 것으로 나왔습니다."

어떤 반응이라도 보여야 할 것 같았지만, 나는 여전히 협조적이지 않았다.

"그리고 재밌는 것은요, 연구소에서 할 수 있는 모든 노력을 다해 마이크 스톡스의 옷을, 특히나 외투를 예비 분석했는데 뭐가 나왔는지 아세요? 섬유에서 그릇 파편이 발견됐습니다."

영상 속 내 옆에 앉은 존 피어슨이 헛기침을 했다. 당시 나는 아무 말도 하지 말라는 그의 조언을 내내 무시해서 손해를 보고 있었다. 하지만, 이렇듯 자백이 불가피해 보이는 상황에서 어떻게 노코멘트 전략을 따르겠는가?

"제가 그릇을 썼어요."

마침내 나는 아주 조용한 목소리로 말했다. 길고 긴 정적이 이어졌고, 내가 그 정적을 메워야 할 것만 같았다.

"두려웠어요. 그 사람이 염산 병을 갖고 있는 건 아닌지, 저한테 무슨 짓을 할지 알 수가 없어서요. 그땐 열쇠 꾸러미를 내려놓은 상태였는데, 그가 저한테 다가오자 뭐든 손에 잡히길 바라며 손을 뻗은 것뿐이에요. 그릇을 번쩍 들어 그를 내려치자, 그릇이 바닥에 떨어지며 깨졌어요. 깨진 조각들은 나중에 치웠어요."

비난의 기색이 취조실로부터 법정으로 흘러드는 것이 느껴질 정도였다. 나는 배심원들은 차마 볼 수 없어 화면에만 시선을 고정했다.

"어떻게 치웠나요?"

"쓰레받기랑 빗자루로요. 계단 밑에 보관해두는."

풍만한 체형에 첼시 번 얼굴을 한 여성이 숨을 급히 들이마시는 모습은, 내 상상인 걸까?

"자, 그럼 한번 정리해보죠."

파킨 형사의 목소리는 불신으로 가득 차 있었다.

"그러니까 계단 밑에 둔 쓰레받기와 빗자루로 깨진 그릇을 치우고 나서, 마이크 스톡스를 확인하러 내려갔던 겁니까?"

"네."

"그럼 파편들은 어떻게 처리했습니까?"

"신문지에 싸서 재활용 쓰레기통에 넣었어요. 밖에 있는 쓰레기통이요."

"재활용 쓰레기는 다음 날 오전에 수거해 가는 것을 아셨고요?"

파킨 형사는 몸을 뒤로 기대며, 내 뻔뻔한 행동에 눈썹을 들어올렸다.

"그것까진 생각하지 않았어요. 그냥 깨진 그릇을 얼른 치워야겠다는 생각뿐이었죠."

화면 속 나는 초라하기 그지없었다. 몸을 잔뜩 구부린 채 손깍지를 낀 상태였다.

"저는 패닉에 빠진 상태였어요."

나는 설명을 계속했다.

"줄리아가 가장 아끼는 그릇이어서 엄청 화낼 걸 알고 있었거든요."

"자신의 집에서 남자가 치명상을 입고 쓰러져 있는 것에 더 화를 낼 거라는 생각은 안 하셨고요?"

"패닉 상태였어요."

화면 속 나는 목이 멘 상태였다.

"내가 얼마나 나쁜 사람처럼 보일지 잘 알고 있었으니까요."

소냐가 영상을 중지시켰고, 나는 고개를 푹 떨군 채 다들 내 마지막 말에 고개를 주억거리며 동의하는 모습을 상상했다. 내 명예가 이보다 더 떨어질 수는 없었다. 그럼 네가 무엇을 할 수 있을까? 나는 아버지의 질문을 물리쳤다. 할 수 있는 일이 아무것도 없었다. 기소청 측 주장 마지막에 이르러 나란 사람을 두고 만들어진 내러티브에, 사람들에게 비쳐질 내 모습에 완전히 무너져버리고 말았다.

이뿐만이 아니었다. 『크로니클』이 내 '수척하고 불안한' 모습이 담긴 사진들을 기사로 낸 12월 4일, 마이크에게 남긴 내 음성 메시지가 법정에 흘러나오고 있었다.

"마이크, 이 씨발 새끼야, 나 좀 씨발 내버려두라고."

거칠게 발음한 쌍시옷과 비읍이 도드라졌다. 내 상스러운 발음으로 인해 불쾌감이 번졌다. 피고인석에서 얌전한 모습을 보이려는 나와, 긴장감에 악을 쓰며 욕을 내뱉는 본능적인 날것의 나 사이에는 분명한 간극이 있었다. 회색 단발머리 여자는 뺨을 맞은 듯 몸을 움찔했고, 파마머리 리타는 힘주어 입을 오므렸다. 배심원들 중에도 이렇게 이성을 잃고 자신을 배신한 사람에게 욕을 퍼부은 이들이 있을 것이다. 하지만 이런 공개 재판에서 자신이 내뱉은 욕이 울려 퍼질 것을 알았다면, 더욱이 언론에 보도까지 될 것을 알았다면, 아무도 그런 말을 하지 않았을 것이다. 그 욕설이 자세히 검토되고 분석될 것을 알았다면, 전화기에 대고 '씨발 새끼'라고 소리 지르는 인간으로 전락할 줄 알았다면 말이다.

용기를 내어 얼굴을 들어보니, 배심원들은 마이크와 내가 소호에서의 만남 전후로 주고받은 문자들을 읽는 닉 커틀러 경사의 목소리에 집중하고 있었다. 내가 만남을 기대하고 있다는 것이, 그에게 호감을 갖고 있다는 것이 문자에서 드러났다. 순식간에, 나는 촛불이 놓인 테이블을 사이에 두고 마이크와 마주 앉았던 때로 돌아갔다. 와인과 비밀을 나누며, 믿을 수 있는 누군가와 함께 있다는 생각에 마음이 따뜻해졌다. 은근하게 오가는 감정과 달콤한 기대감. 그러나 다음 순간 마이크의 눈빛이 굳어졌고, 나는 계단 꼭대기에서 그를 마주하고 있었다.

배심원들에게 전달된 파일에는 참고해야 할 추가 증거물들이 있었다. 11월 17일 자 저녁 식사 영수증과 우리가 함께 밤을 보낸 럭셔리 인이 찍힌 신용카드 청구서. 그와 하룻밤을 보낸 사실을 이미 인정했기에—배심원들도 취조 영상에서 확인했다—왜 저렇게까지 세세하게 모든 것을 살펴봐야 하는지 알 수가 없었다. 그들은 내가 성 스테판 입구 앞에서 성명을 발표한 12월 9일의 방송 장면도 이미 확인했다. TV 영상 속에서 '계단 아래 쓰러져 있는 침입자'를 발견했다고 말하는 내 목소리는, 생각보다 더욱 자신감이 넘쳤다.

소냐는 그때 집 안에 불이 나가 있었던 건 이견이 없는 사실이라고 했다. 배심원 파일에 그 사실을 뒷받침하는 전기 기사의 증언이 첨부되어 있었다. 복도 콘솔 테이블 램프 안의 필라멘트 전구가 나가는 바람에 전기가 차단되었다는 설명이었다. 연기로 인해 유리가 회색으로 얼룩진 전구 사진도 있었다. 지하 주방과 계단통은 배선이 새로 되어 있지만 1층과 그 위층은 그렇지 않으니 공사를 새로 해야 한다는 전기 기사의 의견까지 나와 있었다. 파일에는 2021년 10월 7일, 줄리아가 집주인에게 불이 '또 나갔다'며 '악덕 건설업자'를 쓴 게 아니냐고 따진 이메일도 첨부되어 있었다.

커틀러 경사는 이제 그릇에 대한 질문에 답하고 있었다.

"아니요, 피고인이 그릇을 썼다고 인정했기에 따로 재활용 수

거 업체를 찾아가 깨진 그릇을 수색하지는 않았습니다. 파편들은 미스터 스톡스의 두부 상처가 아니라 복도 끝 쪽 마룻장 틈에서 발견됐고, 그의 외투에서도 극미량 발견됐습니다."

소냐 잭슨은 이 증언과 일치하는 사진들이 첨부된 곳을 알려주었다.

"깨진 그릇이 회수되진 않았지만, 피고인이 그것을 사용한 건 분명한 사실이군요."

그녀는 이렇게 정리했다.

"그렇습니다."

커틀러 경사는 나를 뚫어지게 바라보며 말했다. 달리기를 하며 햇볕에 탄 구릿빛 얼굴에 서늘한 눈빛이 도드라졌다. 수사를 이끈 그는 이 사건을 속속들이 알고 있었고, 나를 싫어하는 것이 분명해 보였다.

생각에 빠져 있다가, 맥 빠질 정도로 시시한 결론을 말하는 소냐 잭슨의 조용한 음성을 듣지 못할 뻔했다.

"존경하는 재판장님, 이것으로 기소청의 주장을 마무리하겠습니다."

44

2022년 6월 20일

엠마

소냐가 말을 마치자마자 배심원단이 자리를 떴다. 이제 중간 지점 정도 온 것이었고, 톰은 피고인 측이 변론해야 할 사건이 성립하지 않는다고 주장할 예정이었다. 그가 성공할 거라는 믿음을 갖지 않으려 했지만, 아주 희미하게 반짝이는 희망을 느꼈다.

내 변호사는 판사에게, 이것은 명백한 가택 침입 사건이라고 특유의 침착하고 이성적인 어조로 말했다. 나는 자기방어를 한 것이라고, 내 집에서 나가려 하지 않는 무단 침입자를 향해 합당한 무력을 행사한 것이라고 말이다.

"기소청은 피고인이 밀친 행위가 마이크 스톡스의 추락으로 이어졌고, 이는 의도적이었으며 가해진 위협에 비해 지나치게 과한 행위였다고 주장합니다. 하지만 밀침이 있었다는 법의학적 증거 자체가 존재하지 않는다는 법의학자의 증언이 있었고, 고로 이 밀침이 의도적인 일이었는지 신중하지 못해 벌어진 일이었는지에 대한 증거 또한 당연히 존재하지 않습니다. 이 사건의 증거는 본질적으로 불충분하고, 추측에 근거할 수밖에 없습니다."

이어 그는 버윅 순경의 보디캠 장면을 들어 내가 '쇼크 상태'였음을 설명하며, 판사에게 어둠 속에서 기다리던 마이크의 행동을 염두에 두어달라고 요청했다. 그곳에서 그를 발견하고 내가 느꼈을 충격, 도와줄 사람이 아무도 없었던 상황, 집을 지키고 싶었던 바람을 유념해달라고 말이다.

법정에서 쓰이는 상투적인 용어, 건조한 단어, 난해한 법률 용어는 사건의 공포를 덮어버린다. 마이크가 움직일 때마다 바닥을 울리던 발자국 소리에 심장이 터질 듯했다. 복도 저 끝에 있는 알 수 없는 형체를 발견하고는, 어둠 속에 거구의 남성이 숨어 있다는 걸 알아채고는, 창자 깊은 곳에서부터 올라오던 서늘한 두려움, 스토커가 염산을 끼얹거나 악플러가 내 얼굴에 면도날을 들이댈 것 같던 두려움이 떠올랐다. 나는 톰의 목소리에 현실로 돌아왔다.

"가택 침입이 발생한 위기의 순간이자, 극한의 공포와 고통의 순간이었습니다. 해당 상황을 피고인의 입장에서 본다면, 폭력 행사는 불합리하지도 부당하지도 않았다고 배심원들이 판단할 수밖에 없는 대단히 보기 드문 사건입니다."

소냐는 다양한 질문들에 대해 답했고, 법안—2008년 형사사법 및 이민법 76절 5a관에 대한 내용으로, 코스타 판사가 법전을 찾아보기도 했다—및 항소 법원 판결 즉 집에 침입자가 들어올 경우 '세대주는 무력을 행사하는 데 있어 어느 정도의 자유를 가질 권리가 있다'에 대한 심도 있는 논의가 오갔다. 톰은 조급하지 않게 판례를 들며 관련 법규를 신중하게 낭독했다. 그의 주장에는 성급하거나 경솔한 면이 없었고, 그는 법적인 관점으로만 법률을 판단했다. 하지만 논의되고 있는 세세한 부분들은 그저 흐르는 물처럼 나를 스쳐 지나갔다. 논쟁의 핵심을 이해해보려 필기를 하기도 했지만, 소용없는 것 같아 그만두었다. 이 사건이 제 아무리 건조한 말들로 설명되고 있다 한들, 결국 지극히 인간적인 이야기였다. 당연히 판사도 공감할 수 있지 않을까?

코스타 판사는 몇 가지 내용을 기록했다. 현자처럼 고개를 끄덕이고, 입으로 안경 끝을 물기도 했다. 판사는 양측의 요약 준비 서면을 받았지만, 좀 더 시간을 두고 깊이 생각해보겠다고 밝혔다. 내 기대치를 높이지 않으려는 톰의 노력에도 불구하고 어느새 자꾸 희망적인 생각이 들었다. 죄였던 위가 흥분감에 풀어지고, 판사의 표정에 집중하다 보니 나중에 증언을 해야 하는 데서 오는 불안감도 완화되었다. 또다시 휴정이 되었다. 나를 위해 포츠머스에서 여기까지 온 프레야 존스와 함께 방청석에서 날 지켜보고 있을 캐럴라인에게 가봐야 한다는 걸 알면서도, 다시 긴장과 불안에 휩싸였다. 톰이 나를 상담실로 이끌었다.

"잘된 것 같아요? 어떨 것 같아요?"

내 질문에 그는 왼쪽 귓불을 잡아당기며, 불만스러울 정도로 자주 하는 답변을 또다시 내놓았다.

"판단하기 어렵습니다."

한 시간 후, 우리는 판사의 답을 들으러 다시 법정으로 들어갔다. 마침내 코스타 판사가 다음과 같이 자세한 의견을 밝혔다. 배심원들은 두 가지 문제를 풀어야 한다고. 첫째, 피고인의 무력의 정도가 지나치게 과잉이었나. 둘째, 침입자를 맞닥뜨린 충격, 집 안이 어두웠던 점, 피고인의 취약함, 당시 침입자의 행동 같은 참작 요소들을 고려할 때 피고인이 무력을 쓴 것이 불합리했나. 내 가슴은 희망으로 두근거렸다. 판사가 읊는 참작 요소들을 들어보니, 그녀도 당연히 이해하고 있었다. 같은 중년 여성으로서 어두컴컴한 길을 걸을 때면 들리는 공포의 속삭임을 알 것이고, 그 비슷한 일이 집에서 벌어지면 공포감이 열 배는 더 커진다는 걸 상상할 수 있을 것이었다.

그녀는 자신의 생각을 밝히며 주관성을 강조했고, 그런 모습을 보니 내 짐작이 정말 맞는 것 같았다. 그녀의 말에는 인칭대명사가 자주 등장했다. '내가 보기에는', '내 생각에는', '나는 정말로 그렇게 보지 않습니다' 하는 식이었다. 그녀가 "내가 보기에는 살해 의도에 대한 증거가 불충분해 보입니다"라고 했을 때, 나는 모든 게 다 잘될 거라는 믿음에 빠지고 말았다. 하지만 아니었다. "미스터 틸렛의 진술이 설득력 있다 하더라도, 피고인의 행위가 지나치게 과잉이었나 하는 문제는 배심원들에게 맡겨야 한다는 결론에 이르렀습니다"라고 코스터 판사가 말했다. 앉아서 판사의 말을 이해하려고 애쓰던 나는, 얼굴에 찬물 한 바가지가 끼얹어진 기분이었다.

공소는 기각되지 않았다. 재판은 계속될 예정이었다.

45

2022년 6월 20일

엠마

나는 증인석에 앉았다. 이런 식의 공개 발언은 처음이었다. 내 몸에 나타나는 모든 생리적 신호가 긴장을 나타내고 있었다. 손바닥은 땀으로 끈적였고, 심장이 쿵쿵 뛰기 시작했다. 모든 사람에게 물 마시는 소리가 들릴 것을 알면서도, 나 때문에 지연되고 있음을 의식하면서도, 옆에 마련된 물컵으로 손을 뻗었다.

컵을 내려놓았다. 어떤 일이 벌어졌는지 당연히 잘 설명할 수 있다고 스스로에게 말했다. 내가 하원에서 에이미 존스가 느낀 수치심에 대해 말할 수 있었듯이, 위축되지 않고 포르노와 오럴섹스에 대해 말했듯이, 마이크 스톡스가 내 집 바닥에 머리를 찧은 이후로, 좀 더 정확히는 그를 살해한 혐의로 기소된 이후로 만난 모든 사람을 용감하게 대면했듯이, 사건에 대해서도 잘 설명할 수 있다고 말이다.

위험 부담이 클 수도 있지만 양심적인 정치인인 만큼, 나는 준비가 되어 있었다. 지금껏 있었던 일들 중 가장 문제가 될 만한 부분들, 거짓말을 한 것과 그릇 파편을 치운 것에 대한 질문에도 준비된 상태였다. 솔직히 말해, 새벽 5시면 늘 12월의 그날 오후를 다시 경험하곤 했다. 그 외에는 그 어떤 생각도 거의 하지 않았다.

톰이 나를 향해 미소를 지었다. 호기심 많은 되새처럼 고개를 한쪽으로 기울인 채. 그의 두 눈은 친절한 빛을 띠었고, 그의 침착하고 확신 어린 모습이 지금처럼 감사하게 느껴진 때가 없었다. 그가 기본적인 사실들을 확인하는 질문을 하면 내가 동의하며 '네'라고 답하는 분위기가 될 것이다. 내가 솔직하고 정직하며, 열심히 협조하는 사람이라는 인상을 줄 질문, 답변, 질문, 답변의 리듬을 형성해나갈 것이다.

우선 그는 내 이름과 주소, 직업을 물었다. 어떠한 사람에 대한 전반적인 형태는 그리되 명암은 주지 않는 것, 나란 사람을 간파할 진짜 단서는 제공하지 않는 것. 그럼에도 나를 준비시키기에 충분한 질문들이었다. 어느 사이엔가 약간 높았던 내 목소리는 낮은 음역대에 안착했고, 회의장이나 TV 인터뷰를 할 때 나오는 친근하지만 권위 있는 톤으로 달라졌다. 즉 하원의원 엠마 웹스터처럼 말하기 시작했다. 나는 톰, 그리고 법정과 호흡해나갔으며 배심원들 한 명 한 명에 시선을 맞추되 한 사람에게 너무 오래 시선을 두는 일은 없었다. 당시 내가 받은 스트레스를 고려하면 그런 반응은 자연스러운 것이었다고, 심지어 불가피한 것이었다고 그들을 설득할 기회였다.

내가 무죄임을 설득할 기회였다.

톰은 곧장 내게 법정에 선 것뿐 아니라 구속당한 것도 이번이 처음이 맞는지 확인했다.

"네."

"12월 8일 경찰에 첫 진술을 한 것이 경찰과 처음으로 대면한 경험이었습니까?"

"그건 아닙니다. 안타깝게도 그 전에 저를 향한 협박들을 경찰에 신고한 적이 있습니다. 염산 테러 협박 편지를 받았고, 하원에서 리벤지 포르노에 대한 연설을 한 후에는 몇 건의 강간 협박이 있었습니다. 하지만 네, 제 집에 누가 침입한 일로 경찰과 대화를 나눈 건 그때가 처음이었고, 이후 경찰과 곤란한 일이 생긴 것도 분명 처음이었습니다."

그는 배심원단에게 내가 하원의원으로서 받았던 협박들에 대해서는 추후 자세히 이야기할 것이고, 우선은 내 기본적인 신상 정보에 대해 설명하겠다고 했다. 나는 10대 딸을 둔 이혼녀이고, 하원의원이 된 지 4년이며 그 전에는 교사였다. 마이크 사망 전에는 클리버 광장에 있는 집과 포츠머스에 있는 집을 오가며 생활했다. 업무 시간이 길기도 했다.

"열두 시간씩 일을 하셨다고요?"

"이메일 회신 업무까지 포함하면 열다섯 시간에서 열여섯 시간씩 일할 때가 많았습니다. 일주일에 6일을요."

기소청 측이 보여준 나와는 대척점에 있는 내 이미지를 만들어나가기 위한 의도였다. 나는 지나치게 열심히 일하는 싱글 맘이다. 대단해 보이는 일을 하는 것 같아도 배심원들과 전혀 다를 바 없는 사람이었다.

나는 협조할 의욕이 넘치는 사람처럼 공손하게 답변했다. 호감 가는 모습을 보이고 싶어서 성실한 공무원의 모습 그대로 계속 미소를 지으며 서 있었다. 한편 내 삶은 초라하게 들렸다. 딸 하나에 파트너는 없고, 워커홀릭이었다. 내 이야기가 사람들의 공감을 얻을 수 있을까? 가족이 더 많았으면 하고 바란 것이 처음은 아니었다. 내 딸을 지켜줄 오빠 두 명과 방청석에서 한결같이 나를 지켜보고 있을 남편을, 추가 지원군이자 나를 좀 더 평범한 사람처럼 보이게 해줄—보트처럼 생긴 신발들이 발 디딜 틈 없이 현관을 메우고, 식비가 많이 드는—가족을 바랐다. 지금 내 가족은 너무도 조용하고 너무도 소박했으며, 이것이 나를 덜 믿음직한 사람처럼, 더 의심스러운 사람처럼 보이게 만드는 건 아닌지 고민이 되었다.

하지만 이 생각에 빠져 있을 수만은 없었다. 톰의 질문이 계속되고 있었으니까. 그는 유쾌한 톤으로 대화하듯 말했지만 내러티브를 발전시켜가고 있었다.

"좀 무례한 질문처럼 들릴 수도 있지만, 체중이 어느 정도 되시죠?"

"약 55킬로그램입니다. 사건이 벌어졌을 때는 62킬로그램 정도였던 것 같은데, 현재는 그렇습니다."

"키는요?"

"175센티미터 정도 됩니다."

"운동을 자주 하시는 편입니까?"

"아니요!"

내가 운동하는 모습을 떠올리는 것만으로도 웃음이 났다. 관자놀이를 죄던 긴장이 풀어졌다.

"시간이 없어서요. 그리고 러닝화를 사긴 했지만, 염산 테러 협박 편지를 받은 후로 밖에서 러닝을 하는 게 불안했습니다. 게다가 일을 하지 않을 때는 딸과 시간을 보내고 있어서요."

"헬스장에도 안 다니시고요?"

그가 쓴웃음을 지으며 말했다. 부러질 것만 같은 가녀린 허리를 내려다보고는, 내가 운동을 한다고 생각하는 사람이 있을지 의아한 생각이 들었다. 오늘은 바지 정장 차림이 아니었다. 바지 정장이 너무 부정적인 이미지를 풍기는 것 같아서. 실제의 나보다 더 강한 여성처럼 포장하는 느낌이었다. 때문에 오늘은 몸에 꼭 맞는 원피스를 입었다. 짙은 감색에 아무런 장식도 없는 보수적인 스타일이었다. 내 모습이 좀 칙칙해 보일 거라 생각했지만, 법원 화장실 거울에서 보니 너무 앙상해 보이는 게 문제였다. 쇄골이 뚜렷했고, 옷 위로 갈비뼈가 도드라졌으며, 가슴은 슈니첼용으로 얇게 저민 닭고기처럼 평평했다. 반지를 끼지 않은 손은 온통 마디와 뼈뿐이었고, 시계 줄이 헐거웠다.

"네. 헬스장도 다니지 않습니다."

마침내 대답했다.

"실례지만, 전에 싸움을 해본 적이 있습니까? 몸싸움이요."

"없습니다!"

미리 이야기된 질문이 아니었고, 나는 모욕감에 큰 소리가 나갈 수밖에 없었다.

"그렇다면, 몸싸움은 마이크 스톡스와 한 게 처음이었겠네요?"

"네."

나는 침을 삼켰다.

"그 전에는 그런 경험이 한 번도 없었습니다."

그는 사람들이 이 이야기를 받아들일 시간을 잠시 준 후, 내가 경험한 모욕의 수준에 대해 이야기하기 시작했다. 그는 내 개인 휴대폰으로 온 문자들을 읽은 다음, 배심원들에게 염산 테러 협박 편지 복사본을 확인시켜주었다. 그는 사건 하루 전까지 6개월 동안 내가 90건의 모욕적인 이메일과 6,382개의 모욕적인 트윗을 받았으며, 내가 『가디언』에 나오고 에이미 법 캠페인을 시작하자 더욱 심해졌다고 설명했다.

"'당신이 부디 길고도 고통스러운 죽음을 맞이하길', 이런 문자도 있었죠?"

그는 배심원들에게 관련 자료가 파일 어디에 있는지 알려주었고, 그들은 종이를 넘기느라 바빴다.

"'면도기로 엠마 웹스터의 그 오만한 얼굴 좀 갈아주고 싶어'라는 글도 보이네요."

그가 나를 바라봤고, 나는 그가 그런 글들을 낭독하는 이유를 스스로에게 상기시켰다. 내가 느꼈던 정서적인 스트레스를 보여주기 위해서였다.

"이런 협박이 12월 8일 이전까지 피고인에게 어떤 영향을 끼쳤습니까?"

"겁이 났습니다. 당시에는 몰랐지만 지속적으로 경계하고 늘 공포를 느끼는 상태 속에서 지냈던 것 같습니다."

그는 내게 안심하라는 듯 미소를 보였고, 나는 이제부터 시작이라는 걸 알 수 있었다. 내가 마이크 스톡스와 얼마나 가까운 사이였는지에 대한 이야기가, 꼭 필요하지만 쉽지만은 않은 이야기가 시작될 것이지만, 그 미소는 그가 최대한 나를 배려할 것임을 알려주었다. 섹스 이야기가 기다리고 있었다. 하지만 톰은 그 일을 대단히 유감스러운 일탈로 둔갑시킬 것이며 그것도 단 한 차례였음을 강조할 것이다. 어떻게 해서든 그 일이 사건과 무관하게 보이도록 노력할 것이다.

"마이크 스톡스는 어떻게 알게 되었습니까?"

"의회 출입 기자였습니다. 몇 건의 기사 보도에 협력했습니다."

"어떤 기사를 말씀하시는 거죠?"

"주로 여성 대상 폭력에 관한 것이었습니다. 기사에 인용할 말을 제가 해주는 식이었죠. 그러다 작년 10월, 에이미 법 캠페인을 함께하기 시작했습니다."

그가 그 캠페인에 대해 더 자세하게 물었고, 나는 그에 대해 답하면서 마이크와 내가 성취한 일에 자부심을 느꼈다. 나는 프레야를 보기 위해 방청석을 올려다보았다. 그녀가 여기 있다는 것이, 포츠머스에서 여기까지 와주었다는 사실이 내게 간절했던 자기 확신을 안겨 주었다. 배 속에서 뜨거운 무언가가 올라왔다. 나는 훌륭한 하원의원이고, 훌륭한 여성이다. 마이크와 함께 일한 것이 그의 죽음과 내가 살인 혐의로 재판을 받는 일로 이어졌지만, 그럼에도 우리가 함께 대단히 멋진 일을 해낸 것은 사실이었다. 이런 생각에 이르자 대담해졌다.

"그와 협력한 덕분에 그런 범죄에 대한 형량이 늘었고, 피해자들은 자동적으로 익명성을 보장받게 되었습니다. 피해자들은 여전히 재판이라는 시련을 겪어야 하겠지만……"

이 지점에서 나는 말을 잇지 못했다. 꼭 내 이야기를 하고 있는 것만 같았고, 동정을 바라는 것처럼 보일 수는 없었다.

"하지만 그들의 명예는 회복될 수 있습니다. 문제의 영상만 제거할 수 있다면요. 인정하건대 또 하나의 어려운 문제지만요."

"그런 변화를 이끌어낸 것에 큰 자부심을 느끼실 것 같습니다."

"네, 물론입니다."

자만이 몰락을 부른다.

"하지만 무엇보다 그런 일을 경험한 여성들을 대표해 안도하는 마음이 더 큽니다."

"그리고 11월 17일에, 피고인과 마이크 스톡스는 자축의 의미로 식사를 했었죠."

그의 말에 목이 막혀왔다.

"네."

"제가 이해한 바로는, 정치인과 저널리스트 사이의 아주 일상적인 일 같은데요?"

"네. 함께 일하는 사람들끼리 자주 점심을 같이하고, 저녁을

먹을 때도 있습니다. 신뢰를 쌓기 좋은 방법이죠."

나는 잠시 말을 중단했다. 보통 사람들은 잘 이해하지 못할 수 있는 사안이기 때문만이 아니라, 그렇게 쌓은 신뢰가 보기 좋게 배신당했다는 사실 때문이었다.

"마이크와 저녁에 식사를 한 적은 없었는데, 당시에는 둘 다 일정상 저녁 시간이 가장 나을 것 같아 그 시간으로 정했습니다. 그가 식당을 예약했고, 만나자고 제안한 사람도 그였습니다."

"식사를 마친 후에 밤을 함께 보냈다는 이야기도 들었는데, 맞습니까?"

"네."

대답을 하며 일부러 배심원단을 바라봤고, 가급적 여성들과 눈을 맞추려 했다.

"곧장 후회한 일이었습니다. 정말 저답지 않은 행동이었어요. 그 전에는 그런 일이 단 한 번도 없었습니다."

"저희는 무언가를 평가하러 이 자리에 있는 것이 아닙니다."

톰이 안심하라는 미소를 보였지만 사실 배심원단이 이 재판 내내 할 일은 바로 평가였고, 그들 중 몇몇은 나를 원나이트 스탠드를 한 중년의 엄마로 평가할 것이다.

"마이크 스톡스와 하룻밤을 보낸 뒤 상황을 어떻게 정리했습니까? 그에게 어떤 말을 했나요?"

"또다시 반복되어선 안 될 일인 것 같다고 분명히 전했습니다."

"그는 그 말을 어떻게 받아들였습니까?"

"탐탁지 않아 했습니다."

상처를 받았다는 것을 투명하게 보여주던 그의 두 눈이 떠올라 목소리가 가라앉았다.

"그래서 어떻게 됐습니까?"

"제가 그를 두고 갑작스럽게 나왔습니다. 6시가 좀 안 된 시각이었어요. 그곳에서 나오고 싶었습니다."

"그로부터 두 시간 후인 오전 7시 57분에 피고인은 '어젯밤 정말 좋았어요. 급히 나와서 미안해요'라는 문자를 보냈습니다. 파일의 첨부 자료 10입니다."

그가 배심원들에게 알려주었다.

"왜 이런 문자를 보냈는지 설명해주실 수 있나요?"

"제가 좀 퉁명스럽게 군 것 같았어요. 제가 무례한 사람이라고 생각하지 않길 바랐습니다."

"미스터 스톡스가 문자를 확인했지만 답은 보내지 않은 것 같은데, 맞습니까?"

"네, 답은 안 왔습니다."

"그런 뒤, 배심원 파일 첨부 자료 10을 보시면, 피고인이 같은 날 오전 8시 46분에 미스터 스톡스에게 전화를 걸어 2분 28초 동안 통화를 했다는 증거가 있습니다."

"네."

"전화를 걸어 그에게 어떤 말을 했는지 말씀해주실 수 있나요?"

"제가 지금 이성 관계를 고려할 수 없는 처지라고 말했습니다.

일도 많고, 딸아이도 돌봐야 한다고요."

"그가 어떤 반응을 보였나요?"

"상심한 것 같았고, 이후에는 차갑게 굴었습니다. 태도가 완전히 달라졌어요."

"그것을 기점으로 두 사람은 엄격하게 공적인 관계를 유지했고 피고인이 그와 거리를 두려고 했던 것 같은데, 맞습니까?"

"네. 그 사람에게 더 상처 주고 싶지 않았기에 가급적 만나지 않으려고 했습니다."

"이후로 쭉 연락을 주고받지 않다가 11월 29일에 그가 피고인에게 문자를 보냈습니다."

"네."

"파일을 보시면……"

그가 배심원단 쪽으로 몸을 반쯤 돌렸다.

"그날 오전 11시 53분에 발송된 문자를 확인하실 수 있습니다. '플로라 관련 기삿거리로 연락을 받았어요. 당신 쪽 이야기도 들어보면 좋을 것 같네요. 빅토리아 타워 가든에서 10?' 여기서 10은 10분을 의미하는 것 같은데요?"

"네."

이제 플로라의 행위를 자세하게 파고들 거란 생각에 목소리가 갈라졌다. 보도될 일은 없다 해도, 방청석을 가득 메운 사람들 모두가 내 10대 딸이 저지른 한심하고도 수치스러운 행위에 대해 듣게 될 터였다.

"피고인이 그곳에서 그를 만난 것으로 알고 있는데요? 따님 문제를 상의하려요."

"네."

말이 잘 나오지 않았다.

"문자를 받고 곧장 가신 거죠? 12시 5분쯤에 도착하셨나요?"

"네."

내 몸을 휘감던 두려움이, 마이크가 어떤 말을 하려 하는지 점차 커지던 확신이 떠올랐다.

"레이철 마틴은 두 사람이 말다툼을 하는 것처럼 보였다고 증언했는데요, 다투고 있었나요?"

"그렇게 말하긴 어렵습니다. 제게 다툼이란 언성을 높이는 것처럼 느껴져서요. 저는 상의를 했다고 생각합니다. 열띤 상의요. 부모라면 누구나 그렇듯, 그가 기사에 제 딸에 대한 이야기를 쓰지 않기를 간절히 바랐습니다. 그래선 안 된다는 걸 상기시켜줬어요. 제 딸의 나이가 어려서, 그렇게 하는 건 위법이라고요. 하지만 그가 어떻게든 저를 괴롭힐 방법을 찾을 거라는 사실도 알고 있었어요. 두려웠고, 필사적이었고, 딸을 지켜야 한다는 생각뿐이었습니다. 그래서 제가 불안해 보였을 수는 있습니다."

"'가만두지 않겠다'는 말을 했습니까?"

"아니요."

내가 그런 말을 한 번이라도 한 사람처럼 보이고 싶지 않은 마음에 고개를 가로저었다.

"그는 제 행동에 전혀 위협을 느끼지 않았어요. 실제로 제 이야기를 들으며 헛웃음을 지었으니까요."

톰이 미소를 보였다. 가장 어려운 고비는 넘겼지만, 나는 여전히 흔들림 없는 모습을 보여야 했다.

"미스 마틴의 말에 따르면, 피고인이 '자리를 박차고 나갔다'고 하는데요?"

"제가 '자리를 박차고 나간' 것은 아닙니다. 그를 두고 떠난 거였습니다. 그는 제게 기사에 '협조'하라는 제안을 했어요. 특집 기사에 플로라 이야기를 공개하라고요. 그에게 내게선 아무것도 얻지 못할 거라고 말했습니다."

"당시 대화가 어떻게 끝났습니까?"

"제가 떠나며 끝났습니다. 별로 도움이 될 것 같지 않았습니다."

정치인처럼 말한 것 같다는 생각에 단어를 신중히 골랐다.

"저희가 계속 대화를 나누는 게요."

"이후 12월 4일 토요일에 피고인이 마이크에게 음성 메시지를 남긴 것으로 알고 있는데, 저희가 이미 들었던 거죠? '마이크, 이 씨발 새끼야. 나 좀 씨발 내버려두라고.'"

"네. 『크로니클』에서 제가 '가족 문제'로 '수척해지고 불안한' 모습을 보인다는 기사와 함께 단정치 못한 제 사진을 실어 보도한 지 5일이 지났을 때입니다. 악의적이고 암시적인 기사였습니다. 제 불안이 10대 딸 문제 때문임을 누구나 추론할 수 있었고, 그런 기사를 내서 저를 서서히 압박하려는 신문사의 의도가 분명했습니다. 그리고, 제가 음성 메시지로 남긴 그 언어에 대해 떳떳하게 생각하지 않습니다."

나는 순순히 인정했다.

"그때까지 누구에게도 써본 적이 없는 말입니다. 다른 사람이 듣거나 읽을 거라고도 상상하지 못했고요. 하지만 제 집에서 감시를 당한다는 건 굉장히 섬뜩한 일이었습니다. 제가 그런 욕설을 했다는 사실 자체가, 제가 그 상황을 얼마나 불안하게 느꼈는지를 보여줍니다. 순진한 말처럼 들리겠지만, 그 사람이 절 배신했다는 기분이 들었습니다. 한때는 호의적이라 느꼈던 사람이, 저와 친했던 사람이, 그런 짓을 할 준비가 되어 있었다니 믿을 수가 없었어요. 리벤지 포르노는 아니었지만, 가운 차림으로 사진을 찍힌 것이 침해를 당한 것 같고, 외설적인 보복 행위로 느껴졌습니다."

잠시 시간을 둔 톰이 다시 입을 뗐을 때는 전보다 더욱 따뜻한 어조였다.

"이후 두 번 더 전화를 하셨던 것 같은데, 같은 날 오후 2시 3분과 4시 17분에요. 하지만 문자는 남기지 않으셨네요?"

"사과를 하려고 전화했습니다. 그에게 그런 식으로 말한 스스로가 너무 부끄러워서요."

그런 말이 훗날 나라는 인물 연구에 쓰일 풍부한 자료의 일부가 될까 봐 두렵기도 했었다. 괜히 두 번이나 전화해서 내가 불안에 빠진 상태임을 그에게 드러낸 것에 조바심도 느꼈다.

"문자를 남기지 않은 것은, 그와 직접 대화를 하고 싶었기 때문입니다."

"이후로 그에게 연락한 적은 없습니까?"

"직접적으로 연락한 적은 없지만, 12월 6일에 사무 변호사를 통해 『크로니클』에 편지를 보냈습니다."

"명확하게 하고 싶어 여쭙는 건데, 12월 8일에 메신저를 통해 그에게 클리버 광장에 있는 피고인의 집에서 만나자는 메시지를 보내지 않았나요?"

"보내지 않았습니다."

나는 단호하게 답했다.

"2년 전쯤 메신저로 그에게 연락한 적이 한 번 있습니다. 에이미 법 캠페인을 함께하기 훨씬 전에요. 그 외에는 그에게 늘 문자를 보냈습니다. 또한 제 집 두 곳 중 어디로도 그를 초대한 적은 한 번도 없습니다."

톰은 고개를 끄덕이고는, IT 전문가 멜라니 리드가 내가 소유한 기기들에서 메신저로 메시지가 발송된 증거는 찾지 못했다고 증언한 것을 배심원단도 분명 기억할 거라고 말했다. 그런 뒤 그는 다시 한번 안심하라는 미소를 내게 보이고는, 서류를 몇 장 넘기며 사람들이 방금 내가 한 말을 완전히 이해할 시간을 주었다. 가장 중요한 증언이 시작될 것이기 때문이었다.

"12월 8일, 문제의 그날 이야기를 해보겠습니다."

그는 그날 사건 발생 이전의 정황을 시간을 들여 차분히 풀어나가며, 당시 내 상태를 사람들에게 이해시키려 했다. 신경이 몹시 곤두선 나머지 심각한 긴장성 두통이 생겨, 내가 사무실에서 일찍 나와 자전거를 타고 집까지 빠른 속도로 달렸다는 이야기가 오갔다.

"사무실에서 집까지 12분 정도 걸렸던 것으로 알고 있습니다. 신호에 두 번이나 걸리고도 5킬로미터를 그 시간에 주파했다면 자전거 속도가 꽤 빨랐던 것 같네요. 그랬던 이유가 있습니까?"

"무서웠으니까요."

내가 답했다.

"신호에 멈췄을 때, 제가 미행당하고 있다고 생각했습니다. 당시 스토킹을 당하고 있었기에 과민 반응을 한 거죠. 극도의 긴장 상태였습니다."

"그렇다면 집에 도착했을 때, 심장이 굉장히 빨리 뛰고 있었겠네요?"

"네. 자전거를 묶으려고 몸을 숙였다가 다시 일어나자 무척 어지러웠습니다."

그렇게 다시 그 순간으로 돌아갔다. 시야로 새하얀 빛들이 퍼져나갔고, 선 채로 가방과 헬멧을 꽉 끌어안고는 하늘이 기울고 빙빙 도는 현기증에 맞서 버티고 있었다. 현관 계단을 오를 때 이미 어두워져 있었지만, 문에 열쇠를 꽂자 현관 등이 자동으로 켜졌다. 나는 문을 열고……

"그런 뒤 어떤 일이 있었습니까?"

나는 다시 현관 계단에 서 있었다. 현관문은 활짝 열린 채였으며, 경보 알람은 울리지 않았고, 집 안에 불이 켜져 있지 않았다. 알람이 꺼져 있는 건 분명 그럴 만한 이유가 있는 거라고 스스로에게 말했다. 아그네스가 켜놓는 걸 잊었거나 전기가 나간 거라고. 그와 동시에 내가 어떻게든 해결해야 한다고 생각했다. 성숙한 마흔네 살 여성이라면 당연히 그래야 하니까.

"알람이 울리지 않았고, 집 안의 전등 스위치도 작동하지 않아 휴대폰 손전등을 켜고, 열쇠가 손가락 사이사이에 들어가도록 열쇠 꾸러미를 다시 쥐었습니다. 그러고는 집으로 들어갔어요."

"그러고는요?"

"계단 밑에 있는 벽장 쪽으로, 두꺼비집이 있는 곳으로 갔습니다. 그게 문제이길 바라면서요. 하지만 발자국 소리가, 마룻장이 삐걱대는 소리가 들린 것 같아 걸음을 멈추고 '저기요'라고 말했던 것 같습니다. 그런 뒤 '저기요, 거기 누구 있어요?'라고 다시 말했습니다. 그때 복도 끝 어둠 속에서 누가 나타났어요. 제 오른편, 그러니까 제 침실 문가에서요……."

배심원단이 클리버 광장 집을 방문한 적이 있어서, 그들이 그 장면을 머릿속으로 그려볼 수 있어 다행이었다.

"처음에는 마이크인 줄 몰랐고, 그냥 침입자인 줄 알았어요. 빈집털이범일지도 모른다고요. 간신히 그 사람을 향해 소리쳤던 것 같습니다. '나가. 빌어먹을, 내 집에서 나가라고.' 이렇게요."

"그 후 어떤 일이 있었나요?"

"그가 '괜찮아요. 접니다, 마이크'라고 말하고는, 손바닥이 저를 향하도록 손을 들고 다가왔어요. 안심하라는 제스처였을 수도 있지만 집 안이 캄캄했고, 저는 극도의 공포 상태였습니다. 사무 변호사를 통해 제게 접근하지 말라는 편지를 그에게 보낸 터였고, 그가 제 집에서 뭘 하고 있는 건지 이해가 되질 않았습니다. 그가 곧장 제게 다가와, 양손을 각각 제 팔 위쪽에 댔어요. 놀란 바람에 휴대폰을 떨어뜨렸고, 액정 깨지는 소리가 들렸습니다. 어둠 속에서 그의 눈이 번쩍였고, 제 팔을 단단히 잡고 있는 그의 손이 느껴졌고, 숨결에서 와인 냄새가 풍겼습니다. 그에게서 벗어나서 다시 한번 나가라고 소리를 질렀습니다. 하지만 그는 그냥 가만히 서 있기만 했어요. '나한테 메시지 보냈잖아요.' 그가 이렇게 말했습니다."

"그러니까 피고인은 두 번이나 나가달라 요청했고, 그는 거부한 거네요."

"네."

"이후 어떤 일이 벌어졌습니까?"

"그는 다시 한번 저를 붙잡았습니다. 제 팔꿈치 바로 위를 쥔 채로 저를 약간 흔들면서 같은 말을 반복했어요. 내가 그와 얘기하고 싶다고 했다고요."

나는 배심원단을 살폈다. 그 모든 것이 얼마나 이해가 가지 않는 상황이었는지 제대로 표현할 길이 없어 좌절감을 느꼈다. 그가 거기서 이야기를 하는 상황 자체가 말이 안 되었다. 당시의 상황을 제대로 전달하는 것이 중요했지만, 술에 취해 잔뜩 흥분한 채로 자기 말이 옳다고 우겨대는 그에게 느낀 본능에 가까운 극심한 공포를, 이들이 어찌 이해할 수 있을까? 1분 전에 자전거 자물쇠를 채우며 얼른 젖은 코트를 벗고 화장실에 다녀와 차 한 잔 마시고 싶다는 생각을 했었던 내가, 이제 내 얼굴로 훅 끼치는 그의 숨결을 느끼며 점점 세게 죄어드는 그의 손 안에 갇혀버린 것이었다.

"당시 그의 말이 무슨 뜻이라고 생각했나요?"

"전혀 알 수가 없었습니다. 그저 누가 저를 함정에 빠뜨리려는 게 틀림없다고 생각했어요. 하지만 그가 제 침실에서 뭘 하고 있었는지 도무지 알 수가 없었어요. 플로라나 나에 대한 정보를 찾으려고 한 건가, 하는 생각만 들었습니다."

당시 그가 내 서랍을 뒤지며 브래지어를 흩뜨리고 손가락 사이에 팬티를 끼워보는 장면이 잠시 떠올랐지만, 그저 단편적일 뿐 제대로 생각할 여유는 없는 상황이었다.

"그가 저희 집을 무단으로 침입했다는 것에 두려움을 느꼈어요. 그에게서 벗어나려고 힘을 써봤지만, 그럴수록 저를 더욱 세게 붙잡았습니다."

"그 후는요?"

"벗어날 순 없었지만, 간신히 오른쪽 무릎을 올려 그의 사타구니를 가격했습니다. 순전히 투쟁 · 도피 반응에서 나온 행동이었어요. 그가 몸을 숙이고는, 무척 화가 난 듯 제게 욕을 했습니다."

"그리고 어떤 일이 생겼나요?"

"그가 비틀대며 뒷걸음질을 치다가 갑자기 몸을 일으켜 저를 다시 움켜잡았습니다."

"그때 피고인의 위치는 어디였습니까?"

"둘 다 복도 끝 쪽에 와 있었어요. 두 번째 조명에 매달아둔 겨우살이 아래였습니다. 저는 현관을 등진 상태였고, 그는 저를 마주하고 있었어요. 그의 오른쪽에 아래층으로 이어지는 계단이 있었습니다."

나는 침을 삼켰다. 계단에 대해서는 다들 알고 있었다.

"그가 위를 흘낏 올려다보더니 키스를 할 것처럼 제게 달려들었어요. 겨우살이를 본 게 분명했어요."

그가 내 목을 움켜쥔 채 나를 자신 쪽으로 끌어당기던 힘이 다시 느껴졌다.

"저는 '이것 좀 놔'라고 했던 것 같아요. 하지만 그는 계속 왼손으로 제 뒤통수를 붙잡고 있었어요."

"그가 피고인에게 입을 맞췄습니까?"

"그러지는 못했어요. 그의 얼굴이 바로 옆까지 다가와 있었지만, 왼손으로 제 목 뒤를 잡고 있느라 제 오른팔은 놓은 상태였어요. 저는 몸을 비틀어 오른손을 들어 올린 후, 그의 왼쪽 얼굴을 열쇠 꾸러미로 찍었습니다."

"열쇠 꾸러미를 손에 쥔 채 남자를 때린 일이 잦았습니까?"

"아니요."

너무 말이 안 되는 질문이라, 화난 목소리가 나갈 수밖에 없었다.

"그 전에는 한 번도 누구를 때려본 적이 없습니다."

"그때 그는 어떤 반응을 보였나요?"

강렬한 장면들이 순식간에 머릿속을 스쳤다. 볼썽사나운 몸싸움이 이어졌다. 마구잡이로 난잡하고 고통스러운 몸싸움이. 나를 와락 붙잡고 움켜쥐던 그와, 팔을 마구 휘두르고 휘갈기던 나. 결국에는 계단 저 아래에 누워 있던 마이크.

"미즈 웹스터?"

"죄송합니다."

그가 나지막한 목소리로 협박하던 장면이 떠오르자, 나는 목이 메여 물을 한 모금 마셨다.

"피고인이 얼굴을 가격한 후, 그가 어떤 반응을 보였습니까?"

그는 단호하고도 완강한 어조로 물었다. 사건의 핵심에 이르러 있었고, 여기서 정신이 흐트러져서는 안 되었다.

"제가 가격하자 그는 저를 잡고 있던 손을 풀더니, 오른손을 올려 자신의 뺨에 댔습니다. 욕을 했어요. (충격을 받은 듯한 눈빛이 떠올랐다.) '이 망할 년'이라고 했어요. 제가 가장 큰 두려움을 느낀 순간이었습니다. 그가 내뿜던 짐승 같은 살기, 경멸. 하룻밤을 함께할 정도로 믿었던 사람이라 잘 안다고 여겼지만, 얼마나 순진한 생각이었는지……."

나는 말을 멈췄다. 내가 지금 고인의 명예에 먹칠을 하고 있기 때문이었다. 조시는 지난주 이후로 법정에 오지 않았지만, 캐스는 자리하고 있었다. 그녀는 마이크의 그런 모습도 알고 있었을까? 그때 느닷없이, 어떤 기억이 기습하듯 나를 덮쳤다. 오래전, 내가 훨씬 어렸을 때 알게 된 누군가에 대한 기억이. 나는 나무로 된 증인석 책상을 손으로 잡았다. 호흡이 빨라졌다. 평가에 대한 두려움은 항상 그 자리에 있었다.

숨을 내쉬며 천천히 숫자를 세어보려 했지만 톰은 계속하라는 신호를 보내고 있었고, 법정 안은 내 말이 이어지기를 기다리며 얼어붙어 있었다.

"그는 제게 맞은 후 좀 불안정해 보였어요. 비틀거리기도 했습니다. 그러다 제게 달려들었어요. 무서웠습니다. 정말 너무 무서웠어요. 열쇠 꾸러미는 떨어뜨린 상태였지만 복도에 세라믹 그릇이 놓인 콘솔 테이블이 있었고, 저는 그쪽으로 손을 뻗어 뭐든, 무엇이든 잡아서 그를 향해 휘둘렀어요. 그가 비틀대며 뒷걸음질 쳤고, 제가 휘두른 무언가가 깨지는 소리가 났지만 별 효과는 없었습니다. 그가 곧장 제게 달려들었으니까요. 그래서 그가 다가오지 못하도록 손을 뻗었고, 제 두 손이 그의 가슴에 닿았습니다. 저는 그를 계단 밑으로 떨어뜨리려고 한 게 아닙니다."

내가 느낀 공포감이 고스란히 전해지길 바라는 마음으로 배심원들을 한 명씩 들여다봤다. 내가 이들을 설득해야 하는 아주 중요한 순간이었다.

"터무니없게 들리겠지만, 당시에는 그가 염산 같은 걸 갖고 있을지도 모른다고 생각했습니다. 염산 테러를 하겠다고 협박한 사람과 모종의 관계가 있을지도 모른다고요. 그렇게 벌어진 일이었어요. 그의 몸이 뒤로 기울어졌습니다. 균형을 잃은 것처럼 기우뚱거렸어요. 처음에는 슬로모션처럼 보이다가 너무도 순식간에 갑자기…… 계단에서 떨어졌습니다."

"그가 어떻게 떨어졌는지 설명해줄 수 있나요?"

"떨어지는 모습은 볼 수 없었어요. 그가 놀라서 지르는 비명 소리가 들렸고, 그 후 끔찍한 쿵 소리가 났습니다."

"그가 떨어진 후, 돕기 위해 즉시 아래로 내려간 건 아니죠?"

"네."

잠시 정적이 일었다. 톰은 중립적인, 판단을 삼간 어조로 물었다.

"왜 그랬나요?"

"충격을 받은 상태였어요. 모든 일이 다 비현실적으로 느껴졌습니다."

"앰뷸런스를 부를 생각도 하지 못했나요?"

"네. 같은 이유에서요. 몸이 얼어붙어 꼼짝도 할 수 없었어요. 마이크가 죽었을까 봐 두려웠고, 누군가 알게 되면 왜 그가 제 집에 무단 침입을 했는지, 왜 플로라와 제게 관심을 가졌는지 의심할 것 같아 두려웠습니다."

나는 여성들뿐 아니라 배심원단 모두와 눈을 맞췄다. 비쩍 마른 남성과 몸집이 큰 남학생, 고령의 아시아 남성, 교사로 추정되는 수염 난 40대 남성까지 한 명도 빼놓지 않고. 나는 연민이 부족한 사람이 아님을, 극한으로 몰린 한 여성이었을 뿐임을 그들에게 전달하려 했다.

"논리적이지도, 이성적이지도, 친절하지도 않은 처신이었음을 압니다. 그런 저를 정당화하는 것이 가능하지 않다는 것도 압니다. 하지만 마이크는 제 딸아이가 다른 여학생에게 한 행동을 알고 있었고, 그걸 기사로 쓰려고 했어요. 저를 위선자로 여겨, 제 딸을 이용해 저를 괴롭힐 요량으로요. 그 기사가 세상에 공개되면 아이에게 어떤 영향을 미칠지, 아이를 어떻게 망가뜨릴지 두려웠습니다."

"하지만 이성적으로는 피고인의 집에서 벌어진 사고를 은폐할 수 없다는 것도 분명 알고 계셨을 텐데요?"

“저는 이성적으로 생각하지 못하고 있었어요. 제가 집에 들어온 순간부터 그가 계단 아래로 떨어지기까지 채 1분도 안 걸렸을 겁니다. 집 안에서 그를 발견한 충격, 그 모든 일이 벌어진 속도, 모든 것이 정말 믿을 수가 없었습니다. 저는 누구와 몸싸움을 해본 적도, 갑작스러운 사고로 누가 추락하는 것을 목격한 적도 없었는데, 찰나의 순간 그런 일들이 한꺼번에 벌어진 거예요.”

“피고인은 그의 곁으로 가지는 않고, 깨진 세라믹 그릇 파편들을 챙겨 밖에 있는 재활용 쓰레기통에 버리셨죠?”

그는 특유의 조심스러운 톤으로 물었지만, 가장 문제가 되는 증거에 대해 밝혀야 한다고 강요하고 있었다.

“네.”

수치심에 말문이 막혔다.

“왜 그랬는지 말씀해주실 수 있나요?”

“줄리아가 가장 아끼는 그릇이었습니다. 그런 그릇을 깨뜨려버려 너무 당황했어요. 제가 저지른 일을 숨기고 싶은 마음이 컸습니다. 치워버리고 싶었습니다.”

나는 미친 사람처럼 키득거렸다.

“말도 안 되는 소리로 들리는 거 압니다. 계단 아래에 사람이 다쳐 쓰러져 있는데 줄리아가 화를 낼까, 그런 걱정이나 했다니. 그리고 네, 그릇을 치울 때 논란이 될 증거를, 제가 그를 다치게 한 증거물을 치우고 있다는 걸 알고 있었어요. 또한 그 행동으로 인해 사건이 벌어진 사유에 대한 의문이, 플로라와 저에 대한 의

문이 생겨날 거라는 것도 알고 있었습니다."

겨우살이에 대한 이야기도 잠시 오갔다. 마이크를 성추행으로 몰기 위해 사고 직후 내가 겨우살이 위치를 바꿔놓았다는 혐의가 있었고, 그게 사실일 경우 계산적인 행동을 한 죄가 추가될 수 있었다.

"기소청은 몸싸움 직후에 그런 일이 벌어졌으니, 피고인에게 겨우살이 위치를 옮길 동기가 있다고 주장합니다. 당시 겨우살이를 옮기셨나요?"

"아니요."

나는 단호하게 답했다.

"그날 아침 집을 나서기 전에 옮겼고, 제가 제일 마지막으로 출근했기 때문에 하우스메이트 두 명 다 제가 옮기는 걸 보지 못했습니다."

"혈흔에 대한 쟁점도 있는데요."

톰이 계속 이어갔다.

"그날 밤 계단통에서 혈흔을 왜 지웠습니까?"

"그를 떠올리게 하는 그 어떤 물리적 흔적도 보기가 싫었으니까요. 그 사람으로 인해 너무도 큰 공포를 경험했기에, 그가 거기 있었다는 흔적이 조금이라도 남는 게 싫었습니다."

이후 내가 줄리아에게 한 행동, 버윅 순경에게 한 첫 진술, 이어서 12월 11일 경찰서에서 이뤄진 첫 취조 이야기로 넘어갔다. 질문을 할 때마다 톰은 왜 처음부터 솔직하게 이야기하지 않았느냐고 덧붙였다. 왜 파킨 형사가 불리한 증거들을 전부 제시하고 나서야, 몸싸움을 한 사실을 밝혔느냐고.

“있었던 일 그대로 경찰에게 알리면, 제가 그 사람과 섹스를 했다는 사실이 밝혀질까 두려웠습니다.”

나는 설명을 이었다.

“그것만으로도 상황이 좋지 않은데, 경찰이 왜 『크로니클』이 그런 사진과 더불어 제 딸을 언급한 기사를 낸 건지 궁금해하기 시작하면 최악의 상황이 펼쳐질 테니까요. 조사를 통해 마이크가 플로라의 일을 알고 있었단 걸 밝힐 테니까요. 경찰 시스템에 플로라의 경고 조치 기록이 남아 있다는 걸 알지만, 그때는 이성적으로 생각하지 못했어요. 그저 아이를 지켜야 한다는 생각뿐이었습니다. 아이를 평생 따라다닐 이야깃거리가 생기지 않길 바랐어요.”

일단 줄리아와 버윅 순경에게 거짓말을 하고 나니, 되돌리는 게 힘들어졌다는 말은 하지 않았다. 내가 거짓말을 한 것을 인정하면, 보기 드물게 정직한 정치인이라는 명성을 잃고 곧장 거짓말쟁이로 불릴 게 뻔했다. 그래서 되돌려서 진실을 말할 수가 없었다.

*

이야기를 마칠 즈음이 되자 너무도 지치고 말았다. 하지만 아드레날린이 계속 분비되어야 했다. 긴장을 유지해야 했다. 톰의 마지막 질문 세 개는 배심원들의 기억에 남도록 의도된 것들이었다.

“엠마 웹스터, 마이크 스톡스를 살해할 의도가 있었습니까?”

“아니요.”

“그에게 심각한 피해를 입힐 의도가 있었습니까?”

“아니요.”

“그날 밤의 사건을 떠올리면 어떤 감정을 느끼나요?”

“후회스럽습니다.”

내 목소리가 갈라지기 시작했다. 그리고 지금 내가 무너지려 한다는 걸 믿을 수가 없었다. 하지만 괜찮을지도 몰랐다. 어쩌면 참회하는 모습을 보여주는 게 좋을지도 몰랐다.

“부끄럽고, 후회스럽습니다.”

나는 이렇게 덧붙였다. 비통한 것은 그의 죽음만이 아니었다. 내 명예가 그의 죽음에, 이 사건에, 이제부터 펼쳐질 매 순간에 전적으로 달려 있다는 사실 또한 비통했다.

“그날의 일을 후회하지 않는 날이 단 하루도 없습니다.”

46

2022년 6월 21일

엠마

톰의 인도하에 증언할 때 긴장을 느낀 반면, 다음 날 소냐 잭슨이 반대신문을 위해 일어나자 나는 극심한 두려움을 느꼈다.

나는 반사적으로 그녀에게 미소를 지었다. 그녀의 마음을 누그러뜨리려고 그런 걸까? 그러지 않는 편이 좋았을지 몰라도, 본능적인 반응이었다. 소냐를 설득하고 싶었고, 내 편으로 만들고 싶었다.

하지만 그 이상의 의미도 있었다. 법정을 벗어나면 그녀는 내가 알고 지내고 싶어 할 만한 사람이었다. 강한 호기심이 생겼고, 그녀를 친구로 삼고 싶었다. 우리 둘 사이에는 공통점이 많을 것 같았다. 공익을 위해 자신의 지적 능력과 옳고 그름에 대한 신념을 바치는 중년의 두 여성. 여전히 남성이 지배하는 세상에서 성공을 거두고, 비판을 견디고, 신변의 안전까지 내거는 (고객을 만나기 위해 교도소에 가는 일은 위험이 없을 수 없으니까) 두 여성. 흑인 여성 QC인 소냐 잭슨은 나보다 더 많은 유리천장을 뚫고, 더욱 필사적으로 싸우며 많은 것을 성취해온 사람이었다.

그것이 내가 미소를 지은 이유 중 하나였다. 그녀가 나를 좋아하길 바랐다. 내가 겪은 일에 공감하길 바랐고, 심지어 다정하게 대해주길 바랐다. 하지만 지금껏 세상이 그녀에게 불리하게 작용해왔음을 이해하는 중이기도 했다. 지금의 성공을 이루기까지 백인 남성들보다 훨씬 유능해져야 했을 것이다. 그리고 이제 그녀는 곤란한 상황에 빠진 자유주의자인 나를 무너뜨리기 위해, 논쟁에서 나를 꺾기 위해, 철저하게 내 유죄를 밝히기 위해 긴장하고 있을 것이다. 자매와 같은 마음으로, 그녀의 부담감을 나도 알고 있다는 사실을 전하고 싶었다.

"미즈 웹스터."

소냐가 입을 떼었다.

"몇 가지 명확하게 하고 싶은 것들이 있습니다. 오래 걸리진 않을 겁니다."

그녀는 서류에서 시선을 떼고 나를 향해 지극히도 정직한 눈빛을 보냈다. 그리고 나는 성별에 따른 공감이란 법정에서는 일어날 수 없는 일임을 깨달았다.

"이번 사건 수사 과정에서 피고인이 수차례 거짓말을 했다는 것은, 이견이 없는 사실입니다. 맞습니까?"

구경거리가 되어 앉아 있는 내게 곧장 날 선 비판이 날아든 것이다.

"수차례는 아닙니다."

내가 말했다. 그녀는 자신의 말에 내가 동요하는 기색을 보이는 게 놀랍다는 듯, 다시 물었다.

"피고인이 거짓말을 했다는 것에 동의하지 않습니까?"

"저는, 저는 벌어진 상황에 너무 놀란 나머지 처음 사건이 일어났을 때 잘못된 발언을 한 것입니다."

"대부분의 사람들은 그런 걸 거짓말이라고 합니다."

다들 같은 마음이라는 듯, 그녀는 배심원단 쪽으로 고개를 돌렸다.

"일단 피고인이 '잘못된 발언'을 했던 상황을 하나씩 짚어보도록 하겠습니다. 먼저 피고인의 하우스메이트인 줄리아 쿡에게는, 집에 들어온 후 마이크 스톡스가 계단 아래에 쓰러져 있는 걸 발견했다고 거짓말을 했죠?"

"네."

"버윅 경사에게도 그를 발견한 경위에 대해 설명하며 같은 발언을 반복했고요?"

"네."

"구조대원에게는 마이크 스톡스를 발견했을 때 이미 그는 추락해 있었다고, 치료에 영향을 줄 수도 있는 거짓말을 했죠?"

"그 일을 굉장히 후회합니다만, 네, 그렇습니다."

"그리고 가족과 친구들에게도 거짓말을 계속했던 게 맞습니까?"

"저는 이 사건을 다른 사람들에게 일부러 이야기하고 다니지는 않았습니다."

소냐 잭슨이 얼굴을 찌푸리자, 잘 손질된 눈썹 사이로 V 자 주름이 잡혔다.

"따님과 동료들에게 사실대로 이야기했다는 말인가요?"

"아닙니다."

"피고인은 또 다른 하우스메이트인 클레어 스콧에게도, 따님에게도, 어떤 일이 있었는지 묻는 의회 팀원들과 동료들에게도, 국회의사당 밖에서 사건에 대한 성명을 발표할 때도 처음 한 거짓말을 계속 반복했습니다. 맞습니까?"

"네."

내 목소리가 작아졌다.

"이후 마이크 스톡스가 사망했고, 검시를 통해 뺨의 열상이 계단에서의 추락으로는 설명되지 않는다는 사실이 밝혀졌습니다. 또한 관자놀이 상처도 추락 전 발생했음이 밝혀졌는데, 상처에서 흐른 피가 벽에 튀었기 때문입니다. 이때까지도……"

그녀는 앞으로 나올 이야기의 중요성을 강조하려고 잠시 말을 중단했다.

"이때까지도 피고인은 사실대로 밝히지 않았습니다. 맞습니까?"

"검시 결과가 나온 후 제 진술을 번복했고, 경찰의 취조도 받았습니다."

소냐 잭슨이 잠시 말을 멈추고 작게 고개를 가로저었다.

"처음 취조했을 때는 사실대로 말하지 않았잖습니까? 2차 취조가 진행되고 나서야 그러신 거죠."

"네."

"또한 처음에 피고인은 청소 도우미가 그릇을 깬 것 같다고 주장했는데요?"

"네."

"경찰이 마룻장 틈새에서 나온 세라믹 그릇 파편들을 증거로 제시했을 때도 아그네스가 깼을 거라고 계속 말씀하셨습니다. 그녀가 재조사를 받을 때 그 사실을 부인했다는 걸 알고 있었지만요."

"네."

나는 작아지고만 싶었다.

"명확히 짚고 넘어가자면 12월 11일 토요일 저녁 9시 36분에 진행된 2차 취조에서, 그러니까 처음 구속되어 진술을 한 차례 번복하고 여덟 시간이 지나서야, 피고인은 자신이 한 일을 인정했습니다. 미스터 스톡스를 도우러 가는 대신, 계단 밑에 보관하는 쓰레받기와 빗자루로 그릇 파편들을 치운 후 재활용 쓰레기통에 버렸다는 사실을요. 맞습니까?"

증거를 없애야 한다는 생각에 마이크가 계단 아래 쓰러져 있다는 사실을 모른 척한 채 정신없이 그릇 파편들을 쓸어 모아 오래된 『이브닝 스탠더드』 신문지에 싸던 모습이 떠올라, 얼굴이 서서히 달아올랐다.

"12월 11일 첫 취조가 시작되고 얼마 지나지 않아 싸움이 있었다고 사실대로 밝혔습니다. 세라믹 그릇은 이후 이어진 2차 취조 때 솔직하게 말씀드린 거고요. 진심으로 후회하고 있습니다."

내가 말했다.

"12월 11일 저녁에 진행된 취조에서 피고인은 지금부터 말하는 내용은 있는 그대로의 사실이라고 진술했습니다."

그녀는 내 거짓에 네온 형광펜을 칠하듯 꼬집어 강조하며 나를 빤히 쳐다봤다. 단 하나도 허투루 넘어갈 생각이 없는 것이었다. 어쨌거나 나는 답했다.

"네."

"문제는요, 미즈 웹스터."

소냐 잭슨은 나를 시작으로 배심원단을 훑으며 한눈에 모든 사람을 파악하고자 했다.

"피고인이 이 법정 안에서 지금 진실을 말하고 있는지 알기가 어렵다는 것입니다. 지금 이 자리에서 들려주는 사건의 정황이 사실인지 어떻게 알 수 있겠습니까?"

"존경하는 재판장님."

톰이 자리에서 일어났다.

"미스 잭슨, 논평이 아니라 질문을 하시길 바랍니다."

판사가 말했다.

"네, 존경하는 재판장님."

소냐는 공손하게 고개를 숙이고는 말을 이었다.

"조금 달리 말해보겠습니다. 미즈 웹스터, 피고인은 12월 11일 토요일에 진행된 2차 취조 직전까지, 다시 말해 비양심적으로 진실을 숨기는 행위가 더 이상 불가능해진 시점에 이르기까지 사흘간 계속 거짓말투성이의 진술을 반복했습니다. 그 과정에서 보인 완강함과 집요함을 근거로, 저는 배심원들이 피고인의 말을 믿어야 할 이유가 전혀 없다고 말하는 바입니다."

"이의 있습니다."

톰이 또다시 자리에서 일어났고, 특유의 점잖은 목소리에 짜증이 묻어났다. 판사는 고개를 한 번 젓는 것으로 톰을 막았다.

"미즈 웹스터?"

소냐 잭슨이 물었다.

"저는 선서를 했습니다."

나는 차례대로 배심원들을 바라보며 이렇게 말했고, 갑자기 극심한 분노가 타올랐다.

"이 법정 안에서는 진실을 말하고 있습니다."

소냐는 한동안 아무 말이 없었다. 그 침묵은 냉소로 느껴지기에 충분했다. 내가 피해망상에 빠진 건지 몰라도, 노트를 내려다보는 그녀의 모습은 마치 비웃음을 참는 것처럼 보였다.

"피고인과 마이크 스톡스의 관계에 대해 살펴보겠습니다. 두 사람이 에이미 법 캠페인을 함께한 사이였다고 들었는데, 그 달에만 두 사람이 주고받은 문자가 250통 정도 되네요?"

"네."

"여러 차례 커피를 마시며 관련 기사 문제를 논의하는 자리를 가졌고, 관련 사안으로 여덟 차례 통화를 했고, 함께 이룬 성과를 자축하러 식사 자리도 가졌죠?"

"네."

"섹스를 할 만큼 그를 신뢰하고 있었고요?"

그녀를 노려보고 싶은 본능을 참아내고, 대신 톰을 향해 호소의 눈빛을 보냈다.

"미즈 웹스터?"

"판단 착오였다고 말한 바 있습니다. 이후로 같은 일이 벌어진 적은 없습니다."

"하지만 그의 죽음을 앞두고 피고인이 그에게 느꼈던 감정이 무엇인지는 몰라도, 그가 피고인에게 낯선 사람은 아니었다고 말해도 될 것 같은데요?"

"네."

나는 인정했다.

"피고인은 11월 18일 오전 그를 떠났고, 두 시간 후 그에게 문자를 보냈습니다. '어젯밤 정말 좋았어요. 급히 나와서 미안해요'라고."

"네, 그랬습니다."

"문자를 보면 피고인이 그에게 꽤 호감을 느꼈던 것처럼 보이는데요?"

"당시에는 그랬지만, 같은 날 오후에 전화로 관계가 지속되는 건 원하지 않는다고 분명히 말했습니다."

"피고인이 전화로 그를 거절한 후, 그는 달라졌습니다. '그녀와 관련된 것은 어떤 것도 하고 싶어 하지 않았어요'라고 레이철 마틴이 저희에게 말한 바 있죠. 그는 피고인에게 반감을 갖고 있었습니다. 피고인의 딸에 대한 기사로 피고인을 괴롭히려 했겠죠?"

"존경하는 재판장님."

톰이 자리에서 일어나 말을 이었다.

"피고인은 미스터 스톡스의 동기나 심경에 대해 알 수 없습니다."

"인정합니다."

코스타 판사가 말했다.

"존경하는 재판장님."

그녀는 반성하는 척 고개를 숙여 보이고는 말을 이었다.

"해당 기사를 쓰려 한 마이크 스톡스의 동기가 무엇이든 간에, 피고인이 딸의 일에 대해 논의하기 위해 11월 29일 빅토리아 타워 가든에서 그를 만났을 때, 그에게 화가 난 상태였다고 말할 수 있을 것 같은데요?"

"그를 만났을 때 화가 나 있었던 건 아닙니다."

"그에게 손가락을 들이대고, '자리를 박차고 나가는' 모습을 본 사람이 있습니다. 그랬다면 화가 났던 것 같은데, 아닌가요?"

"그가 그 기사를 내고 싶어 한다는 걸 알고 나서 화가 났습니다. 그가 플로라에 대한 기사를 내는 것이 싫었습니다."

소냐는 고개를 살짝 기울이며 일상적인 대화를 하듯 좀 더 부드러운 어조로 물었다.

"피고인에게는 세상에서 플로라가 가장 중요한 사람이죠?"

"네, 그렇습니다."

누가 내 심장을 꽉 움켜쥐는 듯했다.

"그가 플로라 일을 폭로할 수도 있다는 생각에 굉장히 화가 났겠군요."

"아이를 지켜야 한다는 생각이었습니다. 부모라면 누구나 그렇듯이요."

"따님은 열네 살입니다. 그가 따님을 좋은 목표물로 생각하고 있는 것에 굉장히 화가 났죠? 아이를 지켜야 하는 대상으로 생각지 않는 모습에요?"

"그가 비도덕적이고 불법적인 행동을 한다고 생각했고, 그에게도 직접 말한 바 있습니다. 또한 사무 변호사를 통해 그의 신문사에도 이 점을 알렸고요."

"12월 4일 『크로니클』이 피고인의 사진과 함께 '수척해지고 불안해' 보인다는 내용의 기사를 냈을 때, 참을 수 없을 정도로 분노했을 것 같은데요?"

"아닙니다."

"아니라고요? 피고인이 그에게 남긴 음성 메시지를 모두 들었습니다. '마이크, 이 씨발 새끼야. 나 좀 씨발 내버려두라고.' 맞죠?"

"그에게 음성 메시지를 남겼을 때는 화가 난 상태였습니다."

좌절감에 목소리가 높아졌다.

"하지만 그렇다고 해서 그를 향해 지속적인 분노를 품고 있었던 건 아닙니다."

소냐는 감정을 표출하는 내 모습이 법정에 퍼져나가도록 잠시 기다렸고, 나는 여성 배심원들을 바라보았다. 회색빛 단발머리 여성, 파마머리 리타, 첼시 번 얼굴을 한 여성, 꽉 끼는 재킷을 입고 영영 피곤함이 가시지 않을 듯한 얼굴을 한 내 또래의 여성.

그들 모두 엄마일 것이다. 그들에게 자녀에 대한 이런 식의 협박을 받는다면, 어떻게 할 거냐고 묻고 싶었다. 하지만 소냐는 방향을 달리해 다른 각도에서 내게 접근했고, 그녀의 비상함이, 한 수를 앞서 내다보는 영리함이 나를 불안하게 했다.

"문제의 그날인 12월 8일로 넘어가겠습니다."

그녀는 내게 이성을 잃을 필요가 전혀 없다는 듯한 미소를 보냈다.

"현관문을 열었을 때 경보 알람이 꺼져 있어 극도의 불안을 느꼈다고 하셨는데요?"

"네."

"피고인이 소셜 미디어에서 괴롭힘을 당하고 있었다는 방대한 양의 증거도 저희가 확인했고요?"

"네."

"피고인이 욕설 문자들을 받았다는 것도 확인했습니다. 맞죠?"

"네."

"그리고 피고인의 사무실로 온 염산 테러 협박 편지도 있었고요?"

"네."

"당시 피고인은 너무나 두려워서 경찰에 신고도 했었죠?"

"네."

나는 같은 대답을 계속 반복했다.

"그런데도, 퇴근 후 집에 와보니 경보 알람이 꺼져 있고 불도 안 켜지는 상황인데도, 경찰에 신고를 안 하셨네요?"

"네."

"피고인은 PLaIT에도, 그러니까 의원들의 안전을 보호하는 런던 광역경찰청 소속 전문팀에도 전화를 안 하셨네요?"

"네."

"밝혀진 것처럼 이웃집에 알렉스 마버가 있었는데도, 그에게도 도움을 청하지 않으셨죠?"

"네. 그가 집에 있는 줄 몰랐습니다."

"다시 밖으로 나와 하우스메이트 중 한 명이나 청소 도우미에게 전화를 걸어 경보 설정을 잊었는지 확인하지도 않았고, 혹시 이들 중 누가 집에 있느냐고 묻지도 않았고요?"

"네."

"자전거를 타고 달아나지도 않았고요?"

"네."

"그토록 많은 괴롭힘에 시달리고 있었는데도, 피고인의 표현처럼 이미 '극도의 긴장 상태'였는데도, 왜 다시 거리로 나가는 대신 무기처럼 열쇠 꾸러미를 오른손에 쥐고 집 안으로 들어간 겁니까?"

"무기가 아니었습니다. 그런 식으로 쓸 의도는 없었어요."

"미안합니다만……"

소냐 잭슨이 양해를 구하듯 자신의 노트를 흘낏 내려다봤다.

"'열쇠들이 손가락 사이사이에 들어가도록 다시 쥐었습니다'라고 피고인이 진술하신 것 같은데요?"

"네."

"의도적으로 임시 무기를 만든 것처럼 들리는데요?"

"밤에 혼자 길을 걷거나 혼자 집에 들어갈 때 늘 하는 행동입니다. 많은 여성들이 하는 행동이죠."

그녀에게 호소하듯 말했다. 그녀도 당연히 그렇게 해본 적이 있거나, 그런 여성의 이야기를 들어봤을 터였다.

"그것을 호신용 무기로 쓸 준비가 되어 있었던 것 아닌가요?"

"그냥 본능적으로 한 행동이었습니다. 혹시 모를 일을 방지할 수 있지 않을까 하고요."

화가 난 나머지 내 목소리가 높아졌다.

"방지 수단인 열쇠로 무장을 했고, 사용할 의향도 있었죠. 실제로 사용도 하지 않았습니까?"

"네."

나는 인정하고 말았다.

"제가 이해하기 어려운 지점은 이것입니다."

기소청 측인 소냐가 말을 이었다.

"호신용품 같은 것이 필요하다는 생각이 들 정도로 불안했다면, 그래서 금속 열쇠들을 임시로 호신용품 삼아야 할 정도였다면, 도대체 왜 집 안으로 들어간 겁니까?"

"저도 모르겠습니다."

내가 말을 이었다.

"매일같이 그 선택을 후회합니다. 마흔네 살의 여성으로서 그런 불안쯤은 이겨낼 줄 알아야 한다고 생각한 것인지도 모르겠습니다. 두려움에 떠는 게 진절머리가 나서 그랬을 수도 있고요."

방청석에서 어울리지 않게 환호 섞인 외침이 터졌고, 이어서 쉿 소리와 인정한다는 듯한 웅성거림이 들렸다. 캐럴라인도 그 외침에, 혹은 웅성거림에 동참했을까? 나는 용기를 내어 배심원들을 살폈고, 다들 공감하는 분위기로 달라진 모습이 눈에 들어왔다. 내 또래 여성은 생각에 잠긴 듯했고, 회색빛 단발머리는 긴장한 것 같았다. 내가 무언가를 건드린 것이었다. 어두운 밤 조용한 거리를 걷다가 뒤에서 들려오는 발자국 소리에 덮쳐오는 두려움을, 다들 잘 알고 있었다. 하지만 소냐 잭슨은 내 말에 수긍한다는 신호를 전혀 보여주지 않았다.

"집 안으로 들어간 후 피고인은 복도로 이동했고, 금세 누군가 있다는 것을 알게 되었습니다."

그녀가 말을 이어갔다.

"하지만 미스터 스톡스는 즉시 자신이 누구인지 알리고 '안심하라는 제스처'를 취하듯 양손을 올렸습니다. 다시 말해 유화적인 태도를 보이며 상황을 진정시켜보려 했던 것 같은데, 아닙니까?"

"그런 생각은 들지 않았습니다. 저는 너무나 무서웠습니다. 그 사람이 왜 우리 집에 있는 것인지, 왜 나가달라는 요청을 듣지 않는 것인지 이해가 되질 않았습니다."

"그가 피고인의 팔 위쪽을 잡았습니다. 상대를 진정시키려는 몸짓인 것 같은데, 아닌가요? 손바닥이 보이게 손을 들어 올리며 안심하라는 제스처를 취하고, 피고인과 긴밀하게 협력했던 남성이자 함께 잠자리까지 한 남성으로서 피고인을 진정시키려 한 게 아닙니까?"

"거짓말로 속여 제 집에 들어온 사람이 나가달라는 말도 듣지 않으면서 취한 그런 제스처는, 전혀 저를 진정시키려는 행동처럼 느껴지지 않았습니다."

그를 그런 식으로 묘사한 그녀에게 화가 났다. 그녀는 마치 실제와 다른 현실을 믿고 있는 사람처럼 보였다. 내 말에는 조금의 주의도 기울이지 않았다.

"엄밀히 말해, 피고인은 임시로 무기 삼은 열쇠 꾸러미를 쥐고 집 안으로 들어갔죠. 실제로 그걸로 마이크 스톡스를 가격하기도 했고요. 하지만 마이크 스톡스에게는 아무런 무기도 없었습니다. 맞습니까?"

"네, 하지만 그가 제 얼굴에 손을 댔습니다."

"하지만 그를 공격한 사람은 피고인이었습니다. 그의 사타구니를 무릎으로 가격한 사람이 누구인가요?"

"두려웠습니다."

나를 움켜쥔 그의 손가락들, 그의 눈, 그가 나를 해칠 거라는 확신, 그 기억으로 인해 괴로워하는 나와 달리, 소냐의 표정은 평화로웠다. 호흡이 옅어졌고, 있었던 일을 사실과 다른 식으로 전개하는 기소청 측 변호사의 말까지 더해져 나는 패닉에 빠지고 있었다.

"마이크 스톡스는 피고인의 팔 위쪽에 가볍게 손을 대고 있었지만, 피고인은 그의 사타구니를 무릎으로 가격한 겁니까?"

"네, 하지만 그를 떼어놓으려고 그런 겁니다!"

도대체 왜 이해를 하지 못하는 걸까? 그녀는 냉정하게 무언가를 따져보는 듯, 잠시 시간을 가졌다.

"네, 이론상으로는 가능합니다. 공격을 당한 그가 허리를 굽히고 '비틀대며 뒷걸음질 치는' 것이요. 하지만 피고인은 '복도 끝쪽'으로 이동한 상태였습니다. 집 안 더 깊숙한 곳으로요. 그를 떼어놓고 싶었던 피고인이 왜 그를 쫓아 그곳으로 간 겁니까?"

"그 사람이 제 방에 들어가는 것을 막고 싶었던 것 같습니다."

"하지만 그 방향으로 그를 몰고 있었던 것 같은데요?"

나는 절망감을 느끼며 가만히 서 있었다. 무슨 말을 해야 할지 알 수가 없었다.

"몸을 숙인 그는 피고인에게서 멀어지고 있었는데, 피고인은 그런 상황을 적극 활용해 집 밖으로 도망치지는 않았군요?"

"네."

"도리어 그를 쫓아 안쪽으로 더 들어간 거고요?"

"무단 침입을 한 사람은 그였습니다. 집을 나가야 하는 사람도 그였고요!"

이 부당한 현실이 기가 막혔다.

"피고인의 증언에 따르면 안쪽으로 그를 뒤쫓아간 후에, 그가 피고인에게 달려들어 키스를 하려는 것처럼 피고인의 뒤통수에 손을 댔다고 했죠?"

"네."

"그렇다면 피고인에게 사타구니를 가격당해 고통스러운 나머지 욕을 하며 몸을 굽혔던 남자가, 피고인에게 키스를 하려 했다는 겁니까?"

그녀는 이해가 가지 않는다는 듯 배심원들을 돌아봤고, 두어 명의 남성이 그녀의 말에 동의한다는 듯 미소를 지었다.

"당연하게도 고통을 느꼈을 그는 욕설을 내뱉었고, 그런 뒤 키스를 하려고 다가갔다고요? 제 생각에는 피고인이 순서를 잘못 기억하고 있는 것 같습니다. 이게 더 맞지 않을까요? 술에 좀 취해 피고인이 자신을 집으로 초대했다고 생각한 그는, 아마도 화해를 바라는 마음도 있었을 겁니다. 그런 그가 피고인에게 키스를 하려 하자, 피고인이 그를 떼어놓으려고 무릎으로 가격한 겁니다."

"아닙니다. 그런 게 아닙니다."

내가 말했다.

"이 순서가 훨씬 더 타당해 보이는데요."

"실제로 있었던 일과 다릅니다."

몇몇 배심원들이 내 말에 설득되지 않은 것이 느껴졌다.

"이제 겨우살이 이야기를 해보겠습니다."

위가 죄어들었다.

"피고인이 사타구니를 가격한 후, 그가 키스를 하려고 피고인에게 달려들었다고 말했습니다."

"네."

"피고인은 그가 겨우살이를 보고 그랬던 것 같다고 추측하고 있는데요."

"네."

"당시 겨우살이는 정확히 어디에 있었습니까?"

"복도 끝 쪽이자 계단으로 향하는 길 바로 옆에 있는 두 번째 조명 기기에 걸려 있었습니다."

"복도는 어느 정도로 어두웠나요?"

"꽤 어두웠지만, 현관 밖에서 들어오는 빛으로 마이크의 얼굴이 보일 정도는 되었습니다."

"마이크 스톡스는 아파하면서 복도 안쪽 어둠 속에 서 있었지만, 그런 상황에서도 어쩐 일인지 그의 위쪽에 걸려 있는 겨우살이를 봤고, 피고인에게 키스를 하는 게 좋겠다고 생각했다는 겁니까?"

"그의 생각의 흐름이 어떻게 진행되었는지는 모르지만 네, 실제로 그렇게 했습니다."

"제 생각에는요, 그는 겨우살이를 보지 못했을 겁니다. 그곳에 걸려 있지 않았으니까요."

"아니요. 거기 있었어요."

"제가 보기에, 그는 복도 앞쪽에서 피고인에게 키스를 하려고 했어요. 피고인이 그의 사타구니를 가격하기 전에 말입니다. 왜냐하면 겨우살이가 그곳에 걸려 있었으니까요. 아닙니까?"

"아닙니다. 거기에 있지 않았습니다."

내가 답했다.

"겨우살이가 복도 앞쪽에 걸려 있었기에, 현관 밖 가로등 불빛을 받아 반짝이는 열매들이 그의 눈에 들어왔을 겁니다."

"아니요. 겨우살이는 거기 걸려 있지 않았습니다."

나는 굽히지 않았다. 그녀는 놀라울 정도로 확신에 차 있어서, 그에 맞서 싸울 방법을 찾을 수 없을 것만 같았다.

"미즈 쿡은 출근할 당시 겨우살이가 현관 입구와 가까운 첫 번째 조명 기기에 걸려 있었는데, 퇴근 후에 보니 다른 곳으로 옮겨져 있어 놀랐다고 증언했는데요?"

"그날 아침 제가 출근하기 전에 옮겨놓은 것입니다."

소냐가 왼쪽 눈썹을 들어 올렸다.

"왜 그랬는지 설명해주실 수 있습니까?"

그래서 나는 또다시 설명했다. 겨우살이 위치를 두고 한심한 말다툼을 했고, 뒤늦게 내가 잘못했다는 생각에 옮겨놨다고 말이다.

"괜한 반감을 살 만한 일이 아니라는 생각이 들었습니다. 더욱이 얼마 후면 제가 그 집을 나가야 했으니까요. 그래서 출근하기 직전에 첫 번째 조명에서 겨우살이를 떼어내 두 번째 조명으로 옮겼습니다."

그녀가 아무런 말도 안 하는 것으로 극도의 의심을 표출하는, 길고도 고통스러운 순간이 흘러갔다. **계속 이어지는 거짓말들을 믿으세요?** 그녀의 침묵은 이런 메시지로 가득 차 있었다. 내가 선의라 생각했던 행동이 내 유죄를 밝히는 빌미가 되다니, 당혹스러웠다.

"저는 피고인이 그날 아침 집을 나서기 전에 겨우살이를 옮긴 것이 아니라, 마이크 스톡스를 계단 아래로 밀친 후에 옮겼다고 생각합니다."

"아닙니다."

나는 굽히지 않았다.

"겨우살이를 옮겨놓는 것으로 그를 밀친 사유를 마련한 거죠. 그가 피고인에게 키스를 하려 했다고, 심지어 추행하려 했다고, 그래서 그를 밀쳤다고 주장할 수 있으니까요. 유감스럽게도 우연히 하필 그것이 계단 꼭대기 쪽에 걸려 있었고요."

"사실이 아닙니다. 게다가……"

그녀에게 반박하는 것이 위험하다는 걸 알면서도, 자기주장을 계속 고집하는 그녀에게 너무도 화가 나서 참을 수가 없었다.

"제가 겨우살이를 옮겨놓을 정도로 계산적이었다면, 버윅 순경에게 그를 계단 아래에서 발견했다고 진술하는 대신 겨우살이를 본 그가 제게 키스를 하려 했다고 하지 않았을까요?"

그녀는 또다시 냉정하게 무언가를 생각하는 듯한 표정으로 긴 침묵을 지켰다. 그녀의 생각을 상상해봤다. **역효과만 낳았네요. 당신이 거짓 진술을 했다는 사실을 상기시켰을 뿐만 아니라, 지나치게 교활하다는 인상을 배심원들에게 심어줬어요.** 순간 끝도 없이 이어지는 질문들이 지긋지긋해졌지만, 집중해야 했다. 링 위에 오른 권투 선수처럼, 그녀가 로프를 등지고 내게 다가오고 있었으니까.

"그럼, 그가 피고인에게 키스를 하려 했고, 피고인은 열쇠 꾸러미로 그의 얼굴을 가격했네요."

"네."

"그가 피고인에게 보복할 거라고 생각했습니까? '그가 제게 달려들었어요'라고 증언했는데요."

"네."

"'짐승 같은 살기'를 내뿜으며 달려들었다고 했으니, 위협적인 움직임이었고요."

"네."

"그가 피고인을 향해 다가오고 있었고, 그때 피고인은 또 다른 무기를 즉 그릇을 집어 그의 왼쪽 관자놀이를 가격했습니다. 맞습니까?"

"네, 하지만 그것으로는 그를 막지 못했습니다."

"그래서 그 후 그의 가슴을 밀쳤고요."

"네, 하지만 제게서 떨어뜨리려던 것뿐이었습니다."

"그렇다면 호소하듯 손을 그저 앞으로 뻗은 것이었나요, 아니면 팔에 힘이 들어가 있었나요?"

이 재판에서 가장 중요한 순간이었다. 배심원들을 납득시켜야 하는 순간이었다. 내가 그를 민 것은 맞다. 어떻게 그러지 않을 수 있었겠는가? 하지만 그런 상황에서 어느 정도여야 과하게 민 것이 되는 것일까?

"힘이 좀 들어가 있었던 것 같습니다. 그를 민 것은 사실이지만, 살짝 밀었습니다."

불신을 사지 않아야 한다는 간절함에 목소리가 이상하게 높아졌다.

"그리고 제가 의도적으로 계단 방향으로 그를 떠민 것은 아닙니다."

"이미 무릎으로 그의 사타구니를 치고 열쇠 꾸러미로 그의 얼굴을 가격한 후 그릇으로 그의 머리까지 때렸지만, 그를 떼어놓으려고 밀 때는 힘을 많이 쓰지는 않았다는 말인가요?"

소냐는 배심원들을 향해 휙 몸을 돌려 믿을 수 없다는 몸짓을 그들에게 보낸 후, 다시 나를 향해 돌아섰다.

"그렇게 흥분이 과해진 상황, 이미 그의 사타구니를 무릎으로 치고 열쇠 꾸러미로 얼굴을 가격한 상황에서는, 계단 꼭대기에 있는 자신의 움직임이 어떤 결과로 이어질지 완벽히 알고 그를 밀었을 거라 봅니다."

"아닙니다."

"피고인은 계단 꼭대기에서 의도적으로 그를 힘껏 밀친 겁니다."

"아니에요."

"그런 뒤 그에게 달려가지도 앰뷸런스를 부르지도 않았고, 대신 쓰레받기와 빗자루로 깨진 그릇을 치운 후 다음 날 아침에 수거될 재활용 쓰레기통에 그걸 버린 겁니다. 그 후 첫 번째 조명 기기에 걸려 있던 겨우살이를 두 번째 조명 기기로 급히 옮겼습니다. 그가 피고인을 추행했다고 주장하기 위해서, 그를 계단 아래로 떠민 정당한 사유를 마련하기 위해서요. 맞습니까?"

"아닙니다. 사실과 다릅니다!"

내가 말했다.

"미즈 웹스터, 저는 당신이 마이크 스톡스에게 굉장히 화가 나 있었다는 점을 지적하고 싶습니다. 딸의 일을 폭로하겠다고 협박한 그에게, 사생활 침해 사진들과 함께 딸의 사건을 암시하는 호의적이지 않은 기사를 자신이 속한 신문사를 통해 보도한 그에게요."

"아닙니다."

"그가 사실상 피고인을 스토킹하고 있다는 것에 화가 났겠죠."

"아닙니다. 그의 신문사가 저를 스토킹했던 거지 엄밀히 말해 그가 그런 것은 아닙니다."

"피고인에게 거부를 당했기 때문에 신문사를 통해 스토킹했고, 피고인에게 가장 중요한 사람인 플로라를 이용해 피고인을 괴롭히려 했습니다. 거부를 당했다는 이유로요."

"아닙니다. 사실과 다릅니다."

내가 말했다.

"사건 발생 전에도 피고인은 그에게 화를 냈었죠. 강가에서요."

"아니요."

"그러나 사건 당시에는 그때처럼 자리를 떠나지 않은 겁니다. 아닙니까?"

"아닙니다."

"피고인은 너무도 화가 나서, 그에게 클리버 광장 집으로 오라는 메시지를 보냈습니다."

"제가 보낸 게 아니에요!"

너무도 분노한 나머지 내 목소리가 비명처럼 날카로워졌다.

그녀는 어떻게 이토록 계속 고집할 수 있으며, 왜 더는 날 바라보지 않고 무표정하게 판사 앞만 쳐다보는 걸까?

"앞서 몇 번이나 말했듯이, 저는 메시지를 보내지 않았습니다. 제가 보낸 게 아닙니다!"

"당시 그곳에서 피고인은 두 가지 무기로 그를 공격했습니다. 빰은 열쇠 꾸러미로, 관자놀이는 그릇으로요. 하지만 그것으로 충분하지 않았던 거죠?"

"네."

"그래서 일부러 그를 계단 아래로 밀었던 겁니다."

"아닙니다. 사실과 다릅니다."

"그를 사망에 이르게 하거나 심각한 피해를 입힐 의도로, 계단 아래로 밀친 겁니다."

"아닙니다."

"피고인 자신과 딸을 협박하고 있었으니까요."

"아닙니다."

"그는 피고인이 거부했다는 이유로 딸을 통해 피고인을 괴롭히고 있었습니다."

"아닙니다!"

"그는 두 사람의 명예를 더럽히겠다는 협박을 하고 있었습니다."

"아닙니다!"

제발 나를 믿어달라고 애원하며, 건너편에 자리한 배심원들을 곧장 바라봤다.

"그런 뒤 자신의 잘못을 감추기 위해 깨진 그릇을 치우고 겨우 살이 위치를 옮겼습니다. 충격에 빠진 사람치고는 대단히 계산적인 행동이었죠. 정당방위를 행사한 사람치고는 대단히 이해가 되지 않는 행동이기도 하고요."

"아닙니다."

"8분 동안 앰뷸런스도 부르지 않고, 계단 아래서 의식이 없는 채로 누워 있는 그를 내버려뒀습니다. 죽이고 싶었던 그가, 이제 죽기를 바라면서요."

"아닙니다!"

내 목소리가 너무 컸다. 고함이 아니라 분노의 표현이었다. 그녀는 나를 쳐다보려고도 하지 않았기 때문이다. 다른 관점은 인정하지 않고 공격만 퍼부었기 때문이다. 내 명예가, 훌륭한 여성이자 올바른 인간이라는 명예가 이렇듯 철저하게 부서진 것에 분노를 느꼈다. 그녀는 내게 퉁명스럽고 경직된 미소를 보였다. 그러고는 어깨를 반듯이 한 여유 있는 자세로 배심원들을 정면으로 바라봤다. 나는 누가 봐도 이성을 잃은 모습인 반면, 그녀의 자세는 그녀가 침착하게 상황을 통제하고 있음을 보여주고 있었다.

"이상입니다."

그녀가 말했다.

47

2022년 6월 21일

엠마

소냐에게서 두들겨 맞고 나니 속이 텅 비어버린 듯 허탈감이 느껴졌다. 심각한 식중독에 걸려 내장까지 다 토해낸 기분이었다.

나는 억지로 배심원들을 바라보며 그들의 얼굴에서 회의나 의심 또는 불신을 읽어보려 했다. 그들을 설득해냈을까? 그날 나는 그에게 메시지를 보내지 않았고, 그가 추락한 이후 겨우살이를 옮기지도 않았다. 하지만 무자비하게 그를 폭행한 것은 맞다. 그리고 세라믹 그릇을 치운 것도 사실이었다. 그것은 분명 계산적인 행동이었다. 그것을 순간적인 패닉의 결과로 설명하기는 어렵다.

성공한 것 같지 않았다. 맙소사, 나는 성공하지 못한 것이다. 위안을 얻으려고 톰을 바라봤지만, 자리에서 일어나는 그의 표정은 읽어내기가 어려웠다. 그는 소냐의 신문이 남긴 어떤 인상을 해소하기 위해 간단한 재신문을 진행할 수 있다고, 내게 미리 알렸다. 하지만 그의 재신문 자체가 불리한 상황임을, 우리가 배심원단을 납득시키지 못했음을 인정하는 행위 같았다. 그는 세 가지 질문으로 신속하게 핵심만 짚어, 내 의도를 명확히 밝히고 내 행동이 지나치지 않았음을 전달하려 했다.

"미즈 웹스터, 계단 꼭대기에서 미스터 스톡스를 밀 때, 스스로를 지키기 위해 어느 정도 물리력을 사용해야 한다고 생각했습니까?"

"네."

"공포감을 1에서 10으로 표현한다면, 인생에서 가장 공포스러웠던 상태를 10으로, 적당히 공포스러웠던 상태를 1로 봤을 때, 당시는 어느 정도였습니까?"

"10, 아니 점수를 매길 수 없을 정도였습니다."

"그를 밀 때, 그 힘이 지나치게 과하다고 생각했습니까?"

"아니요. 그런 생각을 할 여유가 없었습니다. 본능적으로 행동했어요. 그를 밀었지만, 상상할 수 없을 정도로 두려웠기 때문에 한 행동이었습니다."

목소리가 갈라져 나왔고, 내게 달려드는 마이크의 모습이 선연했다. 짐승 같은 고함과 내 얼굴에 닿던 그의 뜨거운 숨결까지.

"제가 얼마나 두려웠는지는 아무리 과장해도 모자랄 정도입니다. 특히나 그간 스토킹과 괴롭힘, 협박을 받아온 사람으로서 그런 모습의 그를 마주하니 너무도 두려웠습니다."

톰은 거의 보이지 않을 정도로 미약하게 고개를 끄덕였다. 잘

했다고, 그의 눈이 말하고 있었다. 허무함 비슷한 것이 나를 에워쌌다. 내 행동에 무죄를 선고하지 않을 수 없도록 설득력 있게 진술할 마지막 기회는, 그렇게 끝이 났다. 내가 잘해낸 건지는 확신할 수 없었다.

*

짧은 휴정 시간 동안 피고인 측 증인인 재즈가 오기를 기다리며, 나는 캐럴라인과 프레야를 만났다. 두 사람은 소냐가 내게 깡패처럼 굴었다고 말했다.

"어떻게 그런 태도가 용인될 수 있죠? 엠마 말을 듣지도 않았어요. 엠마가 무슨 말을 하든 계속 무시했다고요. 배심원단도 그리 좋게 보지 않았어요."

캐럴라인의 말에, 나는 초조함을 감추지 못하며 물었다.

"그릇 이야기가 나왔을 때는요? 그때는 배심원단이 어때 보였어요?"

"어……"

캐럴라인의 시선이 프레야에게 향했다. 두 사람은 이미 그에 대해 대화를 나눈 게 분명했다. 캐럴라인은 듣기 좋게 꾸며내 보려고 애쓰고 있었다.

"그리 좋은 반응은 아니었지만, 그것 하나뿐인걸요."

셋 중 그 말을 믿는 사람은 아무도 없었다. 피고인석으로 돌아온 나는 손톱 거스러미를 만지작거렸다. 엄지손톱으로 각질을 꾹꾹 밀어내며 초승달 모양의 반월이 손톱 위에 동그랗게 모습을 드러내는 데 씁쓸한 만족을 느꼈다. 두뇌가 느릿하게 작동하는 것 같았다. 내가 잘 마친 건지는 몰라도, 재판에서 유일하게 내가 통제력을 가질 수 있었던 부분이 끝났다는 사실은 인지하고 있었다. 나는 약지의 피부를 조금 잡아당겼다. 부드러웠다. 그리고 곧 새빨간 핏방울이 송글 맺히더니 번져나갔다.

*

재즈가 증인석에 들어오자 허탈감이 조금은 나아졌다. 톰은 증인들이 내가 하원의원으로서 겪은 압박감을 자세히 증언해준다면, 소냐가 만들어놓은 내 이미지를 반박하는 데 도움이 될 거라고 했다. 재즈의 등장과 함께 창문으로 시원하고 상쾌한 공기가 들어오는 기분이었다. 그녀의 자세와 옷차림 때문이기도 했다. 보석이 박힌 초록색 원피스, 레진으로 만든 링 귀걸이, 탁한 빨간색 매니큐어를 칠한 손톱. 그녀는 활기차고 어려 보였다. 나는 그녀를 나이보다 성숙하다고 여겼지만, 다른 사람들은 생각하지 않고 자신이 원하는 대로 차려입은 모습을 보니 새삼 그녀가 스물여섯인 게 실감 났다. 배심원단 쪽에도 눈에 띄게 활기가 돌았다. 카리스마 넘치는 이 젊은 여성이 어떤 말을 할지 관심을 보이고 있었다.

톰은 그녀가 하는 업무에 대해 물었고, 나는 런던 남부의 튀는 억양을 쓰는 이 젊은 밀레니얼 여성에 대한 배심원들의 인식이 달라질까 궁금해졌다. 아직도 의회라고 하면 딱딱하고 엘리트주의적인 사람들을 떠올리지만(서로를 향해 목청을 높이는 중년 백인 남성들과 빈곤이라는 개념 자체가 없는 이튼 칼리지 출신의 총리), 그곳에선 밝고 자신감 넘치는 젊은 여성들도 일하고 있다.

그녀는 권위 있는 어조로 괴롭힘과 소셜 미디어 문제를 어떻게 다루고 있는지 밝혔다. 그녀가 실질적으로 나를 얼마나 보호해주고 있는지 새삼 깨달았다.

"초창기에 저는 엠마의 트위터 관리를 맡았습니다. 엠마가 직접 답을 하려 했지만 수많은 트윗에 일일이 답을 하는 것이 불가능해졌고, 얼마 지나지 않아 공격적인 분위기로 바뀌었습니다. 대단히 공격적이었어요. 엠마가 여성 폭력에 대해 이야기했을 때 처음 공격이 시작됐고, 그런 분위기가 48시간이나 지속되었습니다. 하지만 그녀가 푸드 뱅크와 같은, 논란거리가 없는 주제를 이야기할 때도 그런 현상이 벌어졌어요. 말 그대로 수백 개의 트윗이 쏟아졌습니다. 대단히 비뚤어진 트윗도 몇 개 있었고요. 저희는 트위터 알림을 해지했지만, 엠마는 공격이 여전히 이어지고 있다는 사실을 알고 있었습니다. 저는 무시하라고, 무례한 사람들이 많다고 그녀에게 이야기하곤 했어요. 하지만 정말 심각할 정도로 꼬여 있는 사람들이 있었습니다."

"피고인이 경험했던 협박의 몇몇 사례를 출력한 자료가 있습니다."

톰이 배심원들에게 말했다.

"첨부 자료 10을 보시면 확인할 수 있습니다. 미스 맥킨리에게

이 문서를 전해드리고 싶은데요……."

톰의 몸짓을 보고 법정 안내인이 재즈에게 문서를 전달했다.

"증인이 PLaIT, 즉 런던 광역경찰청 소속 의회 협력 및 수사팀에 전달한 트윗 몇 개가 나와 있습니다."

"네."

"보통 이 정도 수위인가요?"

"제가 신고하는 트윗이나 이메일은 대체로 이 정도 수위입니다."

"첨부 자료 11을 보시면……"

그가 배심원들에게 말했다.

"몇 가지 사례가 더 있습니다. 협박이 가득한 내용임을 확인하실 수 있습니다. '암에 걸려 죽었으면', '너처럼 음탕한 년은 낙태되었어야 했는데'와 같은 메시지가 보입니다."

그는 또박또박 조심스럽게 읽어 내려갔다.

"훑어보시면 다양한 욕설이 등장합니다. '창녀', '음탕한 년', '미친년' 등등. 미즈 웹스터의 신체 일부를 떠올리게 하거나, 그녀가 어떠한 성적 행위에 시달리길 바라는 표현들입니다."

이후 그는 증거로 기록되도록 몇 건의 협박 메시지를 상세히 읽었다. 배심원단이 그 메시지들을 눈으로 읽어 내려가는 동안 잠깐의 정적이 찾아왔고, 나는 손마디로 눈가를 눌렀다. 이런 욕설들에 단련되었다고 생각했지만, 이 법정 안에서 키가 크고 발음이 정확한 남성의 입으로 연달아 들으니 어딘지 충격적인 느낌이었다. 그는 그런 욕설들을, 극한의 경멸로 대해야 할 혐오스러운 음식 덩어리인 것처럼 입에서 뱉어냈다.

"약 90통의 이메일과 6,382개의 트윗이 있습니다."

그가 말했다.

"대체로 모욕적이지만 구체적이지는 않은 메시지들입니다. 다시 말해 미즈 웹스터를 향한 '죽일 만한 가치도 없다', '강간할 가치도 없다' 같은 비하적인 표현들은 실제적인 강간 또는 살인 협박의 요건이 성립되지 않는 것들입니다. 증인은 이런 일반적인 모욕성 메시지들은 제외하고 특정한 협박들만 PLaIT에 신고한 것으로 알고 있는데, 맞습니까?"

"네, 맞습니다. 그런 협박은 신고했습니다. 그런 통화 내용도 기록했고요. 국회의사당에는 우편물 담당 부서가 있어 모든 우편물을 검사하고 내용물도 확인합니다. 칼날이나 독성 물질 같은 게 없나 하고요. 그래서 우편물 귀퉁이가 잘려 나가죠. 하지만 지역구에서는 그런 보호를 받지 못합니다. 지역구 사무실로 염산 테러 협박 편지가 온 것도 그 때문입니다. 그런 우편물을 받으면 증거 봉투에 넣습니다."

이 이야기에 배심원들이 놀라고 심지어 충격을 받은 표정이었다. 나는 속으로 말했다. 맞아요. 대중에게 노출된 삶이란 이런 겁니다. 특히나 여성이라면 더더욱요. 이런 식으로 매일같이 조심해야 한답니다.

"물론 공격적인 태도를 보이는 이상한 지역구민들도 만나고요."

재즈의 설명에, 나는 사이먼 백스터를 떠올렸다.

"아직은 접근 금지 명령을 신청한 적이 없지만, 그건 엠마가 괜한 적대감을 사고 싶어 하지 않기 때문입니다. 저는 진즉에 접근 금지 명령을 신청했어야 한다고 생각합니다."

재즈는 마이크가 사망한 날 내 상태에 대해 '신경이 곤두서 있고, 초조해했으며, 굉장한 충격을 받은 듯' 보였다고 설명했다.

"굉장한 충격을 받은 듯했다고요?"

톰이 확인했다.

"안절부절못했어요. 머그잔을 깼을 때는 눈물을 터뜨렸어요. 엠마에게는 딸이 인생의 전부예요. 일을 제외하고는요. 딸에 대한 걱정으로 무척이나 힘들어했습니다."

"피고인과 3년째 함께하고 있는데, 피고인이 공격적인 모습을 보인 적이 있습니까?"

"아니요."

"'신경이 곤두서' 있거나 '굉장한 충격'을 받았을 때조차요?"

"네. 그런 타입이 아닙니다."

재즈가 단호하게 답했다.

톰은 지역구민들과의 만남을 앞두고 나를 보호하기 위해 어떤 조치들이 행해졌는지를 자세히 기술한 수의 진술서를 읽었다. 필요한 일이라 여겼던 보건과 안전에 대한 예방 조치들이 톰의 입을 거쳐 나오자, 갑자기 비현실적으로 들렸다. 지역구민이 내게 달려들 것에 대비해 경로를 차단할 수 있도록 책상과 의자를 배치하고, 신속하게 경찰에 신고해야 할 상황에 대비해 건물 내 통신 서비스를 확인하고, 가해자가 진입할 수 없는 도주 경로를 사전에 계획하고, 칼을 소지했는지 가방을 수색하고, 내가 앉는 책상 정면에 1.5리터짜리 물 몇 병을 항상 배치했다. 목이 마를 때를 대비해서가 아니라 누군가 염산을 뿌릴 경우를 대비해서.

수가 쓴 글이 울려 퍼지자 법정은 침묵에 휩싸였다. 그녀와 패트릭이 내 안전을 위해 어떤 조치들을 취했는지 자세히 들으니, 새삼 겸손해졌다. 나는 시선을 아래로 내렸다. 그들은 주기적으로 경멸 어린 말이 쏟아지는 전화를 상대하고, 불쾌하거나 유독한 물질에 노출될지 모르는 위험을 감수하며 소포를 열었다. 그럼에도 그들은 변함없는 충성심을 보여주었다. 우리가 아는 사이면 백스터의 모습도 떠올랐다. 분노로 이글거리는 남성들은, 간신히 억누르고 있는 그들의 공격성은, 언제 폭발할지 모른다. 예의 바른 분위기가 눈 깜짝할 새 험악해지는 일은 어디서나 발생할 수 있다.

이런 위험이 내 직업의 일부라고 받아들였지만, 그런 내면화는 언제부터 시작됐을까? 언제부터 여러 예방 조치들을 당연하다고 여기게 된 걸까? 왜 내 직원들도 이런 현실을 받아들여야 한다고 생각하게 된 걸까?

*

게일 파슨스는 처음부터 내 편이라고 생각할 수 있는 여성은 아니었다. 이 보수당 하원의원은 마거릿 대처를 모델로 삼은 사람처럼 보였다. 풍성하게 살린 어두운 색 머리, 80년대 스타일의 어깨 패드가 내장된 로열 블루 빛깔 재킷, 입술 선을 살려 꼼꼼하게 립스틱을 칠한 자두색 입술. 40대 후반인 그녀는 우파에, 브렉시트 찬성자이자, '복지 국가'를 열렬하게 반대하는 자유의 지론자다. 하지만 내가 처음 악플러들의 지속적인 괴롭힘에 시달리게 됐을 때, 위원회실 통로에서 "잘 견뎌야 해요"라고 속삭여줘 나를 깜짝 놀라게 했다. 내가 구속되고 얼마 지나지 않아, 그녀는 자신이 도울 수 있는 일이 있느냐는 문자를 보내왔다.

그리고 지금 이 자리에 그녀가 있었다. 피고인 측 증인으로 출석해, 우리 일에서 이제는 일상이 되어버린 모욕의 수위에 대해 논하기 위해. 그녀는 나보다 훨씬 더 심한 일을 겪고 있었다. 현재 살해 협박으로 수사가 진행 중인 사건이 네 개였다. 그리고 어느 날 밤 자신의 주머니에 노비촉(러시아에서 개발한 생화학무기—옮긴이) 한 병이 있다며 그녀를 기습한 남성을 상대로, 법원에 접근 금지 명령을 신청해야 했다. 또한 그녀의 10대 아들에게는 엄마가 '고통스러운 끝'을 맞이하기 전에 어떤 식의 고문을 당할지가 자세히 적힌 편지가 전달되기도 했다.

전 교통부 부장관인 그녀는 이런 이야기들을 사무적인 어조로 전달했다. 수년간 갈고 닦아 아주 익숙해진 이야기를 전하듯 해서 너무 딱딱하게 느껴질 정도였다. 하지만 그녀의 어조가 냉소적이 되어갈수록 분노는 더욱 명확하게 드러났다. 뜨겁게 들끓는 분노는 언제라도 폭발할 것처럼 위협적이었다. 감탄이 나올 정도로 강력한 화법이었다.

"여성들이 줄지어 의회를 떠나는 것이 놀랍지 않나요?"

그녀는 이 문제를 고찰해보라는 듯 배심원단과 판사, 기소청 측 변호사들을 차례대로 바라봤다.

"우리가 이 일을 하는 것은, 부분적으로는 자기 목소리를 내기 위해서지요. 네, 자부심이 일의 동기인 의원들도 적지 않습니다. 하지만, 엠마와 저 같은 여성들은 공익을 위해 이 일을 합니다. 그리고 이 일이 우리를 소진시킵니다. 무정하고 굳은살이 박인 사람으로 만듭니다. 사람을 더는 믿지 않는, 냉소적인 사람이 되죠. 그래서 관계가 불가능해집니다. 첫 번째로 희생되는 것은 바로 결혼 생활이죠."

기자들은 마음에서 우러나오는 이 발언을 정신없이 받아 적고 있었다.

"자칫 조심하지 않으면 자기 자신을 의심하기 시작합니다. 자신이 온전한 정신 상태인지 의심하는 거죠. 이내 깊은 두려움에 사로잡힙니다."

그녀는 말을 잠시 멈췄다. 전직 배우인 그녀는 공간을 장악하는 방법을, 언제 목소리를 낮추고 언제 속도를 늦춰야 하는지를, 언제 반복과 같은 수사법을 써야 하는지를 잘 알고 있었다. 언제 악구에 기대야 할지를 알면서 모차르트 소나타를 연주하는 캐럴라인과 비슷하게 느껴졌다. 캐럴라인처럼 그녀 또한 본능적이었다. 그녀는 숨을 들이마시고는 말을 이어갔다. 자신의 커리어가 위험해진다 해도 진실 그대로를 말하기로 결심한 듯했다.

"맞서 싸우겠노라 스스로 다짐하지만, 두려움은 삶 곳곳에 스며들어 있습니다. 저는 주말을 보내러 파리에 간 적이 있습니다."

그녀의 목소리가 살짝 냉소적으로 변했다.

"제 남편이 계획했던 낭만적인 주말과는 거리가 멀었죠. 폭죽 소리가 들렸고, 저는 테러 공격이라고 생각했습니다. 또 다른 샤를리 에브도 테러, 또는 바타클랑 테러인 줄 알았습니다. 저는 호텔 방 바닥에 엎드린 채 침대 밑까지 기어 들어갔고, 그렇게 두 시간을 숨어 있었습니다."

그녀가 말을 멈추자 취재진은 바쁘게 글을 적어 내려갔고, 배심원들은 그녀의 이야기에 완전히 빠져들어 있었으며, 판사는 생각에 잠긴 듯한 얼굴이었다. 소냐마저도 넋이 빠진 얼굴로 앉아 있었다.

"엠마 웹스터와 저는 정치적 관점에서는 완전히 반대편에 서 있지만 저는 그녀를 원칙적이고, 정직하며, 열심히 일하는 의원으로 알고 있습니다. 보통 하원의원을 생각하면 떠오르는 그런 무자비한 면을 찾아볼 수 없는 사람입니다. 저는 20년 가까이 정치인으로 살아왔지만, 이 일은 점점 더 어려워지기만 합니다. 소셜 미디어와 24시간 보도되는 뉴스의 영향입니다. 기사의 주기가 짧아졌고, 사람들은 훨씬 더 공격적이고 충동적으로 반응합니다. 솔직히 말해 여성 하원의원들이 느끼는 부담감을 고려한다면, 이 사건이 제대로 된 정당방위란 무엇인지 처음으로 보여준 사례인 것 같아 놀라움을 감출 수 없습니다."

게일이 떠난 후, 법정은 무거운 분위기에 휩싸였다. 빛이 사라지며 땅거미가 내려앉는, 축축한 11월의 늦은 오후였다. 저널리스트 여러 명이 중간 휴식 시간에 매점으로 급히 뛰어가는 관객들처럼 법정을 벗어났다. 하원의원이 정신 건강을 걱정해야 하는 현실에 대해 말하다 정도면 훌륭한 헤드라인이 될 것이고, 그녀의 증언은 저녁이 되기 전에 온라인에서 찾아볼 수 있을 것이다. 나는 여전히 게일이 들려준 이야기에 빠져 있던 터라, 아직도 가라앉은 분위기가 가시지 않은 법정에서 톰이 하는 말을 이해하기까지 시간이 좀 걸렸다.

"이것으로 피고인 측 주장을 마무리하겠습니다."

*

캐럴라인이 나를 집까지 데려다주었고, 가는 동안 우리는 거의 아무 말도 하지 않았다. 정서적 탈진의 한 유형이었다. 법정 안에서 극도의 경계 태세를 유지했던 나는 데이비드의 새것 같은 볼보, 그 신성한 공간 안에 들어가서야 마침내 긴장을 풀 수 있었다. 러시아워라서 차들이 서행하고 있었다. 나는 회색 좌석에 몸을 깊이 파묻으며 잠시 옆 차 사람들이 나를 알아보는 상상을 했지만, 더는 신경을 쓸 여력이 없었다. 그리고 이 금속 상자 안에서는 잠시나마 모든 것으로부터 보호받을 수 있었다.

"괜찮아요?"

어느 순간 캐럴라인이 물었고, 나는 고개를 끄덕였다. 언젠가는 그녀에게 그동안 너무 비판적으로 대해서 미안했다고, 마음속 응어리를 독처럼 품고 있어서 미안했다고 말해야 할 터였다.

그녀의 행동은 여전히 이해할 수 없지만, 우리 중 그 어떤 잘못 하나 없는 이는 아무도 없다. 살인을 하지 말지니라. 간음을 하지 말지니라. 둘 중 어떤 죄가 더 무거운지는 모두 알 것이다.

데이비드만큼 그녀도 내게 상처를 주었지만, 그녀를 탓하는 것이 훨씬 쉬웠다. 그녀를 선동자로, 그를 요부의 유혹에 넘어간 불운한 사내로 보는 것이 말이다. 나는 눈을 비볐다. 지금 이런 생각을 하기에는 너무 피곤했다.

이번 주에 그녀가 도와준 것에 고마움을 느꼈고, 그 이면에 있을지 모를 동기를 찾아내는 것은 그만두었다. 데이비드와 나 사이에 거리를 두게 만들려는 욕망, 과하게 한자리 차지하고 싶은 마음, 내 명예가 갈가리 찢기는 모습을 지켜보는 즐거움, 이런 식의 속 좁은 추측을 감당할 여유가 없었다. 그래서 그녀가 내게 한 말을 믿기로 했다. 플로라를 위해 상황이 잘 정리되길 바란다는 말, 힘든 아이를 도와줄 수 있다면 무엇이든 할 거라는 말을.

"미안해요."

창문 밖을 내다보며 말했지만, 내가 무엇을 사과하고 있는지는 제대로 밝히지 않았다. 4년간이나 계속 비난한 것이 미안한 걸까, 아니면 올드 베일리 법정에 이번 주 내내 앉아 있게 한 것이 미안한 걸까?

"저도요."

그녀 또한 사과의 목적을 명확히 밝히지 않았고, 우리는 일종의 휴전 협정을 맺은 듯했다.

교통체증이 조금씩 풀렸고, 런던을 벗어나기 시작하자 차들이 속도를 냈다. 침묵이 편했다. 유죄 선고를 받게 될지도 모르는 만큼, 그 외 다른 것들은 말할 필요가 없었다. 우리는 그 상태로 몇 킬로미터를 달렸다. 나는 플로라를 생각했다. 오늘 밤 그 아이를 만나게 될 것이라는 안도감에 피곤했던 눈에 생기가 돌았다. 내가 당연하게 여길 수 있는 일이 아니었으니까. 그 아이를 안아볼 마지막 밤이 될지도 몰랐다.

"저는 어쩌면 엠마가 의도적으로 그랬을지도 모른다고 생각했어요."

캐럴라인은 도로에 시선을 고정한 채, 비판의 기색 없는 단조로운 표정으로 말했다. 수많은 생각에 덜컥 발목을 잡힌 나는, 뭐라 말해야 할지 혼란스러운 채로 그녀의 옆얼굴을 바라봤다.

"데이비드와 플로라에 대한 이야기를 나누다가, 엠마가 너무 화가 나서 그 남자를 밀었을지도 모른다고 생각했어요. 플로라를 보호하려는 마음이 얼마나 간절한지 아니까요. 그 남자가 얼마나 잔인해질 수 있는지, 사람을 얼마나 화나게 할 수 있는지 알 것 같기도 했고요."

그녀는 코를 한번 훌쩍이고는 아주 신중한 목소리로 말했다.

"설사 그랬다 해도, 엠마를 비난할 생각은 없었어요."

나는 그저 멍하게 있었다.

"괜찮아요. 지금은 엠마가 그랬다고 생각하지 않으니까."

그녀가 나를 향해 반짝 웃어 보이고는, 다시 도로로 시선을 옮겼다.

"소냐가 반대신문을 할 때, 당신의 반응을 보고 확신했어요.

소냐가 겨우살이 이야기를 꺼냈을 때, 정말 황당해하더라고요. 그런 모습을 연기할 만큼 엠마가 훌륭한 배우도 아니고."

그녀는 다시 한번 나를 파악하려는 듯 흘낏 시선을 주었다.

"아무 말 하지 않아도 돼요."

그녀가 말을 이었다.

"전 그저 엠마가 그러지 않았다는 게 다행이라 여기지만, 정말 그랬다고 해도 내가 이해한다는 걸 알아줬으면 해요."

나는 계속 침묵을 지켰다. 마음이 불편하고 불안했다. 그녀가 짐작하는 것보다 나를 더 혼란스럽게 만드는 이 대화의 문을 쾅 닫아버리고 싶었다.

"뭐, 배심원들도 내가 한 짓이 아니라고 생각하길 바라야죠."

마침내 이렇게 말했다. 내일은 최종 변론이 있는 날이었다. 배심원들은 평결을 위해 법정에서 나가게 될 것이다.

2022년 6월 22일—23일

캐럴라인

양측의 최종 변론과 판사의 변론 종결은 매우 오래 걸렸다. 정확히 말해 하루하고도 반나절이 걸렸다. 그들의 모습을 지켜보는 내내, 캐럴라인은 다들 자신의 입장을 방어하는 데 급급하다는 생각이 들었다.

누구도 중요한 세부 사항을 생략하고 싶어 하지 않았다. 지적 엄격함이 부족하면 항소로 이어져 상급 법원의 심리를 받아야 하기 때문이었다. 양측 변호사들 모두 이 재판의 핵심을 부각시키는 데 열중하고 있었다. 자신들의 명예를 우려하면서.

캐럴라인은 판사의 변론 종결 요약에는 그리 귀를 기울이지 않았다. 달리 관심을 끄는 것이 있는 건 아니었지만. 엠마의 증언을 듣고 미심쩍은 말을 했던 그 이상한 남자는 오늘은 나타나지 않아 다행이었다. (그녀가 요청한 대로 보안 요원이 그에게 주의를 주었길 바랐다.) 코스타 판사는 증거와 증언에 얽힌 모든 내용을 기록으로 남기려 단단히 결심한 사람 같았고, 덕분에 캐럴라인도 웬만한 내용들을 꿰게 되었다. 그녀는 소냐 잭슨과 톰 틸렛의 이야기에는 귀를 기울였다. 각자 나름의 스토리를 전개하고 있었으니까. 둘 다 설득력이 있었고, 둘 다 옳고 그름이 확실해서 미묘하거나 모호한 부분이 없었다. '엠마가 집 문턱을 넘은 순간부터 어두운 복도에 이르기까지' 양측의 내러티브는 극명하게 갈렸다. 데이비드와 엠마의 결혼 생활 파탄에 대한 두 가지 의견이 있듯이—캐럴라인의 손에 의해서였다, 캐럴라인의 등장으로 조금 빨라졌을 뿐이다—결국 어느 쪽을 믿느냐의 문제였다.

먼저 소냐가 시작했다. 그녀는 조금도 움츠러들지 않고 엠마를 무자비한 사람으로 묘사했다. 자신을 위협하고 딸의 일을 폭로하겠다고 협박한 남자를 분노에 차서 살해한 사람으로.

"저희는 엠마 웹스터가 마이크 스톡스를 자신의 집으로 유인해, 살해할 의도를 갖고 그를 계단 아래로 밀었다고 주장합니다. 그는 그녀에게 가장 중요한 사람인 외동딸 플로라의 일을 폭로하겠다고 협박했고, 엄마이자 하원의원인 그녀의 명예를 위협했습니다."

"몸싸움이 있기 9일 전과 4일 전, 피고인이 그에게 분노했다는 증언을 들은 바 있습니다. 그를 '가만두지 않겠다'는 협박, 그리고 놀라움을 금할 수 없는 다음과 같은 음성 메시지도 있었죠. '마이크, 이 씨발 새끼야. 나 좀 씨발 내버려두라고.' 이런 언사를 협박으로 볼 수 있는가와 무관하게, 적어도 마이크 스톡스를 향한 적대감과 분노를 드러낸 것만은 분명합니다. 적대감과 분노,

이것을 이후 피고인이 행동으로 옮겼다고 기소청은 보고 있습니다."

"저희는 이 사건이 사고가 아니라고 생각합니다. 몸싸움이 지속되었기 때문입니다. 즉 그를 계단 아래로 밀치기 전에 그의 사타구니를 가격하고, 하나가 아니라 두 개의 즉석 무기로 그를 공격했습니다. 또한 이후 그녀가 보인 차갑고 계산적인 행동 때문입니다. 엠마 웹스터는 도움을 청하러 달려가거나 앰뷸런스를 부르는 등 바람직한 인간이라면 당연히 해야 할 조치를 취하지 않았습니다. 대신 자신이 한 행동을 덮기 위해 그를 내려쳤던 세라믹 그릇 파편들을 치우고 재활용 쓰레기통에 버렸습니다. 그런 뒤 마이크 스톡스를 무단 침입뿐 아니라 성추행까지 하려 한 사람으로 만들려는 이기적인 동기로 겨우살이를 다른 곳으로 옮겼습니다. 자신이 그를 살해하거나 적어도 그에게 심각한 피해를 입히려 했던 싸움의 선동자가 아니라, 피해자라는 거짓된 이미지를 만들기 위해서였습니다. 심지어 그날 밤 계단통에 남아 있던 혈흔을 데톨과 뜨거운 물로 지우려고 했습니다. 사건의 증거를 없애려고요."

"미즈 웹스터는 겨우살이를 옮긴 사실을 부정했습니다. 하필 그날 아침 출근 전에 옮겨놓았다고 주장하고 있죠. 그녀가 부정할 수 없는 사실은, 그날 벌어진 사건에 대해 모든 사람들에게 반복적으로 거짓말을 했다는 점입니다. 그녀는 진술을 번복했습니다. 처음에는 계단 아래 쓰러져 있는 그를 발견했다고 주장했고, 그와 성관계를 가진 사실도 인정하지 않았습니다. 사건 발생

사흘 후 살인 혐의로 구속되었을 때조차 그를 발견했을 때 의식이 없었다는 거짓말을 고집했고, 충분한 증거가 제시된 후에야 집에 들어왔을 때 마이크 스톡스는 멀쩡히 살아 있었다는 사실을 인정했습니다."

"피고인은 세라믹 그릇에 대해서도 거짓말을 계속하다가 논란의 여지가 없는 증거가 제시된 후에야 그릇으로 그를 내려쳤음을, 깨진 파편들을 자신이 직접 치웠음을 인정했습니다. 경찰서에 도착한 지 아홉 시간이 지난 후였습니다. 법정에서도 피고인은 두 사람의 몸싸움 과정에 대해 거짓말을 했다고 기소청은 판단하고 있습니다. 그가 어두운 복도 끝에서 사타구니를 무릎으로 가격당해 통증으로 몸을 숙였을 때, 바로 그 순간에 어쩌다 겨우살이를 보고 고무되어 피고인에게 키스를 하려 했다고 주장하고 있으니까요! 그래서 자신이 그를 밀었다는 것이죠."

"배심원 여러분, 엠마 웹스터는 자신이 설득력 있고 상황 판단이 빠른 거짓말쟁이라는 사실을 몇 번이나 되풀이해서 보여주었습니다. 그런데 어떻게 피고인의 입에서 나온 말을 믿을 수가 있겠습니까?"

다음으로 톰의 차례였다. 그가 말하는 엠마는 소냐가 말한 엠마와 완전히 다른 사람이었다. 입에 담지 못할 욕을 먹고 있어 이미 큰 부담을 느끼고 있었고, 극심한 스트레스와 공포의 순간을 맞아 패닉에 빠진 여성이었다. 엠마가 느꼈을 분노를 이해하는 캐럴라인은—그녀도 엠마를 대신해 분노를 느끼고 있었고, 플로라를 위해서라면 거의 무엇이든 할 수 있는 사람이었다—

톰이 말하는 엠마를 믿어야 한다고 고함치고 싶었다. 그것이 바로 그녀가 이해하는 엠마의 모습—한 번의 실수를 저지른 윤리적인 여성—일 뿐 아니라, 위기의 순간이라면 자신이 어떤 행동을 하게 될지 모르는 현실에 직면한 모든 여성에게 이로운 설명이기 때문이었다.

"보디캠 영상 속 엠마 웹스터는 극한의 충격에 빠진 상태였습니다."

톰은 이성적이고도 점잖은 어조로 말했다.

"놀랄 만한 일은 아닙니다. 그녀가 집에 돌아와 발견한 남성은, 자신을 스토킹한 신문사 소속이자 자신의 딸에 대한 기사를 내기로 작심한 기자였으니까요. 바로 그가 어둠 속에서 그녀를 기다리고 있었습니다."

"엠마 웹스터는 이미 극도의 불안을 경험하고 있었습니다. 살해 협박 편지와 모욕적인 문자 및 트윗에 시달리고 있었습니다. 퇴근해서 들어오니 집 안이 어두웠는데, 자신의 침실에서 나오는 남자가 보였습니다. 자신은 물론이고 자신의 외동딸까지 망치려 드는 바로 그 기자였죠. 그녀가 이성적인 관계를 거부하자 신문을 통해 그녀를 모욕하는 기사를 낸 그가, 이제는 섬뜩하고도 무법적인 행동을 저지른 겁니다."

"피고인은 패닉에 빠졌고, 태어나 처음으로 몸싸움을 하게 되었습니다. 물론 피고인이 그를 가격한 것은 맞습니다. 엄청난 공포를 느꼈기 때문입니다. 그를 떼어놓고 싶었던 피고인은 네, 화가 난 나머지 그에게 폭행을 가했습니다. 하지만 그것은 오로지 그 남성이, 피고인의 삶을 무너뜨리려 하는 그가, 피고인이 마땅히 안전함을 느껴야 하는 공간에까지 침입해 피고인을 붙잡는 위협을 가했기 때문입니다."

"피고인이 그와 싸웠다고 해서 피고인에게 살해의 의도가 있었다는 의미는 아닙니다. 또한 피고인이 그를 밀쳤다고 해서 계단 아래로 떨어뜨릴 의도가 있었다는 뜻은 아닙니다."

"친애하는 기소청 측 QC는, 두 사람의 싸움이 있기 9일 전 엠마 웹스터가 마이크 스톡스를 '협박했다'고 주장했습니다. 미즈 웹스터는 이를 부인하고 있고요. '당신을 가만두지 않겠다'는 말이, 어떤 상황에서 살해 협박으로 성립될 수 있습니까? 그리고 그 음성 메시지요? 여기 계신 분들 가운데 지난주에 누군가에게 욕설을 내뱉으신 분 있으시죠? 지난달에 그러신 분은요? 작년에 그러신 분은요?"

그는 말을 중단하고 배심원들을 한 명씩 바라봤다.

"그렇다면 다들 살인자입니까?"

법정에 나지막한 웃음소리가 퍼졌다. 좋아, 정곡을 찔렀네. 캐럴라인은 속으로 생각했다.

"기소청은 증거에 근거해 주장을 입증해야 합니다. 그리고 이 사건의 증거는 대단히 빈약합니다. 마이크 스톡스에게 사건 당일 메신저로 메시지를 보낸 사람이 엠마 웹스터라는 증거는 전혀 없습니다. 또한 법의학자 채터지 박사는 피고인이 그를 계단 아래로 밀었다는 그 어떤 증거도 없다고 강조했습니다. 마이크 스톡스는 음주 운전 법적 기준치의 두 배가 넘는 알코올을 섭취

했었기에, 그가 중심을 잡지 못한 탓에 찰나의 순간 발을 헛디뎠다는 가정이 전적으로 유력합니다."

"집에 들어간 엠마 웹스터는 인간이라면 누구나 보일 법한 반응을 했습니다. 위기의 순간 공황 상태에 빠졌고, 그가 추락한 후 또다시 공황을 경험했습니다. 피고인은 겨우살이를 옮기지 않았는데, 친애하는 기소청 측 QC께서는 그녀가 그런 계산적인 행동을 했다고 심술궂을 정도로 계속 주장하고 계십니다. 사실 이 주장에는 결함이 있습니다. 엠마 웹스터가 그런 행동을 할 정도로 계산적이었다면, 미즈 쿡이나 버윅 순경의 질문에 그가 성추행을 하려 했다고 말하는 대신 왜 겁에 질려 두서없이 지어낸 거짓말을 했겠습니까?"

"피고인이 몸싸움의 증거를 숨기려고 깨진 세라믹 그릇을 치운 것은 사실입니다. 이는 자신과 마이크 스톡스의 관계, 그리고 딸의 일을 감추고 싶었기 때문입니다. 몇 분 후 집에 들어온 미즈 쿡에게 사건을 설명하는 과정에서 거짓말을 한 것도, 플로라를 보호하기 위해서였습니다. 언론과 소셜 미디어에서 두 사람의 삶이 난도질당하는 것을 막기 위해서였습니다. 이런 거짓말이 피고인의 발목을 잡았고, 그녀는 어떻게 실토를 해야 할지 막막했습니다."

"엠마 웹스터는 위험을 감수하고 나서면 그 대가로 지속적인 괴롭힘에 시달린다는 것을 이미 잘 알고 있었습니다. 지역구민을 위한 행동에 나섰다가 괴롭힘을 경험하게 됐으니까요. 그런데 피고인이, 이번에는 남성을 살해한 혐의를 받는다면, 그 괴롭힘의 정도가 얼마나 심해지겠습니까? 그냥 남성도 아니고 피고인과 성관계를 가진 주요 신문사의 기자, 게다가 피고인의 딸에 대해 폭로하려 한 기자를요."

"엠마 웹스터가 거짓말을 한 이유는, 조금이라도 사회적 규범에서 벗어난 행동을 한 여성들이 무슨 일을 겪었는지 알기 때문이었고, 이미 세간의 주목을 받는 여성이 살인 혐의를 받으면 어떤 일이 벌어질지 예상할 수 있기 때문이었습니다."

변호사는 잠시 침묵했다. 배심원들 모두가 그를 지켜보고 있었고, 캐럴라인은 대단히 합리적인 이 남자를 그들이 믿어주길 기도했다. 톰은 이제부터 할 말이 더욱 강력하게 전달되길 바라며, 좀 더 지체하다 말을 이었다.

"극심한 공황 상태였던 피고인이, 일어난 일에 대해 거짓말을 했다고 해서 살인 혐의에 대한 유죄 판결을 받아야 하는 것은 아닙니다."

2022년 6월 24일

엠마

"웹스터 사건 관계자들은 7호 법정으로 와주시길 바랍니다. 웹스터 사건 관계자들은 7호 법정으로 와주시길 바랍니다."

올드 베일리 구내 매점에 앉아 있을 때, 갑자기 스피커에서 비음 섞인 안내 음성이 울려 퍼졌다. 연한 커피가 담긴 폴리스티렌 컵을 쥐려다 손을 움찔하는 바람에 컵이 넘어졌다. 나는 구겨진 냅킨으로 정신없이 테이블에 쏟은 커피를 닦아냈다.

"그냥 두세요."

내 소매가 갈색 액체에 젖고 있을 때 캐럴라인이 말했다.

"괜찮아요, 괜찮을 거예요."

그녀는 바닥으로 넘쳐 떨어질 것 같은 액체 웅덩이를 닦으며 덧붙였다.

괜찮지 않을 수도 있었다. 어제 오후 2시에 배심원들이 법정에서 나간 후, 공식적인 법정 개정시간을 따지면 4시간 27분이 지났다. 교도소가 아닌 집에서 보내는 마지막 날이 될지 모른다는 두려움 속에 거의 뜬눈으로 보낸 지난밤까지 포함하면, 23시간이라는 긴 시간이 지난 것이다. 새벽 4시가 넘어 겨우 두 시간쯤 열에 들떠 불안정한 잠에 들었다.

가장 끔찍한 건 플로라와 헤어지는 것이다. 자녀를 사랑으로 압도하는 것이 가능할까? 오늘 오전 아이를 껴안으며, 그 비슷한 경험을 하는 듯했다. 이것을 마지막으로 아주 오랫동안 아이를 품에 안지 못할 수도 있다는 사실을 자각하고 있었다.

"괜찮을 거야."

아이의 머리칼에 대고, 우리가 속으로 내내 말해왔던 주문을 반복했다.

"다 잘될 거야."

아이가 내 말을 믿을까? 믿는 척할 만큼 어리기도 하지만, 누구도 그런 확신을 줄 수 없음을 아는 나이이기도 했다. 아이는 내게 작고 서글픈 미소를 지어 보였다. 태연함을 유지하려는 아이의 성숙한 모습에 가슴이 저려왔다.

"어떤 결과가 나오든……"

아이가 어찌나 나를 뚫어지게 바라보는지 민망한 웃음이 터질 듯했다.

"나는 엄마를 믿어요."

아이의 말을 있는 그대로 믿기에 나는 결국 웃음을 짓고 말았다. 그런 뒤 아이는 자신의 방으로 터덜터덜 들어갔고, 나는 차에 올라타 런던으로 향했다.

이곳에 도착한 후로도 시간은 느리게만 갔고, 그래서 매점에서 고약한 냄새가 나는 에그 앤드 칩스와 흙탕물 같은 커피로 시간을 때우고 있었던 것이다. 오늘 아침 배심원들이 퇴장하고 30분이 지나자, 톰은 우리가 할 수 있는 건 없다고, 이건 기다리는 게임이라고 말했다.

이제 12시 27분이었다. 나는 캐럴라인에게 물었다.

"무슨 일 때문일까요? 때가 된 걸까요?"

그녀는 창백했지만, 단호해 보였다.

"별일 아닐 수도 있지만, 얼른 가서 확인해보는 게 좋겠어요."

나는 법정을 향해 거대한 대리석 계단을 급히 내려가면서, 밤새 외던 주문을 반복했다. 엄선한 통계에서 나온 주문을. 도시 배심원들의 유죄 평결 가능성은 낮고, 여성 배심원들이 유죄로 볼 가능성도 낮으며, 살인으로 기소된 사람들 63퍼센트가 유죄 선고를 받지만 여성들은 38퍼센트만 그렇고 나머지 62퍼센트는 풀려난다.

순간 한쪽 구두 굽이 끝에서 두 번째 계단에 걸렸고, 계단 손잡이를 붙잡고 마지막 계단에 발을 디디다 발목이 꺾이며 척추로 찌릿한 통증이 전해졌다.

"괜찮아요."

캐럴라인은 이렇게 말하면서도 내 팔꿈치 아래를 단단히 잡고 나를 법정 앞까지 데려다준 후에야 방청석으로 향했다. 어쩌다 이 지경이 됐을까? 어쩌다 나에 대한 믿음을 모두 잃고, 얼마 전까지만 해도 만남을 피해왔던 여성의 손에 의지하는 처지가 됐을까? 이런 생각에 불안해졌지만, 지금은 그럴 시간이 없었다.

괜찮은 척하면 정말 괜찮아질 거예요. 재즈라면 이렇게 말할 것이다. 소냐만큼 확신에 찬 모습을 보여야 한다. 지금보다 더욱 강한 사람처럼 보여야 한다.

명치가 죄여 얕은 호흡을 내뱉으며 법정 문을 열었다.

"그냥 뭘 물어볼 게 있어서일 수도 있어요."

줄지어 법정 안으로 들어가는 와중에 주니어 변호사 앨리스가 말했다.

"네, 그렇지도요."

내가 말했다. 나는 평결이 조금 더 늦어지길 바라는 마음과 불확실한 상황을 빨리 끝내고 싶은 마음 사이에서 괴로워하고 있었다.

*

배심원들이 들어서자 공기가 무거워졌다. 법정 안내인이 서기에게 소곤거린 질문이 법정 안에 나지막이 퍼졌다. 평결 나왔어요? 나는 배심원들을 꼼꼼하게 살폈다. 히잡을 쓴 여성이 갑자기 내 쪽을 보더니 웃으면 안 된다는 걸 아는 어린아이처럼 미소를 숨겼다. 나는 그녀를 향해 주저하며 미소 지었다.

앨리스가 나를 돌아보며 고개를 끄덕해 보였다. 평결이 나온 것이다. 척추 끝에서부터 서늘한 전율이 내 안으로 퍼져나갔다. 캐스는 법정 가운데 마련된 자리에서, 무릎 위에 두 손을 올린 채 고개를 숙이고 앉아 있었다. 조시를 위해 참석했을 것이다.

로비에서 본 것을 마지막으로 조시는 법정에 오지 않았고, 이기적이지만 오늘 그 아이의 시선을 받지 않아도 되는 것이 다행이란 생각이 들었다.

보라색과 빨간색 천이 덧대어진 법복을 입은 판사가 자리하자, 법정이 고요해졌다. 판사는 침묵을 지키고 있는 피고인 측 및 기소청 측 변호사들, 그리고 취재진을 바라보며 불안으로 고조된 공기를 가늠한 뒤 서기에게 고개를 끄덕였다.

"배심원단 대표는 자리에서 일어나주십시오."

내 나이 또래 여성이 자리에서 일어났다. 늘 다른 재킷을 입고 오는 여자였다. 낡은 것, 유행이 지난 것, 어깨 부분이 죄는 것. 재킷들은 각각 그녀의 다른 삶을 보여주었다. 그녀는 처음엔 나를 비판적으로 봤지만—배심원 선서를 하던 날, 나를 향해 거침없는 평가의 시선을 보냈다—내 이야기를 들으며 무언가 이해한다는 듯 한 번씩 표정이 누그러지곤 했다. 이제 서기는 배심원단이 만장일치 평결에 이르렀는지 묻고 있었다.

"네."

그녀가 말했다.

적막한 공기가 흘렀고, 먼지 티끌들만이 바닥을 향해 느릿한 움직임을 이어갔다. 시간을 이대로 멈추고 싶었다. 이 경계 상태에 머물고 싶었다. 하지만 서기는 또 다른 질문을 했다. 우리가 지난 2주간 그 답을 두고 싸워온 질문이었다.

"피고인 엠마 웹스터의 살인 혐의에 대한 평결은 유죄입니까, 무죄입니까?"

나는 숨을 쉴 수 없었고, 소리도 잘 들리지 않았다. 천식에 걸린 듯 가슴이 답답할 뿐만 아니라, 내 안의 무언가가 분리된 것만 같았다. 배심원단 대표 입에서 나오는 말을 두뇌가 이해하지 못하고 있었다. 하지만 이런 증상은 0.5초도 안 되어 사라졌고, 갑자기 그녀의 말이 비정상적일 정도로 크고 또렷하게 귀에 들어왔다.

"무죄입니다."

그녀가 서기를 향해 말했다. 순식간에 다른 여성 배심원들이—회색빛 단발머리 마거릿과 파마머리 리타, 그리고 한 번도 무언가를 적는 걸 본 적은 없지만 항상 명민한 눈으로 경청하던 30대 여성이—내 쪽을 바라봤다. 동시에 앨리스가 몸을 돌려 활짝 웃었다. 위쪽 방청석에서는 캐럴라인이 "예스!"라고 외쳤다. 재즈나 클레어가 할 법한 행동이었다. 나는 딸에게 모든 게 다 끝났다고 알리고 싶어 당장이라도 여기서 벗어나고 싶었다. 엄마가 집에 갈 거라고 알려줘야 했다.

재판의 마무리는 비교적 짧게 끝났다.

판사는 배심원들에게 시간을 내어 숙고해준 데 감사를 표했고, 이후 소송비에 대한 논의가 짧게 오갔다. 나는 집 담보 설정을 변경하여 소송비 16만 파운드를 마련했지만, 전부 다 배상받지는 못할 것 같았다. 그리고 이제 그들을 마주해야 했다. 지난 2주간 취재석에 앉아 있던 기자들과 방송 진행자들을. 내 얼굴로 회색 털이 덮인 붐 마이크들이 달려들 것이다. 그 너머에는—무죄가 나왔다고 내가 살인을 저지르지 않았다는 뜻은 아니라고 떠들어 댈—트위터 비판자들이, 그리고 아니 땐 굴뚝에 연기 날 리 없다며 살인 혐의로 기소된 여자가 아무 잘못도 없을 리 없다고 믿는 많은 이들이 있었다.

몇 마디 말을 남기려고 올드 베일리를 나서기 직전에, 존이 자신의 휴대폰을 건넸다.

딸아이는 두 번째 발신음에 전화를 받았다.

"엄마야."

휴대폰 건너편에서 헉 하고 숨을 들이켜는 소리가 들렸다.

"엄마 무죄야, 플로라! 엄마가 살인한 게 아니라는 판결이 나왔어."

당장이라도 눈물이 터질 듯 목이 메어 목소리가 거칠어졌다.

"엄마."

아이는 울고 있었다. 너무 심하게 훌쩍이는 통에 아이의 말을 알아들을 수 없었지만, 바로 그 울음이 지난 몇 달간의 극심한 마음고생을 말해주었다.

아이 뒤에서 기뻐하는 데이비드의 비명이 들렸다.

"당연히 유죄가 아니지, 엠마. 정말 잘된 일이야. 의심의 여지가 없는 결과야!"

아이의 울음 너머로 전해지는 그의 안도감이 손에 잡힐 듯 생생했다.

하지만 의심의 여지는 분명 있었다. 밖으로 나오자, 나는 어느새 정치인으로 되돌아가 있었다. 이 자리에서 확실하게 그 의심을 종식시키는 소감을 겸손한 태도로 전달해야 했다. 아버지의 죽음에 대한 책임을 물을 사람이 아무도 없다는 사실을 알게 된

열여섯 살짜리 남자아이를 생각하면서.

어깨를 펴고 고개를 든 나는, 낮은 목소리로 당당하게 맞섰다. 숨을 들이마시고 내쉬었다. 내 얼굴로 밀려드는 카메라들도, "이쪽이요, 엠마! 이쪽이요!"라고 소리치는 사진기자들도 무시했다. 입을 떼며, 내게는 선택권이 있음을 깨달았다. 참회와 감사를 표하며, 거침없이 자기 의견을 말하는 여성들에게 어떤 일이 벌어지는지 내게 가르쳐준 공인의 삶에서 물러나겠다고 이야기할 것이냐. 아니면 반항적이지는 않되 더욱 굳건한 모습으로, 내 경험을 바탕으로 다른 여성들의 삶을 향상시키는 데 힘쓰겠다고 말할 것이냐.

"감사합니다."

바로 옆에는 존을, 카메라 화면을 약간 벗어난 쪽에는 캐럴라인과 클레어를 두고 발언을 시작했다.

"제 법률팀과 노동당 동료들, 사무실 직원들, 한결같이 응원해준 지역구민들에게 감사의 말씀을 전하고 싶습니다. 무엇보다 제 가족들, 특히나 딸에게 고맙다는 말을 하고 싶습니다. 지난 7개월이 제게 생지옥과도 같았다면, 아이에게는 어땠을지 감히 상상만 할 뿐입니다."

"지금은 축하를 할 때가 아닙니다. 마이크 스톡스는 작년 12월 8일 벌어진 사고로 사망했고, 이 비극적인 사건 앞에서 누구도 기뻐할 수 없을 것입니다. 하지만 여성들의 삶이, 특히나 대중에게 노출된 여성들의 삶이 공용의 정보로 취급받는 문제에 대해 되돌아볼 기회로 삼을 수는 있습니다."

"이번 사건에 이르기까지 제가 경험해온 공포를, 그 어떤 여성도 경험해서는 안 됩니다. 또한 제가 온라인상의 글로, 문자로, 사무실로 발송되는 편지로 수많은 괴롭힘을 경험하지 않았더라면, 그리고 마이크 스톡스의 신문사로부터 스토킹당하지 않았더라면, 그가 사망할 일도 없었을지 모릅니다."

"여성들의 영역이 물리적 공간에서 그리고 가상의 공간에서 어떻게 침해받고 있는지 살펴볼 때입니다. 또한 왜 여성들이 이러한 공포 속에서 살아가는 것을 수용하게 되었는지 생각해볼 때입니다. 저는 당분간 제 딸과 시간을 보낼 생각이지만, 공인의 삶에서 물러나지 않을 것입니다. 주눅 들지 않을 것이며 두려워하지 않을 겁니다. 웨스트민스터로 돌아간 후에는 반스토킹 법안 제정과 소셜 미디어 괴롭힘 방지 대책을 위한 캠페인을 벌일 것입니다. 다시 말해, 이번 일에서 유익한 무언가를 탄생시키기 위해 제가 할 수 있는 모든 것을 할 것입니다."

나는 눈으로 누군가를 찾았다. 역시나, 길 건너편 샌드위치 가게 어닝 아래 서 있는 사이먼 백스터를 발견했다. 그는 나를 지켜보고 있었다. 몸에 한기가 일었다. **당신을 지켜볼 거야. 당신의 일거수일투족을 추적할 거라고.** 강렬한 연설을 했음에도, 근처에 보안 요원이 있음에도 불구하고 다리가 떨리기 시작했다. 내가 말한 것이 바로 이런 공포였고, 도저히 끝날 것 같지가 않았다.

갑자기 그가 성큼성큼 길을 건너 내 쪽으로 다가왔다.

"내가 당신 영역을 좀 침해하겠소."

그가 새빨개진 얼굴로 소리쳤다. 내 얼굴에 삿대질을 해대는 그의 이마에서 정맥이 불뚝거렸다.

"당신이 당신 일을 똑바로 할 때까지 말이오. 내가 도움을 요청했지만 당신은 외면했소. 그리고 내 아들은 기차선로에 누웠고. 내 아들은 스스로 목숨을 끊었는데, 당신은 듣고 싶어 하지조차 않았다고."

"정말 죄송합니다."

그가 무슨 이야기를 하는 건지 도통 알 길이 없어 이렇게 말할 수밖에 없었다. 나를 찾아왔을 땐, 아들 이야기는 하지 않았었다. 그가 너무 위협적인 태도를 보여 이메일에 회신하지 않았었다. 내게 무시를 당했다고 느꼈다니 마음이 괴로웠지만, 내가 비난을 받아 마땅하다고는 생각지 않았다.

"엠마, 택시요!"

앨리스가 취재진 무리 너머에 있는 택시를 불러 세웠다. 한시라도 빨리 나를 안전한 곳으로 이동시키기 위해서였다. 기자들의 관심이 사이먼에게 쏠린 사이, 그녀는 나를 택시 쪽으로 이끌었다. 하지만 도중에 키 큰 누군가가 내 앞을 가로막았다.

"마이크 스톡스의 아들에게 전해줄 위로의 말이 있습니까?"

가이 블랙이었다. 법정에서 한 말 외에는, 달리 적당한 대답이 떠오르지 않았다. 그런 일이 벌어진 것을 대단히 유감스럽게 생각하고, 오래도록 잊지 못할 것이라는 말이었다. 하지만 사과를 할 생각은 없었다. 내가 정치인이기 때문이 아니라, 배심원들에게서 무죄 평결을 받았기 때문이다. 나는 가이 블랙의 질문을 무시하고, 사이먼 백스터가 올드 베일리 보안 요원 손에 저지되며 벌어진 소동도 무시한 채 택시에 올랐다.

50

2022년 6월 24일—26일

엠마

판결이 나온 후, 완전히 소진된 기분이었다. 그날 밤 의회에 입성한 이래로 가장 달게 잠을 잤고, 깨어났을 땐 물속을 걷는 느낌이었다. 몸이 상쾌한 게 아니라 무거웠다.

주말은 조용히 보냈다. 2주간 제대로 먹지 못했던 나는 요리를 해서 급하게 먹어치웠다. 세탁 바구니를 비웠고, 빨랫줄에 널어놓은 침대 시트가 바람에 부풀어 오르는 모습을 지켜봤다. 법정에 입고 다녔던 옷들을 검은색 쓰레기봉투에 담아 창고로 치워버렸다. 입는 것은 물론이고 쳐다볼 수조차 없는 옷들이었다. 소셜 미디어는 삼갔다. 신문도 보지 않았지만, 재즈가 전화로 헤드라인을 알려주었다.

"『크로니클』에는 뭐가 나왔어?"

"엠마의 '차가운 침묵'에 대한 이야기랑 캐스와 조시 인터뷰가 나왔어요. 원하시면 보내드릴 수 있지만, 읽어보실 필요는 없을 것 같아요."

"응."

나는 좀 더 확실하게 말했다.

"응. 정말 그럴 필요는 없어."

하지만 조시에 대한 생각이 떠나질 않았고, 그래서 나는 오븐을 청소했다. 4년 동안 쌓인 때를 문질러 닦아내면, 내게 벌어졌던 일도 벗어던질 수 있을 것 같았다.

"엄마?"

플로라가 내 옆에 무릎을 대고 앉았다.

"엄마…… 일 좀 그만하면 안 돼요? 지금 하는 일 좀 멈출 수 있어요?"

나는 수세미를 내려놓고 오븐 안에서 머리를 빼 아이의 사랑스러운 얼굴을 마주했다.

"엄마, 좀 그만해요."

아이가 다시 한번 말했고, 내 눈에 울고 있는 아이의 얼굴이 들어왔다.

"청소 안 해도 되잖아요."

이후 우리는 내 휴대폰과 컴퓨터에서 트위터 앱을 삭제했고, 페이스북과 인스타그램도 마찬가지로 삭제했다. 내 소셜 미디어는 재즈가 관리해줄 터였고, 읽고 싶어 하는 사람이 많지 않을 공식 성명을 통해서만 소통할 생각이었다.

"속이 후련해졌어요?"

부르르 떨던 앱이 사라지자 플로라가 물었다.

"정말 그래. 넌 어떤데?"

"전 별로 안 기뻐요."

소셜 미디어 계정들을 삭제한 노트북을 가리키며 말했다.

"사람들이 우리에 대해 뭐라고 할지 아니까요. 그래도 소셜 미디어를 안 하는 쪽이 나을 것 같긴 해요."

*

일요일 오전, 현관문을 노크하는 소리가 들렸다. 문 앞에 선 여성을 알아보는 데 시간이 좀 걸렸다. 4년 만에 정식으로 보는 얼굴이라서가 아니라, 너무도 불안한 표정을 하고 있어서였다.

"스테프?"

그녀의 이름을 불렀다.

"사과하고 싶어서요."

레아의 엄마가 말했다.

"그럴 것 없어요. 전혀요."

마지막으로 대화를 나눴을 때, 플로라의 행동에 분노를 표하던 그녀의 목소리가 떠올랐다.

"저기, 안으로 좀 들어올래요?"

"고맙지만 들어가지 않을게요. 절 쫓아낼지도 모르니까요."

어색한 웃음이 이어졌다.

"제가 여기 왜 왔는지를 들으면 그럴지도 몰라요."

"말씀하세요."

내가 말했다.

"법정에서 어떤 말이 오갔는지 들었어요. 문자에 대해서요. 업무용 휴대폰이 아니라 개인용 휴대폰으로 수신된 모욕적인 문자들요."

초인종만 응시하는 그녀의 목이 벌겋게 달아올랐다.

"처음에는 그 인터뷰 때문이었어요. 그게 내 속을 썩게 만들었어요. 당신이 입고 있는 화려한 옷과 지역 주민에게는 별 관심이 없다는 뉘앙스의 말도. 안 그래도 플로라가 이미 레아를 깔보고 있었는데……. 미안하지만, 저는 그런 식으로 분노를 표출해야만 했어요."

이제 그녀는 나를 바라보았다. 그녀에게서 난처함뿐 아니라 반항심과 아픔이 보였다.

"플로라가 저지른 일, 그리고 그 일의 심각성을 제대로 이해하지 못하는 당신에게도 정말 너무 화가 났어요. 레아가 어떤 기분일지는 생각지도 않는 것 같아서요. 그저 열네 살 여자아이가 시시덕거리며 노는 장면일 뿐인데, 그 장면이 찍힌 사진을 받은 남자애와 그 부모님이 자신을 그렇고 그런 아이로 보게 됐다는 걸 알게 된 레아 기분이 어땠겠어요. 경찰들이 그 라이브 포토를 본 걸 알고, 다른 아이들을 비웃으며 스트립쇼를 하듯 씰룩씰룩 걸어 다니는 모습을 본 걸 알고, 기분이 어땠겠어요."

그녀는 잠시 숨을 돌렸지만 아직 끝이 아니었다.

"저도 레아가 플로라에게 딱히 친절하다고는 볼 수 없는 행동을 했다는 거 알아요. 그런 레아의 행동을 자랑스럽게 생각하지 않아요. 하지만 그런 일로 그 남학생에게 내 딸 누드 사진을 보내다니. 남자애들이 레아를 문란한 애처럼 취급한다고요. 여자애들도 마찬가지고. 당신이 열네 살 때 그런 일을 겪었다면 어떨 거 같아요? 명예가 어떻게 될 거 같아요?"

레아가 수치심을 느껴서는 안 된다고, 그 아이가 피해자인 건 모두가 알고 있다고 말하고 싶었다. 그리고 사진을 보냄으로써 충실한 친구이자 모범적인 학생이라는 명예가 망가진 사람은 플로라라고 말하고 싶었다. 홈스쿨링을 하는 아이도, 친구를 전부 잃은 아이도, 자신이 한 일로 충분히 고통받고 있는 아이도 플로라였다. 하지만 내가 레아의 엄마였다면 어땠을까. 나 또한 그녀처럼 본능적인 분노를 느꼈을 것이다. 그럼에도 나는 상대를 모욕하지는 않았을 것이다. 네가 꽤나 특별한 사람이라고 생각하겠지. 이런 식의 문자들이, 그것도 개인용 휴대폰으로 들어와서 더욱 악의적으로 느껴졌었다. 도대체 어떤 여성이 그런 문자들을 다른 여성에게 보낸단 말인가?

상대의 딸에 의해 수치심을 겪은 딸을 둔 엄마라면 가능한 일이었다.

나는 어디서부터 설명해야 할지 종잡을 수 없는 상태로, 괜찮다는 말조차 할 수 없는 상태로 그냥 서 있었다. 명예가 어떻게 될 거 같으냐고? 명예는 산산조각 나버린다. 찰나의 부주의로, 누가 슬쩍 한번 쿡 찌른 것으로, 어쩌면 빗나간 펀치로도 명예는 웨이터가 놓친 접시처럼 순식간에 날아간다. 레아의 것이든 플로라의 것이든 나의 것이든 캐럴라인의 것이든, 심지어 소냐나 코스타 판사의 것이라도. 명예라는 건 가장 위태로운 무언가다.

오랜 시간 쌓아도 단 몇 초 만에 무너질 수 있다. 하지만 이런 이야기는 전혀 하지 않고, 간신히 어색하게 찡그린 얼굴만 해 보이며 말했다.

"알려줘서 고마워요."

*

일요일 오후, 데이비드가 플로라를 데리고 자전거를 타러 갔다. 아이가 조금이라도 해방감을 느끼길 바라며, 내가 느끼고 있는 탈출감 같은 것을 경험하길 바라며 정원에 나와 있는 내 곁으로 캐럴라인이 다가왔다. 나는 그녀에게 차를 건넸고, 이어서 와인 한 병을 땄다.

처음에는 둘 다 아무 말 없이 앉아 있었지만, 그런 분위기가 더는 불편하지 않았다. 우리가 친구가 되기 시작하던 때가 떠올랐다. 학기가 끝나고 가졌던 술자리, 즉흥적인 저녁 식사들. 캐럴라인이 우리 집에서 저녁까지 먹고 갔을 땐, 젊은 새 친구가 생겼다며 기뻐했었다.

"이번 주엔 웨스트민스터에 가지 않으려고요."

마침내 내가 입을 열었다.

"법원 밖에서 했던 말과는 달리, 내가 그리 강하다는 느낌이 들지가 않아요."

"얼마간 지역구민들에게만 집중한다고 해도 뭐라고 할 사람 아무도 없어요. 하지만 연주회를 끔찍하게 망친 뒤 제자리로 돌아오는 것과 비슷한 것 같아요. 가능한 한 빨리 마주하지 않으면, 용기를 잃게 될 거예요."

"2주 후 월요일에, 참여하고 싶은 토론이 있어요."

"딱 좋네요."

"네."

차가운 와인을 마시며 연인의 손길처럼 목 뒤편을 어루만지는 따뜻한 햇살을 한껏 즐겼지만, 아직도 완전히 긴장을 풀지는 못한 상태였다. 해결되지 않은 부분이 너무 많았다.

"자꾸 생각나는 게 있어요."

얼마쯤의 시간이 흐른 후 내가 말했다.

"도대체 누가 그 메시지를 보냈는지 너무 궁금해요."

"네?"

그녀의 미간에 주름이 깊어졌다.

"마이크에게 클리버 광장 집에서 만나자고 메시지를 보낸 사람이 누굴까요?"

내 집으로 들어올 명분을 만들기 위해 본인이 직접 보낸 거라고 추측했었지만, 좀 더 단순한 설명이 있지 않을까? 그날 내가 그 시간에 집에 들어오도록 그가 수를 쓸 수는 없었다. 어쩌면 그때 내가 집에 있어서는 안 되었던 게 아닐까? 다른 누군가가, 그가 그곳에 있기를 바랐던 거라면? 나를 계속 괴롭히던 생각 하나가 질문의 형태로 나왔다.

"캐럴라인은 아니죠?"

"제가 도대체 왜 그랬겠어요?"

그녀의 반응에는 분노와 불만은 물론 놀라움도 담겨 있었다. 그녀가 솔직하다는 방증이었다.

"그 주 월요일에 이미 그를 만났어요. 설득해보려고요. 알아요, 엠마가 그러지 말라고 한 거. 하지만 제가 엠마가 원하는 대로 항상 움직여야 하는 건 아니잖아요? 세상에나, 당연히 난 아니에요."

"미안해요."

몇 초 전까지만 해도 확고하고 분명해 보였던 생각이 산산이 부서졌다. 그런 생각을 한 내가 초라하게 느껴졌다.

"정말 미안해요."

"괜찮아요. 그냥 잊어요."

나는 라벤더 화분을 바라봤다. 허전한 정원이었다. 자그마한 풀밭은 듬성듬성했고, 울타리 너머까지 뻗은 인동덩굴과 무섭게 자라는 이 라벤더 화분 하나가 다였다. 꿀에 취한 벌 한 마리가 마지막 남은 꿀 한 방울까지 다 딸 생각으로 꽃 주위를 윙윙대며 날아다녔다.

긴장을 풀고 싶어서, 나는 플로라와 함께 소셜 미디어 앱들을 지우고 나니 마음이 편안해졌다고 말했다.

"아이가 이제는 소셜 미디어를 하지 않아 얼마나 좋은지 모르겠어요. 스마트폰도 없고요."

"그러게요."

"휴대폰을 몇 번이나 더 잃어버릴지 신경 안 써도 되는 것도 좋아요."

"정확하게 말하면 딱 한 번 잃어버렸어요, 망가뜨린 것까지 치면 두 번이고요."

"8개월 동안 두 번이면 충분해요. 재판이 시작되기 직전이라 휴대폰을 새로 사주기가 좀 내키지 않았는데, 어쩔 수 없었죠."

말을 멈춘 나는, 내가 휴대폰을 사준 게 그때가 처음이었음을 깨달았다. 데이비드는 휴대폰을 사주지 말자는 쪽이었다.

"그럼 지난번에 망가졌다던 그 휴대폰은, 캐럴라인이 새로 사준 거였어요?"

"그랬을 거예요. 네."

그녀의 목소리가 어딘가 신경에 거슬렸다. 너무 경쾌하게 굴고 있었다. 대충 넘기려는 듯이. 나와 대화를 나누는 게 지루한 걸까? 아니면 화제를 돌리고 싶은 무슨 이유가 있는 걸까?

"그게 언제였죠?"

"12월이요. 플로라가 실수로 세탁기에 넣은 것 같았어요."

"12월이요?"

이 단어를 입안에서 굴려보았다.

"그러니까 레아 일 때문에 아이폰을 압수당하고 한 달도 채 안 돼 고장이 난 거네요. 일부러 그랬던 걸까요?"

그녀가 고개를 저었다.

"그냥 정신이 좀 없었던 것 같아요. 저도 옷 주머니를 확인하는 걸 깜빡했다고 말했잖아요. 기억 안 나요?"

"네……."

꼼꼼한 캐럴라인이 저지를 만한 실수로 들리지 않았다. 우리 둘 중 누구도 입 밖으로 내지 못할 질문들이 내 머릿속 수면 위를 헤엄치고 있었다.

정확히 12월 언제일까? 플로라가 노키아 일반 휴대폰을 망가뜨려야 할 이유가 있었던 걸까? 발신 추적을 피하고 싶은 전화를 걸었던 걸까?

나는 캐럴라인을 바라봤고, 어두웠던 머릿속에 한 줄기 빛처럼 생각 하나가 떠올랐다.

플로라 휴대폰이 세탁기에 들어간 날이 12월 8일이었을까? 런던에서 전화를 몇 통 걸고 몇 시간 후? 자신을 망치려 하는 남자를 클리버 광장 집으로 오게 만들고 몇 시간 지나서?

"그때 많이 바빴잖아요."

캐럴라인이 나를 마주 보았다. 그녀의 눈빛이 갑자기 불쑥 등장한, 너무도 명확한 내 생각을 입 밖으로 내지 못하게 가로막고 있었다. 묻어둬요. 그냥 내버려두는 게 나아요. 그녀의 눈은 이렇게 말하고 있었다.

"휴대폰을 후드 티 주머니에 넣어뒀더라고요."

그녀가 말을 이었다.

"세탁하기 전에 플로라도 저도 미처 확인을 못 했어요. 물에 흠뻑 젖어 있더라고요. 일이 다 벌어지고 난 뒤였으니, 그냥 새 휴대폰을 하나 사주는 게 훨씬 깔끔했어요. 걱정 마요. 다 잘 처리했어요."

지금 내가 듣고 있는 이야기를 도저히 믿을 수가 없었지만, 가장 말이 되긴 했다.

"데이비드는요?"

나는 간신히 물었다. 우리 딸이 연루된 걸 그 사람도 알까?

"제가 알아서 처리하는 게 낫겠다고 동의했어요."

그럼 알고 있다는 뜻이네.

"고마워요."

말은 그렇게 했지만, 그녀가 내 딸과 그런 비밀을 공유했다는 것에 질투 어린 분노의 감정도 일었다.

"그래도 더 이상의 비밀은 없기로 해요."

4부

내 명예를 지켜내기 위해서.

51

2021년 12월 8일

플로라

"선로에서 벌어진 사고로 열차 운행이 지연되고 있는 점, 사과드립니다."

열차 차장의 목소리가 스피커를 통해 흘러나왔다. 플로라가 타고 있는 12시 47분 포츠머스발 워털루행 기차 승객들이 불평을 쏟아냈다. 더욱 느려진 열차는 쉬익 하며 한숨을 토했다.

"시체가 있다는 소리일 거야."

플로라 옆에 앉은 여자가 말했다.

"자살 사고가 났다고."

여자는 이렇게 덧붙이고는, 코를 한번 훌쩍이고 스릴러 소설을 마저 읽기 시작했다. 어두컴컴한 승강장이 그려진 검은색 표지 위에 '죽음과 거짓말'이라고 적혀 있었다.

창가 쪽 좌석에 앉은 플로라는 자세를 바꾸고 열차 지연이 자신의 계획에 어떤 영향을 미칠지, 자신이 얼마나 늦을지 계산하려 했다. 이미 스트레스를 많이 받은 상태인데, 전혀 도움이 안 되는 일까지 생긴 것이다. 애초에 불가능하다는 걸 깨달았어야 했다. 원래 타려던 급행열차가 취소되고, 그다음 열차도 취소됐을 때부터 일이 꼬인 것이었다.

"열차가 전부 지연되고 있습니다. 바로 다음 열차를 타시는 게 가장 좋습니다. 그 편이 목적지까지 가장 빠르게 가는 방법입니다."

안내 데스크 직원이 다른 승객에게 이렇게 말했었다.

하지만 플로라는 이 완행 노선을 타본 적이 없어 정차역이 이렇게 많을 줄은 미처 몰랐다. 보틀리, 헤지엔드, 이스틀리까지. 역에 정차할 때마다 기차가 꾸물거리는 탓에 더욱 초조해졌다. 지금은 쇼퍼드와 윈체스터 사이 어디쯤에서 멈춰 있는 상태였다.

"요즘에는 이런 일이 훨씬 많아진 것 같지 않아? 선로에서 자살하는 거."

여자는 달관한 듯 말했다.

"또 군인인가? 작년에도 한 명 있었거든."

그녀는 새우감자칩 한 봉지를 뜯어 입가에 묻혀가며 시끄럽게 우적우적 먹었다. 플로라는 과자 냄새 때문에 속이 메슥거렸다. 휴대폰을 확인했다. 2시 27분. 계획대로라면 열차는 15분 후 워털루 역에 도착해야 하지만, 불가능한 일이었다. 그냥 집으로 가야 할까? 여기서 내려 반대편 승강장에서 기다렸다가 돌아가는 열차를 탈까? 그럴 수는 없었다. 지금 집으로 돌아간다면 이 문제를 바로잡을 가능성이 없었다. 엄마는 문제를 제대로 처리하지 못했고, 아빠는 문제를 마주하지 못했다. 캐럴라인에게 나서지 말아달라고 하자, 그녀는 양손을 들고 "알겠어!"라고 답했다. 플로라의 문제였다. 제대로 처리하지 않으면 인생이 망가지는 것 또한 플로라였다. 열네 살이 됐으니 자기 삶을 스스로 책임져야 했다.

잘하면 가능할 것 같았다. 아직은 괜찮을지도 몰랐다. 사실 첫 관문을 통과하는 건 놀라울 정도로 쉬웠다. 마이크 스톡스와 접촉하는 것 말이다. 그는 나이가 많아 페이스북에 서투를 거라고, 그러니 평소의 엄마 프로필 사진이 걸린 '엠마 웹스터'라는 계정에서 새로운 메시지가 와도 함께 아는 친구를 확인하지 않을 거라고 그에게 도박을 걸었다. 또한 가짜 계정이 보낸 메시지로 의심해 스팸으로 분류하지 않을 거라고, 페이스북에도 도박을 걸었다. 이 방법이 통하지 않는다면, 신문사 데스크를 거쳐 메시지를 남길 계획이었다. 통화하는 방법은 쓰고 싶지 않았다. 학교 자동응답기에 아파서 결석하겠다는 음성 메시지를 남기는 것과 엄마인 척하며 직접 통화를 하는 것은 완전히 다른 문제니까.

다행스럽게도 우리 집에서 만나요. 4시. 당신이 좋아할 만한 이야기가 있어요라는 메시지가 통했다. 그는 2분도 안 돼 답장을 보냈다. 조금의 의심도 없는 듯했다.

좋아요. 거기서 보죠. 👍

좀 애정 결핍처럼 보였다. 멍청한 것은 말할 것도 없고. 독자 제보를 받기 위해 계정을 전체 공개로 해둔 것일 수도 있고, 너무 바빠 자세히 확인을 못 한 것일 수도 있지만, 플로라는 그가 이보다는 똑똑한 사람일 줄 알았다. 어쩌면 플로라의 말투가 엄마 말투와 너무 비슷해서 속은 건지도 모른다(엄마 말을 듣고 산 지가 14년이나 되니까). 약간은 '고압적'(요즘 가장 좋아하는 단어다)이고, 약간은 호기심을 자극하는 톤을 썼다. 그가 올 수밖에 없도록. 구두점도 정확하게 찍었다. 뼛속 깊이 교사인 엄마는 줄임말을 쓴 문자를 견디지 못했다. 플로라의 줄임말 문자는 참아야 했지만.

잠시 기다리며 그가 정말 속아 넘어간 것인지 확인한 뒤, 계정을 삭제했다.

집을 나서기 몇 시간 전에 준비는 모두 마쳤다. 열차 시간도 그 메시지를 보내기 전에 이미 확인한 상태였다. 12시 47분 열차를 타면, 워털루에서 케닝턴까지 걸어가는 한 시간 조금 넘는 시간이 확보될 것이다. (택시나 다른 대중교통은 이용할 수 없었다. 돈이 있다 해도 CCTV에 찍히고 싶지 않았다.) 길은 대충 알고 있었지만, 혹시나 해서 구글 맵을 출력해 반듯하게 접어 주머니에 넣었다. (노트북 검색 기록은 삭제했다.) 지금은 아이폰을 쓰지 못하기 때문이다.

"휴대폰에 카메라는 없는 게 좋겠구나."

레아 일 이후 아빠는 이렇게 말했다. 실망감을 그런 식으로 표현했다. 플로라는 아빠에게 안아달라고 하고 싶었지만, 그 말을 어떻게 꺼내야 할지 알 수 없었다. 두 사람은 잠시 팔을 늘어뜨린 채 서 있었고, 잠시 후 플로라는 노키아 휴대폰을 챙겨 그 자리를 떠났다.

열차가 갑자기 요동쳤고, 플로라는 불안감에 가슴이 철렁했다.

"아, 또 멈췄네!"

옆에 앉은 여자가 말했다. 그러고는 눈을 가늘게 뜨고 물었다.

"아픈 것 같지는 않은데, 왜 학교에 안 간 거야?"

"선생님들 연수 가는 날이라서요."

여자가 입을 좀 다물기를 바라며 답했다.

"그래서 교복 차림이 아니구나?"

"네."

학교에는 생리통이 심해 등교를 못 하겠다고 했다. 아빠와 캐럴라인은 모두 일하는 중이었다. 특히 캐럴라인은 수요일 저녁마다 있는 리허설 때문에 플로라를 찾지 않을 것이다. 이 모두가 플로라의 철저한 계획이었다.

*

열차는 3시 47분에 워털루 역에 도착했다. 제시간에 그를 만나려면, 클리버 광장까지 13분 만에 가야 했다. 구글 맵에서는 약 2.1킬로미터 거리에 29분이 소요된다고 나왔지만, 길을 훤히 아는 게 아니었다. 그래도 아직까지는 좀 빠르게 걷거나 뛰면 가능할 것 같았다. 다행히, 눈에 띄지 않는 차림새였다. 후드 티에 검은색 패딩 재킷, 청바지와 나이키. 플로라는 후드를 뒤집어쓰고 역 중앙 홀을 빠르게 통과하다가, 사람들이 쳐다볼까 봐 속도를 늦췄다.

플로라가 나쁜 뜻으로 한 행동은 하나도 없었다. 나중에 그 집에서 어떤 일이 벌어졌는지 밝혀졌을 때, 플로라는 자기 자신에게 계속 이 이야기를 해주었다. 집에 너무 늦게 도착한 것도, 선로에 시체가 있었던 것도 자신의 잘못은 아니었다고. 오후 3시 49분이 되자 회색빛이었던 하늘이 물 빠진 감청색으로 변했고, 플로라는 어떻게 해야 클리버 광장에 빨리 도착할 수 있을지 그 생각뿐이었다. 그냥 마이크 스톡스와 이야기를 좀 하고 싶었고, 아니면 사정이라도 하고 싶었다.

플로라는 속도를 높여 비에 젖은 축축한 나뭇잎과 쓰레기로 덮여 있는 거리를 내달렸다. 거리엔 포츠머스보다 사람이 많았다. 다들 열차 시간에 맞추느라 급히 걸을 뿐, 다른 것엔 관심이 없었다. 플로라는 사람들 사이로 쏜살같이 움직여 모퉁이를 돌아 나갔지만, 자신이 원했던 곳이 아님을 깨달았다. 지도에서 좌회전을 하라고 했지만, 그녀가 마주한 것은 커다란 로터리로 이어지는, 어쩌면 강으로도 이어지는 혼잡한 도로였다. 플로라는 멈춰 서서, 이제는 세차게 내리기 시작한 굵은 빗방울에 지도가 젖지 않도록 가려보려 했다. 차 한 대가 물웅덩이를 밟고 빠른 속도로 지나가는 바람에, 운동화가 푹 젖고 말았다. 그녀는 고개를 푹 숙인 채, 질벅해진 발을 더욱 빠르게 움직였다.

오후 3시 56분. 그가 자신을 기다리고 있을까? 자신의 이야기를 들어줄까? 사정을 하면 어떨까? 플로라는 설득력 있게 보이려고 나름의 노력을 했다. 찰리 모리스처럼 두껍게는 아니지만,

실제보다 더 자신감 있어 보이도록 화장을 했다. 어느 정도 변장을 한 셈이다. 그런 식으로 자신이 무슨 일을 벌이고 있는지 계속해서 의식하려 했다. 그러지 않으면 완전히 공황에 빠질 것 같아서.

하지만 지금은 자신이 한심한 인간처럼 보일 것 같았다. 땀에 젖어 엉망인 데다 허둥거리고 당황하는 모양새가, 다들 놀려대는 바보 같은 여자애로 보일 것 같았다. 마이크 스톡스를 설득하지 못한다면 지금보다 더욱 심한 조롱을—최악으로는 경멸을—받게 될 터였다. 그가 기사를 낸다면, 자신이 듣지 못할 거라 생각하고 엄마와 아빠, 캐럴라인이 얘기하던 그 기사를 낸다면, 자신의 인생이 완전히 끝나버릴 거라는 점을 마이크 스톡스는 이해하지 못하는 게 분명했다. 학교도 끝이었다. 중등교육 자격시험도 끝이었다. 정말로 기사가 나온다면, 극심한 수치심으로 인해 더는 살지 못할 것이다. 플로라는 지금 울고 있었다. 너무 요란하게 울어서, 슈트 차림의 한 남자가 걱정하는 표정으로 바라보고 있었다. 이제는 그만 울어야 한다고, 이런 호들갑은 그만 떨어야 한다고 생각했지만, 두려움이 그녀를 사로잡았다. 그가 레아 사진 전송 사건을 기사로 낸다면, 플로라는 선로 위의 시체와 같은 처지가 될 것이다. 엄마의 지역구민 에이미 존스의 처지가 되고 말 것이다.

스스로 목숨을 끊어야 할 것이다.

이제 4시 10분이었다. 플로라는 길을 잃었다. 완전히 잃고 말았다. 지금 어디에 있는지, 어디로 가야 할지 알 수가 없었다. 케닝턴 로드? 내가 아는 길인가? 우아한 테라스와 아파트식 건물이 이어지고, 버스가 지날 때마다 한바탕 물을 튀겼다. 허벅지가 타들어가는 듯하고 가슴도 아프기 시작했지만, 플로라의 두 다리는 씩씩하게 인도를 나아갔다. 멈출 수가 없었다. 4시 16분, 17분. 제발, 제발 좀. 거기까지 갈 수 있을 것이다. 그런데, 이 길이 맞나? 임페리얼 전쟁 박물관? 플로라는 왔던 길을 거슬러 올라갔고, 자신이 맞는 방향으로 가고 있음을 확인했다. 안 그래도 귀중한 시간을 허비한 자신에게 소리를 지르고 싶었다.

플로라가 마침내 클리버 광장에 도착했을 때는 4시 35분이었다. 너무 늦어버렸다. 말도 안 될 정도로. 비에 흠뻑 젖은 꼴이었다. 등에서는 땀이 흘렀고 뺨에는 눈물 자국이 나 있었다. 일단 현관문으로 올라가야 할까? 4시 36분. 그가 기다리고 있을까? 아니면 엄마에게 전화를 걸었을까? 전화를 했다면 어떤 일이 벌어졌을까? 그가 화를 냈을까? 플로라는 헐떡이며 숨을 토했다. 그 남자에 대해 너무도 아는 것이 없었다.

하지만 시도도 해보지 않을 수는 없었다. 여기까지 어떻게 왔는데. 들킬지도 모를 위험을 감수했는데. (아까부터 휴대폰 진동이 울리고 있었다. 캐럴라인에게 하교 후 시내에 갈 거라는 문자를 보냈었는데, 확인을 해보려 전화를 하는 게 분명했다.) 혹시 마이크가 비를 피해 저 차들 뒤에서 기다리고 있는 건 아닐까? 플로라에겐 집 열쇠가 있었다(크리스마스 선물로 엄마가 만들어준 것이었다). 추운 날씨에 집 안으로 들어가게 해주면 그도 고맙게 생각하지 않을까? 차도 한 잔 만들어줄 수 있었다. 중년 남성과 단둘이 있는 게 좀 이상하겠지만(내내 이 점을 걱정했다), 집 안에서 자신의 이야기를 좀 더 잘할 수 있을 것 같았다. 만약 그가 없다면 엄마에게 전화를 하면 된다. 어떤 일이 벌어질까 두려워서, 엄마를 보러 왔다고 하면 된다. 플로라는 소매로 코를 훔쳤다. 그 일에 관해 엄마와 대화를 나누고 싶었다. 너무 큰 스트레스를 받고 있다고 털어놓고 싶었다. (마이크에게 메시지를 보냈다는 말은 굳이 할 필요가 없었다. 엄마에게도 플로라가 굳이 알 필요가 없는 비밀들이 있듯이.)

나무들 뒤에서 나와 광장을 가로지르려 할 때, 근처에서 앰뷸런스 소리가 울렸다. 반음계의 날카로운 소리가 거세게 울려 퍼졌다. 정신없이 번쩍이는 파란색 불빛, 흐릿하게 점멸하는 빨강과 형광 노랑 불빛. 경찰차 한 대와 앰뷸런스 한 대가 코너를 돌아 나와 급히 비상 정차를 했다.

구조대원 한 명이 엄마 집 현관문으로 달려가 노크를 했다. 플로라는 그늘진 곳에 숨어, 줄리아가 문을 열어주고 구조대원이 그녀를 따라 집 안으로 들어가는 모습을 지켜봤다. 다른 구조대원이 집으로 들어갔다가 들것을 가지러 다시 나오는 모습, 경찰관 두 명이 집에 들어가는 모습, 남자로 보이는 누군가가 들것에 실려 나오는 모습도 모두 지켜봤다. 플로라는 계단 위에 선 엄마의 모습이 보일 때까지, 엄마가 괜찮다는 것을 확인할 때까지 기다렸다. 그런 뒤—당장이라도 엄마에게 달려가 껴안고 싶었지만—몸을 돌려 최대한 빠르게 달려 공원 옆 그늘을 지나, 철교 아래를 지나 역으로 향했다. 그동안 속으로 계속 비명을 질러댔다. 젠장, 젠장, 젠장. 무슨 일이 있었던 거지? 내가 거기에 간 이유를 어떻게 설명해야 하지?

다시 휴대폰이 울렸다. 역 앞 다리 밑에 이르러 시끌벅적하게 도넛과 군밤을 파는 남자들을 마주하고 나서야, 캐럴라인의 부재중 전화가 세 통이나 와 있는 것을 확인했다. 플로라는 캐럴라인의 번호를 눌렀다.

"플로라?"

어쩔 새도 없이 말이 급하게 쏟아져 나왔다.

"저 지금 런던인데요. 엄마 보고 싶어서요. 그런데 일이 생겼어요. 정말 나쁜 일이요."

"나쁜 일?"

"엄마가 아니라 그 기자한테요. 저에 대한 기사 쓰려고 한 사람한테요. 그 사람이 엄마 집에 있었는데 그게…… 제가 그 사람을 엄마 집에 오게 만들었어요. 다 제 잘못이에요. 그 사람 지금 앰뷸런스에 실려 간 것 같아요."

전화 반대편에서 긴 침묵이 이어졌다.

"캐럴라인?"

"응. 듣고 있어. 생각 중이야."

캐럴라인은 플로라가 제대로 연주하지 못한 마디를 다시 연주해보라고 할 때처럼 침착한 목소리였다.

"나 만날 때까지 아무 말도 하지 마. 지금 역 근처니?"

"워털루 역이에요. 집에 가고 싶어요."

"가장 빠른 열차를 타. 역으로 데리러 갈게."

자신의 짐을 대신 들어줄 사람이 있다는 것이 얼마나 큰 위로가 되는지, 플로라는 울고 싶어졌다.

"아빠한테는 뭐라고 말씀하실 거예요?"

"아빠 헬스장 갔어. 모르실 거야. 잘 해결할 수 있어. 약속할게."

잠깐의 정적 후 그녀는 플로라가 간절히 듣고 싶었던 말을, 하지만 사실은 플로라도 믿지 못할 말을 들려주었다.

"무슨 일이 벌어졌든 네 탓이 아니야."

플로라는 캐럴라인이 시키는 대로 했다. 집으로 가는 열차를 타고, 그녀의 조언대로 휴대폰 전원을 끈 후, 후드를 뒤집어쓴 채 쪼그려 앉아 있었다. 역 주차장으로 간 플로라는 캐럴라인이 CCTV를 피해 주차한 볼보에 올라탔다. 플로라는 캐럴라인에게 자신이 뭘 했고 뭘 봤는지 설명하며, 어쩌면 들것에 실려 있던 건 그 남자가 아니었을지도 모른다고, 설사 그렇다 해도 무슨 일이 생겨 다친 건 아닐지도 모른다고 스스로를 설득하려 했다. 비 때문에 미끄러워 넘어졌거나, 심장마비나 뇌졸중이었을지도 모른다고 말이다. 경찰이 온 것은 어떻게 이해해야 할지 난감했다.

집에 돌아온 두 사람은 오늘 아침과 모든 것이 그대로인 주방에 앉았다. 캐럴라인이 말했다.

"내 생각에는 이런 얘기를 엄마나 아빠한테 할 필요는 없을 것 같은데, 안 그래? 레아 일도 있고, 네가 그 사람에게 연락했다고 밝히는 건 아무 도움도 안 될 것 같아."

레아 일. 플로라란 사람을 앞으로 영원히 완전히 새롭게 정의

할지도 모를 그 일. 플로라가 해결해보려고 그토록 애썼던 바로 그 일. 플로라는 어린애처럼 울기 시작했다.

"이런, 플로라."

캐럴라인이 플로라에게 팔을 둘렀다.

"괜찮아. 잘 이겨낼 거야. 절대로—이 말을 하며 캐럴라인은 플로라가 한 번도 본 적 없는 화난 표정을 지었다—이 일 때문에 네가 망신 당하는 일은 없을 거야. 무슨 일이 벌어졌든 네가 거기 휘말리지도 않을 거야. 누구도 레아 일과 마이크 스톡스의 연관성을 찾아내지 못할 거야."

플로라는 고개를 끄덕였고, 이후 샤워를 마치고 침대에 누웠다. 어린 시절의 추억이 가득한 방에 누워 엄마가 런던에 사는 일도, 기자들과 어울리는 일도 없었던 때를 떠올렸다. 10시 30분이 조금 지났을 때 집 전화가 울렸고, 얼마 후 노크 소리가 들렸다. 어둠 속에 서 있던 캐럴라인이 가까이 다가왔다.

"괜찮아. 엄마는 괜찮아."

플로라가 걱정하고 있다는 걸 아는 캐럴라인이 속삭였다. 플로라는 그녀의 말을 믿으려고 노력했다.

*

다음 날 아침, 캐럴라인이 플로라를 깨웠다. 6시 45분. 평소보다 이른 시각이었다. 그녀는 엄마가 7시에 페이스타임 전화를 해서 무슨 일이 있었는지 알려줄 거라고, 다 괜찮을 거라고 또다시 플로라를 안심시켰다.

"휴대폰이 있어야 해요. 엄마가 문자 보냈을지도 몰라요."

플로라는 휴대폰을 챙기려고 충전기를 꽂아두는 주방으로 내려갔다.

"아, 약간의 문제가 생겼어. 네가 후드 티 주머니에 휴대폰을 넣어뒀잖아. 내가 확인하는 것을 깜빡 잊고 후드 티를 세탁기에 넣었어. 세탁기가 돌아가는 내내 휴대폰이 그 안에 있었을 거야."

"하지만 전 주머니에 넣지 않았는데요."

플로라가 얼굴을 찡그렸다. 그러고는 아빠와 캐럴라인이 모두 있는 주방에서, 정신없이 휴대폰을 찾기 시작했다.

"캐럴라인과 언쟁하려 하지 마."

아빠가 무심하게 말했다. 그러고는 토스터에 빵을 넣으러 가다가 아내의 허리에 팔을 감았다. 플로라는 그녀를 바라보며 도대체 무슨 상황인지 이해해보려 했다. 캐럴라인이 이런 눈빛을 보냈다. 입 닥치고 있어. 뒷덜미에서 털이 쭈뼛 서며, 캐럴라인이 어제 했던 지시들이 떠올랐다. 열차에 타. 휴대폰 꺼. 해결하면 돼. 그리고 어른에게 모든 책임을 맡긴 후 느낀 안도감도 떠올랐다.

"네, 죄송합니다."

플로라는 순종적으로 대답했지만, 아빠가 보고 있지 않을 때 캐럴라인의 눈빛을 다시 확인해보려 했다. 그러나 그녀는 빈틈이 없었다. 플로라에게 아이패드를 가져다주는 그녀는 평온하고 통제된 표정을 유지하고 있었다.

"걱정하지 마."

캐럴라인은 침착한 목소리로 이렇게 말하며 아일랜드 식탁 앞에 있는 플로라 옆에 앉았다. 그런 후 안심시키려고, 혹은 경고하려고 플로라의 등에 손을 얹었다.

"사고는 일어날 수 있어. 그래도 값싼 휴대폰이라 다행이야. 휴대폰을 쌀 속에 넣어두긴 했는데 가망이 없어 보이네. 그냥 버려야 할 것 같아."

52

2021년 12월 6일

마이크

마이크는 웨스트민스터 지하철역 터널에서 나오는 그를 한눈에 알아보고, 엠뱅크먼트까지 그를 따라 걸었다. 자기 아버지의 음울하고 잘생긴 얼굴을 꼭 닮은 그는 불안해 보였다.

루크 제이미슨은 마이크를 당장이라도 만나고 싶어 했고, 수많은 제보자를 상대해온 마이크는 상대가 쥔 것이 좋은 먹잇감임을 바로 알아챌 수 있었다. 제보자들에게 정보 누설이 전적으로 공평하지 않은 일임을 깨닫는 위기의 순간을 굳이 경험하게 할 필요는 없었다. 특히나 이번처럼 위험한 것이라면 더욱.

"루크?"

마이크는 그가 앉아 있는 벤치 끝에 앉으며 말했다. 소년처럼 보이는 그는 스무 살이었다. 자신이 무엇을 하고 있는지 아는 나이이자, 정의롭지 않은 일에 뜨겁게 분노하는 나이였다.

마이크는 스무 살 때 『요크샤이어 포스트』에서 2년째 일하고 있었다. 아버지에게 약간의 증오를 느끼고 있었고, 상사들 눈에 들기 위해 매달린 끝에 결국 런던으로 올 수 있었다. 늘 실패했지만, 매력적인 여자들의 관심을 끌기 위해 노력했다. 하지만 루크 같은 아이들은, 부유하게 자라 대학 입학 전 1년간 '갭 이어'를 가진 후 인문학을 공부하는 아이들은, 좀 더 천천히 성장했다. 청춘의 불안에 흠뻑 빠져들고, 자신의 생각을 확장하며, 부모님의 무의식적 편견에 강박적으로 괴로워할 여유가 있는 아이들. 엄밀히 말해 루크의 경우는, 부모님의 노골적이고도 뻔뻔한 편견이라고 해야겠지만.

루크의 아버지는 바로 마커스 제이미슨 교수이기 때문이다. 『레코드』에 실린 그의 최근 칼럼들은 트랜스젠더 로비 단체와 제2물결 페미니스트들을 동시에 공격했다. ("이들의 분노는 트랜스 여성들을 향한 것이라고 볼 수 있을까? 이 쭈글쭈글한 하르피아이(그리스 신화 속 괴물로, 여자 얼굴을 한 새의 외형을 하고 있다—옮긴이)들에게 섹스는 이제 요원한 일이 되었으니까.") 하지만 루크가 『크로니클』과 접촉하게 된 것은, 그의 아버지가 'Black Lives Matter'(흑인의 목숨도 소중하다—옮긴이)를 두고 '진부한' 슬로건이라고 표현했기 때문이었다(이 일로 그의 아버지는 지난달 교수로 있던 대학에서 정직 처분을 받았다). 마이크가 캐럴라인 웹스터와 접촉할 당시, 그토록 애타게 기다리다 받은 전화에서 그는 이렇게 말했다.

"아버지는 이제 골칫거리를 넘어선 수준이에요. 아버지를 정말 증오해요. 더 끔찍한 일을 벌이기 전에, 아버지에게 충격을 줄 만한 뭔가를 해야겠어요."

이것이 지금 루크가 템스강이 내려다보이는 벤치 끝에 앉아 있는 이유였다. 이 아이는—마이크는 도저히 루크를 성인 남자라고 생각할 수가 없었다. '청년'이나 '키덜트'라는 표현이 더 적합할 것이다—드라마 「킬링 이브」를 너무 많이 본 것이 분명했다. 입을 가리면 자신의 배신을 최소화할 수 있다는 듯 재킷 깃을 턱까지 세운 모습은, 자신이 비밀스러운 일을 하고 있음을 자각한다는 표시였다. 어쨌거나 그는 이곳에 와 있었다. 그가 들고 온 가죽 가방 안에는, 마이크에게 가장 자극적인 기삿거리를 선사할 사진 몇 장이 든 얇은 봉투가 있었다.

"제가 형편없는 아들이라서가 아니에요."

루크가 말했다.

"전혀 아니죠."

"아버지는 그저 제게 충격을 주고 싶었던 것 같아요. 찰나의 의식에 파고들어 저를 '치료'해보려고요. 아버지는, 알 수가 없으니까요. 마음 깊은 곳에서는."

그럼 그렇지. 그가 이런 일을 벌인 건, 아버지가 트랜스포비아이자 인종차별주의자여서가 아니었다. 루크 제이미슨은 게이였다.

"열이 잔뜩 받은 상태에서 이 사진들을 제게 보여줬어요. 자신은 즐겁게 시간을 보내는 법을 알고 있다면서요. 그 증거 자료죠. 아버지는 마약이 제게 충격을 줄 거라고 생각한 것 같아요. 어린 여성의 몸에 뿌려놓은 코카인을 흡입하는 모습이었어요. 하지만 섹스와 학대 행위는 기자님도 미처 예상하지 못했을 거예요. 사진 속에서, 아버지는 말 그대로 그 여성을 지배하고 있어요. 그 여성분에게도 좋지 않은 일이 될 거라는 걸 알지만……"

"네, 그렇죠."

나는 말을 삼갔다.

"그 여성분은 무척이나 난감하겠지만, 아버지가 훨씬 더 나빠 보이거든요. 명예가 위태로워지는 쪽은 아버지가 될 거예요."

세상에, 어린애들은 너무 단순해서 탈이다. 루크 말에 따르면, 이 봉투 안에는 엠마 레이놀즈라는 19세 여성이(이제는 엠마 웹스터가 된 여성이) 매우 불편해하는 모습을 찍은 사진들이 들어 있었다. 『크로니클』 식으로 표현하면 그녀가 제이미슨에게 '성행위를 수행하는' 모습, 그가 그녀의 등을 테이블 삼아 코카인을 흡입하는 모습, 그녀를 포함한 여성 두 명이 그가 시킨 동성애 행위를 하는 모습이 담겨 있었다. 여성 둘 모두 술에 취해 있었고, 자신들의 행위를 민망해하고 있었다.

에이미 법에 탄력이 붙기 시작한 즈음의 어느 날 밤, 마커스 제이미슨은 위스키에 잔뜩 취해 그 사진들을 아들에게 보여주었다. 마커스는 그녀의 명예를 짓밟고 싶은 마음을 참아내지 못한 것이다.

"아버지는 그녀가 유명세를 키워가는 것을 싫어했어요. 그녀가 하원의원에 당선되어서가 아니라, 방송에 그토록 자주 노출되는 것에 놀라서요. '이류 정신 상태'라고 말하더군요. 아마도 제게 이런 사진들을 보여주면서 그녀의 콧대를 꺾고 싶었는지 몰라요. 여전히 본인이 우위에 있다고 주장하면서, 그녀가 말 그대로 몸이 달아 있었다고 하더군요."

"무슨 말인지 알겠습니다."

마이크는 자기혐오가 밀려오는 것을 느꼈다. 지금 이 사진들을 받지 않는다면, 아마도 영영 받을 생각이 안 들 것 같았다. 너무 한심한 짓일까? 자신이 아무리 엠마 때문에 상심했다 해도, 그녀는 이런 대접을 받아서는 안 되었다. 하지만 이거라면 데스크를 설득해 플로라 관련 기사를 포기하게 만들 수 있었다. 사실 그도 플로라 일을 생각하면 마음이 불편했다. 아들 조시가 성기 사진을 유포하는 한심한 짓을 해서 잡힌다면, 자신은 어떤 심정일까 싶었기 때문이다. 또한 마커스 제이미슨은 비난받아 마땅한 인물이었다. 사진 속 그 일이 벌어질 당시, 그는 서른 살의 성인이었다. 그에게 결정타가 될 수 있었다. 그의 명예를 확실하게 실추시킬 방법이었다.

"아버지가 학생과 섹스를 한 게 알려지면 굉장한 비판을 받을 거예요. 동성애 행위를 하게 한 건, 아버지가 진정한 위선자임을 폭로해줄 거고요. 아버지는…… 동성애를 굉장히 혐오하잖아요."

이성애자 남자 중에 여자끼리 하는 걸 보고 진저리 칠 사람은 없을걸. 마이크는 이렇게 생각했지만, 루크에게 너무 순진하다고 꼬집어 말할 필요는 없었다. 특히나 본인이 무슨 일을 벌이고 있는 건지 다시 생각해보고 있는 듯한 지금은.

"저는 그냥……"

"지금 정말 옳은 일을 하고 있는 거예요."

아기에게서 사탕을 빼앗는 것만큼이나 쉬웠다.

"기자님은 여성분이 아니라, 아버지에게 초점을 맞출 생각이신 거죠?"

"당연하죠."

그는 그렇게 할 수 있었다. 마커스 제이미슨은 누구나 아는 인물이었다. 한 여성 의원의 변태적인 과거를 폭로하는 기사보다, 자신이 가르치던 여학생들(지금은 유명해진 한 인물이 포함된)에게 가학적인 행위를 하고 코카인을 흡입한 교수이자 타락한 시사평론가를 다루는 '포스트 #미투' 기사가 더욱 파괴력이 있었다. 마이크와 함께 일하는 에디터도 같은 생각일지는 모르겠지만. 일단 중요한 것은, 그 사진들이 들어 있는 봉투를 손에 넣는 것이었다.

사무실에 혼자 남게 되자 마이크는 곧장 그 사진들을 샅샅이 살폈고, 엠마에 대해 걱정스러운 연민을 느꼈다. 그녀가 왜 그렇게 딱딱하게 굴었는지, 왜 가드를 내리자마자 곧장 다시 올리기 바빴는지 알 것 같았다. 에이미 존스에 대한 그녀의 공감도 완전히 이해가 되었다. 그녀에게 에이미 법 캠페인은, 광범위한 페미니스트 의제의 일부가 아니었다. '개인적인 것이 정치적인 것이다', 바로 이에 해당하는 활동이었다. 그는 그 사진들 속에서 에이미 사건과 유사한 점들을 알아챘다. 어린 소녀의 연약한 곡선, 강제성, 무엇보다 상대를 향한 신뢰가 담긴 커다란 두 눈에 보이는 원초적인 당혹감과 섭섭함, 그리고 고분고분함.

엠마가 이 이야기를 의회에서, 더 좋게는 『크로니클』에서 공개할 만큼(독점 기사로 나갈 수 있었다) 마음을 열지 못했다는 것이 대단히 안타까웠다. 그랬다면 그녀의 메시지가 훨씬 더 강력하게 전달될 수 있었을 것이다. 어쩌면 지금 그녀를 설득해볼 수 있지 않을까? 그녀가 경멸하는 모든 것을 상징하는 사람인 마커스 제이미슨에게 한 방 날려보자고. 데스크에 가기 전에, 그녀에게 먼저 말해보는 것이다. 플로라 기사는 포기할 테니, 협조해달라고. 그녀가 그러겠다고 하는 모습이 눈에 보이는 듯했다. 그는 이 사진들은 누구와도 공유하지 않을 생각이었다. 옛날 방식처럼, 나중을 위해 감춰두기로 했다.

그러기엔 사무실이 최적의 장소였다. 그러면 필요할 때 신속하게 빼낼 수 있고, 자기 외에는 아무도 찾아낼 수 없으니까. 그의 자리는 지저분하기로 유명했다. 필요한 건 뭐든 뒤져서 얻으려 하는 가이도, 그의 자리만큼은 건드리지 않았다. 책상 위 책꽂이에는 얇은 링바인더 파일들이 정치인 전기물에 아슬아슬하게 기대 서 있었고, 바닥에는 그가 오려낸 기사들을 모아놓은 스크랩북들이 잔뜩 쌓여 있었다. 페이지가 누렇게 바라고 귀퉁이에는 손때가 묻은 A2 크기의 유적 안에는 지나간 음모, 연설, 스캔들이 가득 담겨 있었다. 책상 아래쪽은 보건 안전 규정을 철저히 위반한 공간으로 전선들, 종이 박스들, 2주 전쯤 가져다 놓고 한 번도 손대지 않은 헬스장 가방이 있었다. 그가 발을 대고 이리저리 문지르는, 책상 뒤 벽에는 환풍구가 있었다. 그는 몸을 숙여 환풍구를 살폈다. 벽에 내장된 구조로 금속판이 덮여 있는데, 그 헐거워진 판을 뜯어내면 파이프들이 있는 쪽으로 사진을 밀어 넣어 숨길 수 있을 것 같았다.

그는 마커스 제이미슨의 명예를 완전히 부숴버릴 수 있는, 적어도 그의 칼럼 독자들을 대상으로는 그렇게 만들 수 있는, 그리고 엠마 웹스터의 명예에도 얼룩을 남길 사진 열두 장이 든 얇은 봉투를 A4 크기의 에어캡 봉투에 넣어 입구를 봉했다. 그리고 환풍구 안쪽으로 밀어 넣었다.

무슨 일이 있었든, 이제 그가 통제권을 완벽하게 쥔 셈이다.

그에게는 마커스의 커리어를 무너뜨릴, 그리고 협조를 거부한다면 엠마의 커리어까지 무너뜨릴 증거가 있었다. 하지만 그것을 사용하기로 결정하기 전까지는, 그녀의 비밀은 이곳에서 완벽하게 보호될 것이다.

53

2022년 11월 18일

포츠머스 포스트(온라인판)

포츠머스 사우스의 하원의원 엠마 웹스터에게 '테러를 가한' 이라크전 참전 용사가 5년 접근 금지 명령을 받았고 이를 위반할 시 징역형에 처할 수 있다는 경고를 받았다.

그 참전 용사는 빅토리아 웨이에 거주하는 53세의 사이먼 백스터다. 그는 지난 6월, 정치부 기자를 살해한 혐의로 기소된 미즈 웹스터가 무죄판결을 받고 법원을 나선 순간 그녀를 협박했다.

"그녀의 영역을 침해하겠다"는 그의 계속된 협박은 이후 소셜 미디어와 이메일을 통해 하나의 캠페인으로 번졌다. 그를 기소한 짐 제이콥스는 이에 대해 "위협을 지속적으로 전달하면서 법망을 교묘히 피하는 행위"라고 밝혔다.

사이라 싱 변호사는 웨스트민스터 치안판사 법정에서 열린 공판에서 다음과 같이 말했다. 전직 해병인 그는 같은 참전 용사인 28세 아들 윌이 정신건강 문제로 불안에 시달렸을 때, 이 문제를 돕는 것에 미즈 웹스터가 아무런 관심이 없다고 생각했다고. 윌 백스터는 2021년 12월 8일 자살로 생을 마감했고, 미스터 백스터는 아들의 죽음에 일부 미즈 웹스터의 책임이 있다고 보고 있다.

2003년 이라크전에 참전했고 현재는 보안 요원으로 근무하는 미스터 백스터는, 미즈 웹스터의 사무실 또는 그녀의 런던 및 포츠머스 자택에서 100미터 이내 접근 금지 명령을 받았다.

54

2022년 12월 19일

엠마

겨우살이를 보고 화들짝 놀랐다. 내 지역구에 있는 나무 농장에서 크리스마스트리를 고르던 중이었다. 그것은 플라스틱 통 안에 빼곡하게 담겨 있었다. 매장 직원은 올겨울이 특히나 겨우살이가 자라기 좋다고 했다. 추울수록 열매가 크게 맺힌다면서. 크림색 열매들이 진주처럼 반짝거렸고, 끝으로 갈수록 가늘어지는 올리브그린 빛 잎사귀도 우아했다.

"로마 사람들은 겨우살이가 평화와 사랑, 희망을 상징한다고 믿었대요. 집에 악귀가 들어오지 못하도록 막아준다고 생각했고요."

여자 직원이 가리킨, 빨간색 리본이 둘러진 갈색 꼬리표에 같은 내용이 적혀 있었다. 나는 겨우살이에 대한 전설은 그보다 좀 더 복잡하다고 덧붙이고 싶었다. 북유럽 신화에서 겨우살이 가지는 죽음을 불러왔다. 빅토리아 시대 사람들은 겨우살이 아래서 키스를 거부한 여성에게 불행이 닥친다고 믿었다.

새삼 몸서리가 쳐졌다. 미신을 믿는 것이 한심했지만, 마이크가 죽은 지 고작 1년이 지났을 뿐이다. 그러나 오해는 말기를. 나는 새로운 삶으로 나아가고 있다. 무죄 선고를 받고 일주일 후, 나는 웨스트민스터로 돌아가 반스토킹 법 제정과 소셜 미디어 관련 규정을 더욱 엄격하게 손보는 캠페인을 벌였다. 클레어와 함께 추가 잠금장치가 달린 현대식 아파트에 살고 있고, 나를 계속 믿어준 동료들과 끈끈한 관계를 유지하고 있다. 하지만 여전히 의심의 눈길로 보는 사람들이 많다는 것도 알고 있다.

쉽지 않은 시간을 보냈고, 지난 한 주 동안은 작년 12월 늦은 오후의 그 사건이 남긴 여파에 대해 생각했다. 아직도 겨우살이를 보면 이렇듯 멈칫하며 호흡이 힘들어지는 것도 그 여파이리라. 그래서 나는 이 나무 농장 안의 값비싼 식물들에게서, 전나무 가지와 호랑가시나무 가지에게서 멀어져야 했다. 기능장이 만든 민스 파이가 든 장바구니도 내버려둔 채로 발걸음을 옮겼다. 사람들의 눈길을 끌고 있다는 걸 알았지만 호흡이 가빠지며 현기증에 시달리는 모습을 누구에게도 들키고 싶지 않아 걸음을 재촉했다. 간신히 버티다 밖으로 나오자마자 창고 뒤편에 쪼그리고 앉았다.

그렇게 다시 12월의 어느 늦은 오후로 돌아가, 세차게 불어오는 바람과 목을 타고 내려오는 비를 느끼며 현관문을 열었다. 머릿속은 최악의 상황을 상상하고 있었고, 몸은 공포의 신호를 보내고 있었다.

"저기요?"

단단한 신발 밑창이 바닥을 디디는 소리, 가죽 신발이 찌걱대는 소리. 잔뜩 긴장한 채로 내 상상일 거라고 스스로에게 말하며 잠시 기다렸다. 그러고는 애써 당당한 목소리를 내었다.

"저기요? 거기 누구 있어요?"

한 남성이 내 침실 문에서 걸어 나왔다. 넓은 어깨를 가진 어둑한 형체였다. 목구멍이 좁아졌다.

"나가. 빌어먹을, 내 집에서 나가라고!"

새된 비명을 지르는 내 목소리가 내 귀에도 들렸다.

"괜찮아요. 접니다, 마이크."

어둑한 형체가 답했다. 그가 성큼 앞으로 다가와 양손을 내 팔 위쪽에 올렸다. 너무 가까웠다. 숨결에서 레드 와인 냄새가 풍겼다. 그의 눈이 미치광이처럼 번뜩였다.

"나한테 메시지 보냈잖아요. 기억해요?"

전부 다 말이 안 되는 상황이었고, 그의 미소도 마찬가지였다. 따뜻하고 향수 어린 미소라니. 예측하기 어려운 흥분이 그의 눈을 밝히고 얼굴을 스쳤다. 그를 떼어놓았지만, 그는 다시 내 팔을 잡고 고개를 저었다. 나는 본능적으로 오른쪽 무릎을 들어 그의 사타구니를 가격했다.

"씨발!"

그가 비틀대며 뒷걸음질 쳤다.

"씨바아아아알!"

그는 몸을 숙이고 숨을 크게 쉬더니, 다시 몸을 일으켰다. 조금 진정한 듯 보였다.

"이럴 필요까진 없잖아요! 젠장, 내가 여기 오길 바란 거 아니었어요?"

"나가. 여기서 나가라고!"

그렇게 고함쳐도 그가 현관 쪽으로 가지 않아, 나는 계속해서 비명을 질렀다. 그를 쫓아내기 위해 양손으로 그를 때리며, 터무니없게도 복도 더 깊은 곳으로 몰아갔다.

"이봐요!"

그가 내 손목을 붙잡고 흔들림 없이 버티고 섰다. 그가 손가락에 힘을 주자, 펜치가 내 손목을 죄는 듯했다.

"그냥 이야기 좀 하자는 겁니다."

그가 내 손목을 놔주고, 양손을 들었지만, 그도 나만큼 흥분한 상태였다. 눈이 번뜩이고, 목소리에는 날이 서 있었다.

"날 불러놓고 왜 이렇게 구는지 모르겠지만, 당신 의견을 듣고 싶은 게 있어요."

그가 말을 멈췄고, 나는 너무도 충격을 받은 상태라 몸이 움직여지지 않았다.

"플로라 이야기가 아니에요."

그의 목소리는 비밀 이야기를 하듯 부드럽고 친밀했다. 웃음기도 섞인 듯했다. 좀 전까지의 말은 장난이었고, 이제 그는 급소를 찌르는 펀치라인을 향해 달려가고 있었다.

"마커스 일에 대해 다 알아요."

"마커스……"

너무 가볍고 높은 목소리가 나왔다. 이 사람이 마커스 제이미

슨과 나에 대해 알 리가 없는데? 마커스가 그 사진들을 가지고 있을 거라고 생각은 했지만, 이 사람에게 보여줬을 리는 없는데?

나는 마이크로부터, 마이크가 말한 악몽으로부터 도망칠 수 있길 바라며 뒤로 물러났다. 그가 우리 집에 들어와 있다는 사실에 공황에 빠졌던 나는, 이제 그의 말에 충격을 받은 상태였다. 그와 마커스가 나에 대해 폭로하기 위해 공모한 것이 분명했다. 그건 두 번째 타격이었다.

"그런 놈을 좋아해놓고 나를 거절한 이유를 알 수가 없네요. 왜 그자가 그런 식으로 당신을 모욕하게 내버려뒀는지도요. 그를 즐겁게 해주려고 레즈비언 흉내를 내고, 무릎을 꿇고……"

"지금 무슨 말을 하는 건지 모르겠네요."

목이 졸리는 기분이었다.

"이러지 마요, 엠마. 나한테 사진이 있다고요. 그자가 당신 등에서 코카인을 흡입하는 사진, 당신과 다른 여자 사진, 더 노골적인 것들도 다요. 분명 그 사람이 직접 현상했을 겁니다. 다 적나라하게 찍힌 사진들인데……"

하원의원 후보로 나가기로 결심하기 전, 나의 전 지도교수에게 전화를 걸어 제발 그 사진들을 돌려달라고 사정했던, 그 괴로웠던 통화가 떠올랐다. 그는 이미 다 없애버렸다고 했지만, 그 목소리에서 거짓말이란 걸 알아챘다. 나를 좌지우지할 수 있는 권력을 쉽게 포기할 인간이 아니었다. 그런데 이제 그것들을 마이크가 갖고 있었다. 왜 두 사람이 모의해 내게 이러는 건지 짐작이 안 갔지만, 한 가지만은 분명했다. 마이크가 그 사진들을 신문에 싣도록 내버려둬선 안 된다는 것.

자신이 우위에 있음을 아는 그의 말이 빨라졌다. 내가 자신의 말을 들을 수밖에 없다는 걸 아니까.

"걱정 마요."

그가 말했고, 흥분에 취한 그는 더욱 가까이 다가왔다. 어느새 우리는 겨우살이 아래에, 내가 법정에서 밝혔듯 두 번째 조명에 걸린 겨우살이 아래에 있었다. 나는 위를 올려다보며 바깥에서 들어오는 희미한 가로등 불빛에 반짝이는 겨우살이 열매들을 바라봤고, 엉켜 있는 잔가지들이 내 몸에 닿는 것을 느꼈다. 내 시선을 쫓는 그가 피식 웃었다. 내게 키스할 수 있을 거라 생각하는 걸까? 내 얼굴로 쏟아지는 그의 숨결이 뜨거웠다.

"플로라에 대한 기사는 잊어요. 마커스 건이 에이미 법에 훨씬 잘 어울리니까. 우린 엄청난 공감을 이끌어낼 수 있어요."

그 순간 갑자기 그가 나를 끌어당기려는 듯 손으로 내 뒷덜미를 잡았다. 이런 짓을 하는 그가 두려웠고, 에이미 법을 들먹이다니 분노가 치밀었다. 그가 아무리 듣기 좋은 소리를 해대도, 결국 그는 상대가 자신을 어떻게 생각할까 걱정되어 연상의 남자가 원하는 걸 모두 들어준 열아홉 살짜리 소녀로 나를 전락시킬 것이었다. 그는 사진 속 그 여자를 소심하고, 성에 둔감하며, 순진하다고 여기고 있었다. 나는 극도의 분노에 사로잡힌 나머지—마커스에게, 마이크에게, 지금껏 나를 평가해댄 모든 남성들에게—난생처음 손을 들어 후려치고, 열쇠 꾸러미로 그의 얼굴을 갈겼다.

"씨발, 지금 이게 무슨 짓이야?"

그 후 상황이 난잡해졌다. 몸싸움이 일어났다고 법정에서 말했지만, 제대로 된 표현이 아니다. 원초적이고도 섬뜩했다. 공포와 분노로 내 본능이 지나치게 깨어났다. 나는 콘솔 테이블을 붙잡은 채 뭐든 도움이 될 만한 것을 움켜쥐려 했다. 마침내 그릇을 집어 든 후, 그의 머리를 향해 서툴게 휘둘렀다. 그가 비틀거렸고, 그릇이 바닥에 떨어지며 깨지는 소리에 둘 다 잠시 멈칫했다.

"제기랄! 내가 당신 완전 끝장내버릴 거야."

그가 격분하며 내게 다가왔다. 이후의 일은 흐릿하다. 아니면 흐릿하다고 나 자신을 속이고 있거나. 일부러 그런 것은 아니었다. 방어를 하려고 손을 올렸고, 그러다 그를 떠민 것이다. 하지만 솔직히 말해 나는 무척이나 화가 난 상태였고, 흥분한 그 순간만큼은 그가 어떻게 되든 관심도 없었다. 바라건대 그를 다치게 하고, 겁을 주고, 다시는 나를 모욕하지 못하게 만들고 싶었다. 내 가치를 제 맘대로 정해 나를 끌어내리지 못하도록 말이다. 그는 내가 그동안 해왔던 수많은 훌륭한 일들을 깔아뭉개고, 앞으로 그 누구에게도 존중받지 못하도록 내 명예를 제대로 더럽히려 했다. 나란 사람을 마커스 제이미슨에게 오럴 섹스를 해준 여자로, 고개를 젖힌 채 오럴 섹스를 해주는 모습을 사진 찍힌 여자로 만들려고 했다. 구글에 엠마 웹스터를 치면 그 사진이 나오도록, 내가 그 사진으로 유명해지도록, 사람들이 내 이름을 언급할 때 나의 그런 모습을 떠올리도록 만들려고 했다.

그를 밀어낸 뒤, 균형을 잃고 흔들리다 점점 몸이 기울어지는 그를 지켜보며 커져가는 공포를, 즐거움을, 그리고 찰나의 순간이나마 내 행동의 당위성을 온몸으로 느꼈다.

놀란 비명, 그리고 쿵 하는 소리가 울려 퍼졌다. 처음에는 그에게 가보지 않았다. 아드레날린과 공포에 취한 채 깨진 세라믹 그릇 파편들을 주워서 당일 자 『이브닝 스탠더드』 신문지에 싼 후, 통째로 재활용 쓰레기통에 넣었다. 다음 날 아침 일찍 쓰레기를 수거해 간다는 사실도 머릿속에 스쳤다.

그런 뒤 계단 꼭대기에 서서 아래를 내려다봤다. 서둘러야 한다는 생각도, 도와야 한다는 생각도 없이. 길고 긴 수치의 순간이었다. 이내 슬픔과 죄책감, 인간으로서의 도리가 나를 휘감았다. 동시에 그가 나와 내 딸을 협박하려 했다는, 그런 식으로 우리를 더럽히려 했다는 충격과 무엇보다 들끓는 분노에 사로잡혀 굳어버린 몸으로 그대로 서 있었다.

낭비된 시간은 기껏해야 2, 3초였다. 그러고는 당연히 아래로 내려갔다. 계단을 한 칸씩 내려갈 때마다 내가 무엇을 발견하게 될지—그의 상태가 어떨지—더욱 두려워졌다. 나중에야 나는 조바심에 휩싸인 채 이런저런 가능성을 떠올렸다. 마커스 제이미슨이 그 사진들을 다른 곳에도 보냈을까? 마이크는 어떻게 했을까? 『크로니클』이 그 사진들을 보도할까? 배심원 평결이 내려지자마자 보도하겠지. 엿 먹어. 벗어날 수 있을 거라 생각했겠지만 우리는 당신이 실제로 어떤 사람인지 알고 있다고. 보도하고 욕먹을게. 이렇게 강렬한 원투 펀치를 날리겠지.

하지만 당시에는, 계단 아래에 한 남자가 의식을 잃고 쓰러져 있다는 사실 외에는 아무것도 생각할 수가 없었다. 함께 일했던 남자, 나와 잠자리를 했던 남자, 내 딸과 나를 조사 중이던 남자였다.

내가 뭘 해야 하고 어떤 말을 할 것인지 순식간에 정리를 마쳤다. 그가 그토록 더럽히고 싶어 하던 바로 그것을 지켜내기 위해서.

내 명예를 지켜내기 위해서.

2022년 12월 29일

레이철

책상 청소는 공치사도 못 듣는 일이다. 전 주인이 도와줄 수 없을 때는 더욱 그렇고.

레이철은 이 일의 마무리를 지나치게 오래 미뤄왔다. 마이크가 사망한 후 경찰이 자세한 조사를 위해 그의 물품들을 수거해 갔지만, 그럼에도 여전히 버려야 할 잡동사니가 너무 많았다. 산더미처럼 쌓여 있는 오래된 노트들, 경비 지출서, 명함들, 전화번호와 암호 같은 글자가 적힌 노란 포스트잇들. 그리고 마이크의 오래된 스크랩북도 여러 권 있었다. 이제는 타블로이드 아카이브 시스템에 접속해 간단히 검색만 하면 정보들에 접근할 수 있으니, 쓸모가 없어진 유물이라 하겠지만.

그녀는 오래된 스크랩북 네 권을 책상 아래에서 끌고 나왔다. 재활용품 수거함이나 쓰레기장으로 향할 것들이었다. 매정하게 느껴졌지만, 1년째 누구도 손도 대지 않고 있으니 매정함이 필요한 때였다. 크리스마스 날 아침, 잠에서 깬 그녀는 하원이 개회하기 전에 전부 치워야겠다는 생각이 들었다. 신년맞이 대청소인 셈이다. 감상에 젖어봐야 도움이 되지 않았다. 마이크의 오래된 글들을 필요로 하는 사람은 없었다. 신문이란 하루만 지나면 피시앤드칩스 바닥에 까는 종이로 쓰이니까.

세상에, 책상 아래 먼지가 심각했다. 덩굴손 같은 먼지들이 회전초처럼 바람에 굴러다니다 콧속으로 들어왔고, 그녀는 재채기를 했다. 헬스장 가방은 경찰이 가져갔지만, 하등 쓸모없는 것들이 담긴 상자들은 경찰이 다시 돌려주었다. 거기 담긴 노트들과 편지들은 나중에 제대로 훑어보겠다고 다짐했던 것들이었다. 그녀가 상자 하나를 끌어내는 과정에서 책상 뒤 벽에 붙어 있는 환풍구의 금속판이 툭 떨어졌다. 여기 구멍이 나 있네? 진공청소기로 한번 싹 치워야겠다.

솔직히 말해 마이크 책상에 남은 물건들을 치우는 일을 포함해 자신이 그를 대신하게 된 상황에, 레이철은 양가감정이 들었다. 물론 승진하는 것은 좋았다. 연봉 인상은 언제나 환영이었고, 서른세 살의 나이에 두 번째로 높은 판매 부수를 기록하는 신문사의 정치부 기자가 되다니 감격적이기도 했다. 더욱이 신문사 경영진이, 그래서는 안 된다는 걸 알면서도 어쩔 수 없이 향후 출산 휴가를 걱정하게 되는 여성의 몸으로 말이다. 하지만 그녀는 일에 대한 애정을 잃었다. 동료들이 바뀐 탓은 아니다. 해외 특파원이 된 가이는 현재 이스탄불에 있지만 이후 로마, 파리, 뉴욕으로 옮겨 다닐 예정이었고, 또 다른 상류층 출신인 샘이 팀에 합류했다. 기자 일이 의미가 있는 것인지 회의적인 마음이 들어서도 아니었다. (이 형편없는 정부에 책임을 추궁하는 것이 지금처럼 중요하게 여겨진 적은 없으니까.) 엠마 웹스터에게 불리한 증언을 하고 나서, 뒷맛이 씁쓸했기 때문이다.

당연히 그녀가 마이크를 죽였고 조시에게서 아버지를, 자신에게서 소중한 친구를 앗아갔다. 하지만 엠마의 변호사가 자신에게 감시를 당해본 적이 있느냐고, 가운 차림으로 사진이 찍힌 적이 있느냐고, 당신과 가까운 누군가의 비밀을 폭로하는 기사를 내겠다는 말을 들어본 적이 있느냐고 물었을 때, 수치심에 가까운 기분을 느꼈다. 공인이라면 어느 정도, 당연한 목표물이 되는 셈이죠…… 정치인이라면…… 더욱 면밀한 조사를 받는 대상이 되어야죠. 그녀는 여전히 이렇게 믿고 있지만, 언론이 남성보다 여성에게 더욱 병적으로 군다는 사실은 알고 있었다. 때문에 꿋꿋한 모습을 보이는 엠마가 존경스러웠다. 일상적인 여성 혐오가 만연한 직업 세계에서, 여성이 성공을 거두기란 쉽지 않은 일이다. 레이철은 이제 자신이 마주한 유리 천장을 알아채면서, 엠마에게 연대감 비슷한 것을 느꼈다.

또한 엠마에게 연민도 느꼈는데, 에이미 법이 마이크가 남긴 유산일 뿐 아니라 애초에 그의 영감에서 비롯된 것처럼 이야기가 달라졌기 때문이다. (엠마를 언급하지 않고 이 법에 관한 기사를 쓰기는 어렵지만, 이제 그녀는 이 법의 역사 첫 번째 장에서 확실히 밀려났다.) 레이철은 엠마가 잘 지내길 바랐다. 진심으로 그랬다. 그녀가 성폭력 반대 캠페인을 멈추고 따분하지만 가치 있는 무언가를 선택한다면, 미끄러운 기둥을 붙잡고 다시 위로 올라갈 수 있을 것이다. 하지만 그 사건은 영원히 그녀를 떠나지 않을 것이고, 그녀의 부고 기사는 그녀를 '살인을 시도한 하원의원'으로 묘사할 것이다. 불명예를 쓴 남성 하원의원들은 스스로 명예를 회복할 수 있지만, 여성의 명예에 오점이 남는 일은 유독 치명적이기 때문이다.

엠마에게는 휴식이 필요하다. 숨 돌릴 틈이 필요하다. 『크로니클』뿐 아니라—데스크는 잔인할 정도로 지독하게 굴고 있다—모든 언론에게서. 이제 다들 그 사건에서 다른 데로 관심을 돌릴 때가 되었다. 레이철도 그렇게 할 수 있을 것이다. 이 책상을 다 치우고 나면, 마이크의 흔적을 모두 없애고 나면, 부당한 대접을 받는 엠마를 보며 느끼는 죄책감에서 벗어날 수 있을 것이다. 또한 자신의 신문사가 그녀를 따라다니며 괴롭히지 않았더라면 마이크가 사망하는 일은 일어나지 않았을 거라는, 떨쳐지지 않는 불안감에서도 벗어날 수 있을 것이다.

이제 이 일을 해치울 때였다. 그녀는 몸을 숙여 책상 아래로 들어가 진공청소기로 구석구석 먼지를 빨아들였다. 마이크도, 가이도, 자신의 직속 부하 벤도, 새로 온 샘도 책상 아래를 청소한 적은 없을 거라고 생각하던 중 청소기가 벽에 너무 세게 부딪히고 말았다. 벽 페인트는 이미 벗겨져 있어, 새로 흠집이 났는지는 알아볼 수 없었다. 그런데 바로 그때, 잊고 있던 환풍기 금속판이 바닥에서 달그락거렸다. 제기랄. 건물이 낡은 탓이었다. 그러나 상태를 더욱 악화시킬 수는 없었다. 반경 180센티미터 내에 쥐가 있다는 도시 괴담도 있는 만큼, 그녀는 조심스럽게 환풍구 구멍 안으로 손을 넣었다. 그러고는 더듬거리며 금속판을 고정시킬, 다시 제자리에 끼울 방법을 찾았다. 그런데 그녀의 손가락들에, 깊숙이 박혀 있는 꾸러미 비슷한 것이 스쳤다. 그녀는 그것을 어설프게 잡아 빼냈다.

에어캡이 내장된 갈색 봉투는 입구가 봉해져 있었고, 겉면에는 어떤 표시도 없었다. 봉투를 뜯어 안을 들여다보자 A5 사이즈의 작은 봉투가 있었다. 그 안에 든 사진들을 샅샅이 훑어본 그녀는 기분이 더러워졌다. 미성년자 관람 불가 수위였다. 봉투 밖으로 몇 장이 삐져나와 있었는데, 순간 익숙함이 확 밀려들었다. 사진 속 주요 인물들을 알아본 것이다. 레이철은 이 사진들이 예전에 나왔던 그 어떤 여성 공인 관련 이야기보다 파괴적이고 폭발적임을, 엠마 웹스터의 명예를 영구적으로 손상시킬 것임을 직감했다. 심지어 그녀의 딸 플로라와 리벤지 프로노에 대한 이야기보다 훨씬 큰 피해를 그녀에게 입힐 것이다.

레이철은 언제까지나 뼛속 깊이 기자겠지만, 2022년에도 여성의 성적 행동은 여성에게 불리하게 작용할 것임을 알고 있었다. 이것은 세상이 들을 필요가 없는 이야기라고, 그녀는 정리했다.

이후(유용한 연락처는 따로 적어두고, 숨겨진 금괴가 또 없는지 마지막으로 확인한 후) 마이크의 오래된 노트들을 태우는 동안, 그녀는 그 사진들을 각각 서른두 조각으로 잘라 그 반짝이는 색색가지 조각들을 쓰레기통에 버리려 했다. 필름 원본이 아직 있을까? 사본이 있을까? 마커스 제이미슨이 이 사진들을 다시 수면 위로

끄집어내려 할까? 찰나의 순간, 혹시나 하는 생각에 그녀의 손길이 멈칫했지만, 그래선 안 되는 일이었다. 그녀는 옳은 일을 하고 있었다.

이후 그녀는 레드 와인 한 병을 열어 이전 동료를 위해 건배를 하고, 자신이 옳은 일을 했다는 것을 잊지 않으려 했다. 엠마가 자신에게 빚을 졌다는 사실도 잊어서는 안 된다. 언젠가 엠마에게 빚을 갚으라고 요청할 것이다.

지금으로서는 그녀 덕분에, 엠마 웹스터의 명예가 안전하게 지켜졌다.

작가의 말

저는 『레퓨테이션: 명예』의 배경을 브렉시트 이후이긴 하나 팬데믹은 발생하지 않은 시기로 설정했습니다. 백신 접종 거부자는 등장하지만 급증하는 사망률은 언급하지 않는 식의 '코비드—라이트' 버전으로 글을 쓰는 것은 불가능하게 느껴졌습니다. 2020년과 2021년, 수많은 사람들이 받았던 고통을 충분히 고려하지 않은 설정으로 글을 쓰고 싶지 않았습니다.

이 소설을 다 쓰고 난 뒤, 하원의원 데이비드 아메스 경이 살해당하는 사건이 벌어졌습니다.

2021년 10월, 의회는 당연하게도 그의 사망 사건을 계기로 하원의원의 보안 개선책을 논하고 있고, 여러 정치인이 지금껏 하원의원의 안전을 위한 대책이 얼마나 부족하고 일관되지 못했는지 목소리를 높이고 있습니다.

새롭게 변경된 규정이 적용됐더라면, 사이먼 백스터는 엠마의 지역구민 면담 자리에서 퇴장 명령을 받았을 겁니다.

공인이—특히나 여성 정치인들이—온라인에서 경험하는 극

단적인 증오를 진정시킬 조치가 시행될 것인지는 두고 봐야 할 일입니다.

감사의 말

『레퓨테이션: 명예』는 이전의 어떤 소설보다 많은 조사가 필요했던 작품입니다. 도움을 준 분들 가운데는 공개적으로 알릴 수 없는 분들도 있습니다. 공개적으로 인사를 전할 수 있는 분들 가운데 왕립 자문 변호사인 엘로이즈 마샬이 아니었다면 이 책을 집필할 수 없었을 겁니다. 수사물 고문 그레이엄 바틀렛, 법의학자이자 저자인 리처드 셰퍼드 박사에게도 인사를 전합니다. 책에 오류가 있다면 오로지 제 탓일 겁니다.

진심 어린 감사를 전하고 싶은 분들도 있습니다. 헤이디 앨런, 루시아나 버거, 제스 필립스, 케빈 맥과이어, 헬렌 모리스, 샘 레인콕, 짐 레이먼트, 톰 왓슨, 아일라 보즈, 그리고 인디아, 프레야, 그릭슨, 애나 테넌트. 모두 한결같은 인내심과 친절함을 보여주었습니다.

제 출판사인 S&S UK와 클레어 헤이, 헤일리 맥멀란, 제스 바렛, 수잰 버바노, 이언 채프먼, 세라—제이드 버추, 폴리 오스본, 길 리처드슨, 돔 브랜든, 리치 블리에스트라, 조 로셰, 루이즈 데이비스, 색슨 불럭, 탬신 셸턴에게도 깊은 감사를 전합니다. 미국의 에밀리 베슬러 북스(Emily Bestler Books)의 에밀리 베슬러, 라라 존스와 그 팀에게도 감사합니다.

제 에이전트 리지 크레머, 마딸레나 카바추티, 케이 베이검, DHA 저작권 팀, 제 TV 에이전트 페니 킬릭, WME의 실비 라비노에게 늘 그렇듯 큰 도움을 받았습니다.

법정 장면들은 넷플릭스의 「아나토미 오브 스캔들」을 감수할 때 집필했습니다. 브루나 파판드레아, 리자 체이신, 데이비드 E. 켈리, 멜리사 제임스 깁슨, SJ 클락슨, 제가 함께할 수 있도록 해줘서 감사합니다. 덕분에 『레퓨테이션: 명예』가 큰 도움을 받았습니다.

배스 문학 축제(Bath Literary Festival)를 통해 야고 해리스를 소개시켜준 존 해리스와 블로거들, 책을 판매하는 분들, 내 곁을 지켜준 작가들께도 감사 인사를 전합니다.

마지막으로 항상 제게 힘이 돼주는 가족에게 제 모든 사랑을 보내고 싶습니다. 이 소설을 제 딸과 조카에게 바치고 싶습니다. 그들은 똑똑하고, 친절하며, 사려 깊은 젊은 여성들로 제가 열네 살 때 알았다면 얼마나 좋았을까 생각할 정도로 멋진 아이들입니다. 이 아이들이 무척이나 자랑스럽습니다.

레퓨테이션: 명예 2

초판 1쇄 발행 2023년 11월 22일

지은이 세라 본
옮긴이 신솔잎
펴낸이 윤동희
책임편집 김미라 고나리
편집 최유연 이예은 유보리
디자인 김소진
마케팅 윤지원 김연영 김은조

펴낸곳 ㈜미디어창비
등록 2009년 5월 14일
주소 04004 서울 마포구 월드컵로12길 7 창비서교빌딩
전화 02) 6949-0966 **팩시밀리** 0505-995-4000
홈페이지 books.mediachangbi.com
전자우편 mcb@changbi.com

ISBN 979-11-93022-28-3 03840